Kathrin Steinberger

Der Rosengarten

Für Renate Welsh,
voll Dankbarkeit, wie herzlich der kleine Bonsai
vor 20 Jahren aufgenommen wurde

Auszeichnungen:
2015 Mira-Lobe-Stipendium
2018 Kinder- & Jugendbuchpreis des Landes Steiermark für das Manuskript

2024

Umschlagbild: Stefan Karch
Grafische Gestaltung und Satz: Elvira Perterer
Schrift: Questa Sans, Lust Text, Minion Pro
Druck und Bindung: FINIDR, Tschechien
ISBN 978-3-7022-4195-7 (gedrucktes Buch)
ISBN 978-3-7022-4196-4 (E-Book)
E-Mail: buchverlag@tyrolia.at
Internet: www.tyrolia-verlag.at
Social Media: Tyrolia Verlag Kinderbuch

FSC www.fsc.org
MIX
Papier aus verantwortungsvollen Quellen
FSC® C014138

Stadt Wien | Kultur
Gefördert von
der Stadt Wien, Kultur

Kathrin Steinberger

Der Rosengarten

Rosa, der Krieg und das Niemandsland

Tyrolia-Verlag • Innsbruck-Wien

Teil I
1916–1917

Gute Beute

»So eine dumme Ziege«, dachte Rosa. Sie bog um eine Ecke und wäre beinahe mit einem alten Mann zusammengestoßen. Rosa schämte sich, weil sie sich nicht umdrehte, um sich zu entschuldigen.

»Ziegler die Ziege« hatten Hansi und Ferdi die Irmi wegen ihrer vorstehenden Zähne in der Schule oft genannt. Rosa hatte damals nie mitgelacht, weil sie nicht gern andere verspottete.

Aber eine Ziege ist sie wirklich, dachte Rosa. So wie Irmi gerade eben vor ihr gestanden war, in ihrem neuen hellblauen Kleid mit dem hübsch geschnürten Mieder und dem Sonnenschirmchen in der Hand. Dabei schien gar keine Sonne. Wozu brauchte man Ende Oktober einen Sonnenschirm? Wie sie Rosas abgenutztes Kleid gemustert hatte, bis Rosa ihre Füße in den abgelaufenen Schuhen so weit wie möglich zurückgezogen hatte.

Irmi hatte leicht reden, wie der Krieg einem das Leben schwermachte. Ihr Vater verdiente gut daran, dass der Kaiser viele Stiefel für seine Soldaten brauchte. Irmi bekam ihre feinen Stiefeletten von der eigenen Fabrik. Da konnte sie Rosa leicht hämisch mustern und davon reden, wie mühsam es war, dass es durch den Krieg kaum mehr Schokolade gab.

Schokolade! Rosa schnaufte wütend, während sie über die Straße lief, einem Pferdefuhrwerk auswich und auf ihr Wohnhaus zuging. Als ob es nichts Wichtigeres gab, wo der Krieg schon mehr als zwei Jahre dauerte.

Rosa schüttelte den Kopf, als sie daran dachte, wie sehr sie Irmi früher beneidet hatte. Sie schloss das Haustor auf und stieg die abgetretenen Stufen in den zweiten Stock hinauf, das Bündel mit der heutigen Beute an sich gepresst. Nein, sie wird sich jetzt nicht die Freude nehmen lassen. Ihr Einkaufsweg war so erfolgreich gewesen, Irma Ziegler und ihr komischer Sonnenschirm werden ihr das nicht verderben.

Sie öffnete die Wohnungstür, legte das Tuch auf den kleinen Esstisch und zog an der Garderobe zwischen Tür und Ofen Schuhe und Weste aus. Mit wenigen Schritten war sie bei der Küchenecke, nahm die große Emailleschüssel und holte Wasser von der Bassena am Gang. Sie wusch sich gleich die Hände und trug die volle Schüssel zurück in die Wohnung.

Sie lächelte stolz, als sie den Knoten im Tuch löste und ihre Beute herausholte, zuerst die Erdäpfel und dann das Butterstück. Sie holte einen kleinen Teller und legte die Butter drauf, dann wusch sie die Erdäpfel, nicht zu lange, damit sie nicht aufquollen, und heizte mit so wenig Kohlen wie möglich den Herd an.

Während die Erdäpfel kochten, räumte Rosa ihre Nähsachen vom Tisch auf die Sitzbank an der Wand. Lächelnd nahm sie auch noch den blauen Zwirn aus dem Tuch und legte ihn in die Schatulle zu den anderen. Es war wirklich ein guter Einkauf gewesen.

Als die Erdäpfel weich waren, zog Rosa die Schale ab, ganz vorsichtig, nur mit den Fingerspitzen. Weil sie schon ziemlich alt waren, ging das leicht. Mit dem Nagel vom Zeigefinger löste Rosa die kleinen schwarzen Augen heraus. Dass es nicht die schönsten Erdäpfel waren, störte sie nicht. Die letzten hatten sie vor mehr als einer Woche gehabt. Und es waren sogar fünf Stück. Sie hatte nur zu zwei Geschäften gehen müssen.

Der Vater würde sich freuen. Gestern hatte es nur den Rest der Suppe von vorgestern gegeben. Heute endlich wieder einmal Erdäpfel, dazu sogar ein Stück Butter und eine Scheibe Brot für jeden.

Rosa legte den letzten Erdapfel zurück in den Topf, deckte ihn mit einem Tuch zu, wusch sich die Hände und griff nach dem Kleid, das auf einem Sessel hing. Nach dem Abendessen würde es ohnehin zu dunkel sein, um weiterzunähen, sie wollte das Petroleum für die Lampe sparen. Rosa warf einen Blick auf das Kleid und strich es glatt, ehe sie es zusammenfaltete und in ihren Korb legte. So ein schöner dunkelblauer Stoff. Er roch vertraut. Rosa konnte sich erinnern, wie gut er zu den blauen Augen und hellen Haaren ihrer Mutter gepasst hatte.

Rosas Augen waren braun wie die des Vaters und ihre Haare deutlich dunkler als die der Mutter, fast braun, aber auch nicht ganz, irgendwie eine Dazwischenfarbe. Aber als sie das Kleid vor einer Woche zögerlich aus dem Kasten geholt hatte, hatte der Vater gelächelt und gemeint, dass es ihr hervorragend stehen würde. Es war ein komisches Gefühl, die Kleider der Mutter für sich umzunähen, aber über den Sommer war Rosa aus allen Sachen herausgewachsen, und jetzt, wo die Kälte des nahenden Winters langsam zu spüren war, brauchte sie etwas. Neue Kleider oder auch nur neuen Stoff, um eins zu nähen, konnten sie sich unmöglich leisten.

Als Rosa die Gabeln auf den Tisch legte, hörte sie den Vater im Stiegenhaus. Sie hätte das Geräusch seiner Stiefel unter hunderten anderen wiedererkannt. Kurz verstummten die Schritte, dann rauschte das Wasser der Bassena, weil er sich wie jeden Abend draußen die schmutzigen Hände wusch. Unmittelbar danach drehte sich sein Schlüssel im Schloss. Die Wohnungstür quietschte, schon trat er durch die Tür, in seinem staubigen Mantel, seiner schwarzen Hose und den Stiefeln, deren Absätze schief waren, von der Art und Weise, wie er auf dem Kutschbock saß und sie vor sich abstützte. Auch heute hatte Rosa den Eindruck, dass der Geruch aller Straßen Wiens an ihm klebte, aber wie jeden Tag roch er vor allem nach den Pferden, nach Heu und dem Leder der Kutsche, und er lächelte ihr entgegen.

»Na Rosalein, wie war dein Tag? Lustiger als meiner, hoff ich?«, fragte er, während er sich Mantel und Stiefel auszog.

Rosa berichtete ihm rasch von ihren Erlebnissen, denn eigentlich wollte sie ihn so bald wie möglich auf die Erdäpfel aufmerksam machen. Er nickte, aber Rosa hatte das Gefühl, dass er nur mit einem Ohr zuhörte. Rosa war erstaunt. Das sah ihm gar nicht ähnlich.

Der Vater setzte sich, rückte seine Gabel zurecht, und schaute endlich auf den Topf vor sich. Sein Lächeln wurde breiter.

»Wonach riecht es denn hier?«, fragte er. »Das sind doch nicht etwa –«

»Erdäpfel!« Rosa hob den Deckel hoch. Ein wenig Dampf stieg auf. »Sogar fünf Stück.«

Jetzt lachte der Vater wirklich: »Wo hast du die hergezaubert, du Wunderkind?!«

Rosa platzte fast vor Stolz.

»Die hat es beim Wagner gegeben«, sagte sie. »Ich bin zur Frau Pribil, fragen, ob sie blauen Zwirn hat. Beim Hinweg war der Wagner zu, aber als ich zurückgegangen bin, hat die Frau Wagner grad die Tür aufgesperrt und gerufen, dass noch eine Lieferung gekommen ist. Ich hatte gar kein Geld mehr dabei, aber die Frau Wagner hat gelacht und gesagt, die Tochter vom Herrn Röck lässt sie immer anschreiben, weil der Herr Röck, also du, ja ein ehrenwerter Mann ist, und dann hab ich mir fünf Erdäpfel aussuchen können, während die anderen erst zusammengelaufen sind. Und ein Stück Butter für die Marken hatte sie auch, und zwei Zwiebeln und zwei Handvoll Fisolen, aber die sind für morgen.«

Rosa holte tief Luft. So sehr hatte sie darauf gewartet, davon erzählen zu dürfen. Sie spürte ihre roten Wangen. Der Vater lachte immer noch, stand auf, gab ihr einen Kuss auf die Stirn und schob sie liebevoll zu ihrem Sessel.

»Na, dann lass uns essen, bevor das Festmahl kalt wird«, sagte er.

Für ein paar Minuten aßen sie schweigend. Rosa nahm sich nur wenig Butter und bemühte sich, sie möglichst gleichmäßig auf einem Erdapfelstück zu verstreichen. Eigentlich war es verboten, die Butter roh zum Essen herzunehmen, man bekam sie, um damit zu kochen. Aber kaum jemand hielt sich daran. Die erwachsenen Frauen, mit denen Rosa in den Schlangen vor den Geschäften stand, schimpften oft, dass sich die Regierung gar nicht einzumischen brauchte, wie die Leute ihre Butter aßen, wenn ihnen schon kaum mehr welche zugeteilt wurde.

Die Erdäpfel waren etwas ausgekühlt, aber im Kern noch heiß, und sie schmeckten wunderbar. Ein wenig traurig schielte Rosa auf den leeren Topf. Sie hätte noch einmal und noch einmal zwei Kartoffeln essen können.

»Und, hast du deinen Zwirn bekommen?«, fragte der Vater schließlich.

Rosa nickte, dann zuckte sie mit den Schultern. »Na ja, genau die passende Farbe hatte die Frau Pribil nicht mehr, nur etwas heller. Aber das macht nichts, ich hab noch einen in Dunkelgrau. Ich mach mit dem blauen die äußeren Nähte, und da, wo man's nicht so sieht, nehm ich den grauen.«

Rosa zerteilte ihren zweiten Erdapfel in kleine Stücke. Sie spürte, wie der Vater sie mit traurigem Blick ansah. Rosa wollte Schneiderin werden. Seit sie als kleines Kind der Mutter beim Nähen zugeschaut hatte, hatte nichts sie mehr fasziniert als die Handgriffe, die aus einem Stück Stoff langsam ein wunderschönes Kleid, einen eleganten Rock oder eine Bluse mit gerafften Ärmeln werden ließen. Ihre Tante Erna, die selbst Weißnäherin gewesen war, hatte behauptet, dass sie noch nie jemanden mit einem solchen Talent wie Rosa gesehen hätte, und ihr viele Sachen gezeigt. Und die Eltern hatten versprochen, wenn Rosa die Schule gut abschloss, würden sie ihr eine gute Lehrstelle besorgen.

Früher hatte Rosa davon geträumt, in einem der Salons in der Innenstadt zu arbeiten, von denen Tante Erna erzählte. Feine Damen würden zu ihr kommen, vielleicht sogar die Hofdamen, und bei ihr ein Ballkleid bestellen, und bei der letzten Anprobe würden sie sich verzückt vor dem Spiegel drehen und sagen: »Fräulein Rosa, nur Sie können so schneidern, wie ich es mir wünsche.«

Früher war das gewesen. Als sie ein Kind gewesen war. Als es gereicht hatte, sich abends unter der Decke zu verstecken und sich einzureden, dass alles gut ausgehen würde. Aber früher war vorbei. Es hatte aufgehört, als die Mutter gestorben war, vor etwas mehr als zwei Jahren.

Nur wenige Wochen nach ihrem Begräbnis hatte der Krieg begonnen, der große Krieg, in dem sich scheinbar die ganze Welt bekämpfte. Keine sechs Monate nach der Mutter mussten sie neben ihr Tante Erna begraben, die an der Tuberkulose erkrankt war. Im Krieg hatte niemand Platz für ein Lehrmädchen, schon gar nicht die feinen Salons, deren Inhaber bei Rosas Anblick nur die Nase gerümpft hatten. So saß Rosa zu Hause und verdiente nebenbei ein paar Heller, wenn sie für andere Leute Kleider ausbesserte oder Stulpen und Ärmel herausließ.

Der Vater legte seine Gabel hin, lehnte sich zurück und verschränkte die Arme. Rosa sah ihn an. Sie kannte ihn, irgendetwas bedrückte ihn. Sie schluckte den letzten Bissen hinunter und wartete.

»Rosalein, ich muss dir was erzählen«, begann er. »Heut war das Militär bei mir. So ein kleiner Offizier, frag mich nicht nach dem Rang, ich erkenne das nie. Der hatte eine Depesche für mich.«

»Was ist eine Depesche?«, fragte Rosa.

»Eine Art Brief«, antwortete der Vater. »Eine Nachricht, die schnell verbreitet werden soll. Wie sie halt beim Militär Nachrichten weitergeben.«

»Aber du bist ja nicht beim Militär«, sagte Rosa, ihre Stimme zitterte.

Viele Männer mussten Soldaten werden und kämpfen, an den vielen Fronten, an denen Österreich mit anderen Ländern im Streit war. Nur wer gute Gründe vorweisen konnte, war davon ausgenommen, etwa weil man auch hier an der »Heimatfront«, wie man Wien jetzt nannte, eine kriegswichtige Arbeit leistete. Wie der Vater, der für das

Militär Sachen von einem Ort zum anderen lieferte. Außerdem war er der letzte Verwandte, den sie in der Stadt noch hatte, und sie ein Kind, das noch nicht für sich selbst sorgen konnte.

Dennoch hatte Rosa immer Angst, denn der Krieg dauerte schon lange, der Sieg kam nicht so schnell, wie der Kaiser und seine Generäle das versprochen hatten. Es konnte ja sein, dass jemand auf die Idee kam, sie wäre nun alt genug und der Vater sollte doch kämpfen.

Der Vater schien ihre Gedanken zu lesen, er beugte sich vor und legte seine Hand auf die ihre.

»Hab keine Angst, niemand nimmt mich dir weg«, sagte er. »Darum ging es nicht in dem Brief. Es war eine Nachricht vom Militärkommando. Ausgehängt hat man sie auch schon. Sie brauchen unsere Fuhrwerke. Es gibt einen Erlass, dass sie für den Fronteinsatz eingezogen werden.«

Rosa war zuerst erleichtert, doch dann erschrak sie: »Sie nehmen das Fuhrwerk? Die ganze Kutsche?«

»Mit den Rädern allein werden sie nicht viel anfangen«, antwortete der Vater und lächelte schief, aber Rosa wusste, wie sehr ihn das traf.

»Was wird dann aus Nanni und Mitzi?«, fragte Rosa.

»Die kommen mit«, antwortete der Vater. Jetzt wurden seine Augen richtig dunkel.

»Das können die doch nicht machen«, rief Rosa.

Nanni und Mitzi waren Vaters Pferde, zwei große gutmütige Noriker, die Rosa fest ins Herz geschlossen hatte. Als sie sechs Jahre alt gewesen war, hatte der Vater die Stuten gekauft, und Rosa hatte ihre Namen aussuchen dürfen. Nanni nach einer Hündin, die eine ihrer Freundinnen damals gehabt hatte, und Mitzi nach dem Kosenamen der Mutter, die Maria geheißen hatte. Die Mutter hatte kurz protestiert, aber dabei gelacht, und so kamen Nanni und Mitzi zu ihren Namen. Seit damals zogen sie die schwere Kutsche des Vaters treu kreuz und quer durch Wien. Und nun sollten sie fort, in den Krieg?

»Aber sie sind doch hier zuhause!« Rosas Augen füllten sich mit Tränen. »Man kann sie doch nicht dorthin schicken, wo geschossen wird, da fürchten sie sich doch, da könnten sie –« Sie stockte.

»Wer weiß, ob sie an die Front geschickt werden«, sagte der Vater besänftigend. »Meine Kutsche ist groß und nicht so wendig, die ist den Anforderungen dort vermutlich gar nicht gewachsen. Viel eher werden sie sie im Tross einsetzen, weiter hinten, wo sie Vorräte herumfahren. Genauso wie hier, nur halt woanders.«

»Aber sie gehören doch hierher«, begann Rosa noch einmal, dann rollten die Tränen wirklich und sie konnte nicht weitersprechen. Ein paar fielen auf den Tisch und färbten das Holz dunkel.

»Ich weiß, Rosalein«, sagte der Vater mit dumpfer Stimme. »Aber die Armee braucht mehr Material, und wenn der Kaiser das verfügt, kann ich nichts machen. Morgen muss ich alles in die Rudolfskaserne bringen. Du kannst ja mit zum Stall kommen und dich verabschieden.«

Rosa nickte, schluckte ein paar Mal und riss sich zusammen. Es half ja nichts, wenn sie so weinte, es würde den Vater nur noch trauriger machen. Sie starrte auf ihren leeren Teller. All die Freude über die Erdäpfel war verflogen. Da fiel ihr etwas ein. Sie hob den Kopf und schaute den Vater an.

»Wenn du nicht mehr als Fuhrwerker arbeitest, was machst du dann?«, fragte sie.

»Ich werd schon was finden«, sagte der Vater achselzuckend. »Solchen Spaß, wie auf dem Kutschbock zu sitzen, wird nichts machen. Aber in den Fabriken suchen sie grad Arbeiter, weil die Armee die Produktion erhöht hat. Damit kann man auch überleben, wirst seh'n.«

Rosa nickte nur. Überleben, dachte sie, das ist es wohl. Wir sind gar nicht da, wo die Kämpfe stattfinden, trotzdem reden hier alle nur mehr vom Überleben.

Glockenschläge

Weinend hing Rosa am Hals der Pferde. Zuvor hatte sie dem Vater geholfen, die beiden aus dem Stall in der Nähe der Wohnung zu holen und fertig zu machen. Nun lud der Vater seine Kutsche mit all den Dingen voll, die er für seine Arbeit gebraucht hatte, all die Gurte und Boxen, die die Armee ebenfalls angefordert hatte.

Als er die Futtertröge von Mitzi und Nanni auflud, kamen ihr wieder die Tränen. Dann konnte sie den Tieren nur mehr die Hälse tätscheln, während der Vater dem Inhaber des Stalles die Hand schüttelte. Der Mann seufzte.

»Eine Schande«, murmelte er. »Eine Schande das alles.«

Rosa hatte mitbekommen, dass mehrere Kutscher ihren Stallplatz aufgaben, weil sie dieselbe Anordnung erhalten hatten. Sie fragte sich, wie er Stallbesitzer nun genug Geld verdienen wollte.

»Vielleicht sehen wir uns bald wieder«, sagte der Vater. »Wenn dieser Krieg schnell vorbei ist. Vielleicht kriege ich bald alles zurück.« Es klang aber, als glaubte er selbst nicht daran.

Rosa sah ihm nach, wie er mit der Kutsche langsam die Hernalser Hauptstraße hinunterfuhr. Sie wusste, dass Nanni und Mitzi es am Morgen gerne gemütlich angingen, aber heute schien ihr, als ließen die Pferde traurig die Köpfe hängen. Rosa blieb auf der Straße, bis sie die Kutsche nicht mehr sah.

Dann zahlte sie bei Frau Wagner die Schulden, ging nach Hause und brachte am blauen Kleid stundenlang nur wenige Stiche weiter.

Spät am Nachmittag kam der Vater wieder, saß schweigend am Tisch, aß Fisolen, ohne zu zeigen, ob er sich über das Gemüse freute. Die Fisolen waren klein und schief gewachsen, die letzte Ernte vor dem Winter, aber sie schmeckten gut. Doch auch Rosa blieben die Bissen im Hals stecken.

Draußen war es schnell dunkel geworden. Der Vater stand auf und machte sich fertig fürs Bett.

»Ich hab mit Josef Moser gesprochen, dem Vater von der Luise, mit der du in der Schule warst. Der arbeitet drüben in der Karabinerfabrik. Er sagt, dort suchen sie Männer, die die schweren Arbeiten machen können. Da geh ich morgen hin.«

Rosa nickte. Der Vater stand für einen Moment neben der Sitzbank, dann strich er ihr gedankenverloren über die Haare und verschwand im Schlafzimmer.

Der Vater bekam die Arbeit. Sein Lohn war geringer als das, was er mit dem Fuhrwerk verdient hatte, aber er reichte, um die Wohnung zu erhalten und die kargen Dinge zu kaufen, die sie zum Leben brauchten.

Jeden Morgen stand Rosa mit ihm auf, richtete ihm im Licht der kleinen Tischlampe den mit Zuckerrüben gestreckten Kriegskaffee, und strich ihm den Mantel glatt, während er in die Stiefel stieg. Zum Abschied küsste er sie auf die Stirn, und dann saß Rosa sehr müde vor ihrer Tasse. Aber im Bett liegen zu bleiben, wenn er so früh aus dem Haus musste, brachte sie nicht zusammen. Und meistens war es gut, wenn sie schon in der Dämmerung unterwegs war und sich vor einem Geschäft anstellte.

Es wurde immer schwieriger, Lebensmittel aufzutreiben. Manche Dinge, über die sie vor zwei Jahren nicht nachdenken hätte müssen, waren jetzt kaum mehr zu beschaffen. Als sie diesmal mit einer Flasche Frischmilch aus dem Geschäft der Wagners trat, kam sie kaum an der Menge der noch angestellten Leute vorbei, die sie bedrängten, ihnen die Milch zu überlassen. Für Milch brauchte man einen Bezugsschein, aber oft wurde nicht genug geliefert, dann musste man sich mit Trockenmilchpulver begnügen.

Heute hatte Rosa als Vorletzte in der Schlange noch Milch bekommen. Sie wollte dem Vater unbedingt eine Freude machen. Sie wusste, wie zuwider es ihm war, in der stickigen Fabrik Waffen für den Krieg zu bauen. Also wies sie die Menschen ab, auch die Frau, die ihr ein Kleinkind mit entzündeten Augen entgegenhielt, und rannte schnell davon. Denn sie fürchtete, dass ihr jemand folgen würde, um die Milch zu stehlen.

All das Elend, die vielen kriegsversehrten Bettler, die mit fehlenden Beinen und Augenklappen auf der Straße hockten, dazu das trübe Novemberwetter, ließen die Stadt noch dunkler wirken. An der Ecke kam sie an einer Gruppe Buben vorbei, die dem Kohlewagen gefolgt waren, um die heruntergefallenen Kohlestückchen aufzulesen. Zwei der Burschen begannen sich zu prügeln, ein Wachmann kam mit der Pfeife im Mund und dem gezückten Knüppel angelaufen, und Rosa beeilte sich, in die Wohnung zu kommen.

Die Milch zauberte dem Vater für einen Moment ein Lächeln auf die Lippen. Er bemühte sich, Rosa zuzuhören, und erzählte ihr eine Geschichte darüber, wie eine Arbeitskollegin in der Fabrik sich über eine in einer Werkbank versteckte Ratte erschrocken hatte. Aber im Gegensatz zu früher hielten diese lustigen Gespräche nicht lange an, und sie gingen mit ernsten Gesichtern ins Bett.

Am nächsten Morgen stand Rosa im Nieselregen zwei Stunden beim Bäcker an und kam nur mit einem halben Laib aus dem Geschäft heraus. Sie ging bis zum Yppenmarkt hinauf, aber die meisten Stände vom Großmarkt waren geschlossen. Um die wenigen offenen drängten sich die Leute, einige schimpften über die Wucherpreise eines Gemüsehändlers. Rosa stellte sich in die Reihe vor einem Stand mit Karfiol und Steckrüben.

Während sie nachrechnete, ob sich ihr Kohlenvorrat bis zum nächsten Lohn des Vaters ausgehen würde, hörte sie eine Frauenstimme hinter sich: »Ich sag Ihnen doch, mein Schwager arbeitet in Schönbrunn als Gärtner, der schwört, dass er es von zwei Köchen gehört hat, die im Schloss arbeiten. Er stirbt, das ist sicher.«

Neugierig geworden drehte sich Rosa leicht nach hinten und begann zuzuhören.

»Das kann ich nicht glauben«, antwortete eine andere. »Das kann nicht passieren.«

»Er ist fast siebenundachtzig. Natürlich passiert da so was. Er hat es wohl seit Wochen auf der Lunge, jetzt sei das Fieber dazugekommen. Das weiß ja ein jeder, dass einer da aufs Ende zusteuert.«

Rosa sah aus dem Augenwinkel, wie sich eine der beiden Frauen bekreuzigte.

»Gott hilf uns«, murmelte sie. »Was soll dann aus uns werden?«

»Das, was wir ohnehin überall sehen«, sagte die andere bitter und deutete auf das Chaos auf dem Markt. »Das kann ja nur das Ende sein.«

Rosa war dran. Sie zeigte auf den Karfiol, der von den wenigen verbliebenen noch am brauchbarsten aussah, und zahlte unverschämte zwanzig Heller dafür.

Der Regen nahm zu. Rosa hob das Tuch, das sie um ihren Hals geschlungen hatte, und band es sich um den Kopf. Sie ahnte, über welchen fast siebenundachtzigjährigen Mann in Schönbrunn die beiden Frauen geredet haben. Aber das konnte nicht wahr sein.

In Schönbrunn stand das große Schloss, in dem der Kaiser wohnte. Als Kind war sie mit den Eltern manchmal mit der Kutsche hingefahren und hatte den prächtigen Bau und die schönen Gärten bewundert. Früher hatten sie öfter solche Ausflüge gemacht. Rosa wäre sehr gerne wieder einmal mit dem Vater in den Wienerwald gefahren, um der grauen Stadt zu entkommen, aber das war nicht mehr möglich. Jetzt war dort Sperrgebiet, das Militär hatte die Aussichtswarten besetzt und überall Wachen aufgestellt, mit schweren Waffen, für den Fall, dass man die Stadt vielleicht doch vor einer feindlichen Armee schützen musste.

Sogar so große Kanonen, um mit ihnen Flugzeuge abzuschießen, hatte die Armee bauen lassen. Flugzeuge! Die Menschen durften sich diesen mit Stacheldraht eingezäunten Gebieten nicht mehr nähern.

Zu Hause hängte Rosa ihre nassen Sachen an den Herd. Mit einem Messer fitzelte sie die angefaulten Stellen aus dem Karfiol heraus. Es war eine erbärmlich kleine Portion, doch der Vater aß wie immer, ohne sich zu beklagen. »Schmal ist er geworden«, dachte Rosa. Am Essen konnte es jedoch nicht liegen, das ganze Jahr über hatten sie nicht mehr auf den Tellern gehabt. Sicher war es die Arbeit in der dunklen Halle.

»Ich hab heut zwei Frauen reden hören«, sagte sie. »Dass der Kaiser krank ist.« Es war kein schönes Thema, aber besser als diese ewige Stille.

Der Vater mochte Kaiser Franz Joseph. Er erzählte gern, wie er ihm einmal begegnet war, lange vor Rosas Geburt, als er gerade sein Fuhrwerk gekauft hatte. Der Vater behauptete, er sei auf der Ringstraße entlanggefahren, mit einer Ladung Stoff für einen Händler in der Innenstadt, und nahe der Hofburg sei plötzlich der Kaiser mit vielen Männern als Begleitung vorbeigeritten. Der Vater war stehen geblieben, um die Gruppe vorbeizulassen, und habe ehrfurchtsvoll einen kleinen Diener gemacht, im Sitzen auf dem Kutschbock, dumm sei er sich dabei vorgekommen. Aber der Kaiser hätte es wirklich gesehen, habe zwei Finger an die Kappe gehoben, wie ein militärischer Gruß. Richtig stolz war der Vater, wenn er die Geschichte erzählte. Bestimmt wusste er jetzt etwas Aufmunterndes zu sagen.

Aber sein Gesicht blieb dunkel. »In der Fabrik haben ein paar Leute auch so etwas berichtet«, sagte er. »Es hat sehr ernst geklungen. Einer der Vorarbeiter ist sogar früher gegangen, weil er nach Schönbrunn hinausfahren wollte.«

»Dann stimmt es?«, fragte Rosa erschrocken.

Der Vater zuckte mit den Schultern: »Ich weiß es nicht. Er ist sehr alt und da –« Er sprach nicht weiter. Der Vater sah Rosas traurige Augen und griff nach ihrer Hand.

»Lass uns ein Gebet für ihn sprechen«, sagte er. »Schadet ja nicht.«

Rosa nickte und räumte die leeren Teller weg. Sie saßen einander mit gefalteten Händen gegenüber, Rosa lauschte der brummenden Stimme des Vaters. Er war kein frommer Mann. Er ging manchmal mit ihr in die Kirche, aber nicht jeden Sonntag. Er legte keinen Wert auf ein Tischgebet und bekreuzigte sich nicht sofort, wenn er sich sorgte, wie es etwa Frau Walcher aus der Nachbarwohnung tat. Dass er ein Gebet vorschlug, bedeutete wohl, dass er die Gerüchte ernst nahm.

Rosa dachte über den Kaiser nach. Sie hatte ihn noch nie gesehen. Franz Joseph fuhr nicht in der Stadt herum, und Rosa hatte nie einen Grund, zur Hofburg zu gehen. In Schönbrunn hatte sie mal einen motorisierten Wagen gesehen, von dem einige Umstehende behauptet hatten, da säße der Thronfolger drin. Rosa hatte kurz einen Blick auf den dicken Mann auf der Rückbank werfen können.

Den Kaiser selbst kannte sie nur von den Bildern, die in Geschäften oder Büros hingen. In ihrer Schule war sein Porträt in jedem Klassenzimmer gewesen, ein alter Mann mit Glatze und buschigem Bart, der mit gütigen Augen auf die Kinder herunterschaute.

Dort hatte sie auch von seinen tapferen Kämpfen gehört, seiner Politik für alle Völker in seinem großen Reich, seiner bedeutenden Familie, den Habsburgern. Er war immer schon da gewesen. Er war älter als der Vater, ja sogar älter als alle vier Großeltern von Rosa es gewesen waren, und die waren alle schon tot. Aber der Kaiser war da. Für ihn zogen die Männer in diesen Krieg, nahmen die Frauen die Fabrikarbeit und die harten Jahre hin, so stand es in den Zeitungen, deren Titelblätter Rosa manchmal auf der Straße las.

Nach dem Gebet drehte Rosa das Licht in der Küche aus. In dieser Nacht lag sie in ihrem kleinen Kabinett noch lange wach und dachte über alles nach.

Aber kaum, dass sie weggedöst war, riss sie die Glocke der nahen Kalvarienbergkirche wieder aus dem Schlaf. Wie ein Donnerschlag knallte sie durch den Raum. Rosa richtete sich verwirrt auf. Ein weiteres Läuten war zu hören, von einer der Kirchen weiter weg. Und da, noch eine. Die Glocken hallten über die ganze Stadt.

Rosa stand auf und öffnete ihr kleines Fenster. Der kühle Nachtwind wehte herein. Sie sah Lichter in anderen Wohnungen, Menschen, die wie sie ratlos aus ihren Fenstern schauten. Rosa fröstelte es. Oder kam das von den Glocken?

Sie lief zum Schlafzimmer hinüber. Der Vater saß am Bett, die Lampe auf seinem Nachttisch brannte.

»Was ist das?«, fragte Rosa. »Wieso läuten alle Glocken?«

Sie erschrak, als sie die nassen Augen des Vaters bemerkte. Seit dem Begräbnis der Mutter hatte sie ihn nicht mehr weinen gesehen.

»Sie läuten für den Kaiser«, sagte er. »Weil er gestorben ist.«

Seit vielen Jahren schon hatte Rosa nicht mehr im Bett der Eltern geschlafen, aber in dieser Nacht durfte sie sich neben den Vater legen. Sie bat ihn, die Geschichte von seiner Begegnung mit dem Kaiser zu erzählen, und hörte ihm weinend zu, bis sie einschlafen konnte.

Am nächsten Morgen fühlte sie sich müde und seltsam leer. Auch der Vater war bleich. Er würgte sein Brot hinunter, ließ etwas Kaffee übrig, und umarmte Rosa zum Abschied ganz fest.

»Ich geh mit dir zum Begräbnis«, sagte er. »Das wird ein Leichenzug, wie man ihn wohl nie wieder zu Gesicht bekommen wird. Da gehen wir hin. Damit du ihn auch noch siehst. Sie werden ihm die schönsten Pferde vor den Wagen spannen. Die schauen wir uns an.«

Rosa schluckte und nickte. Sie hasste Begräbnisse. Die, die sie bisher besuchen hatte müssen, waren furchtbare Abschiede von lieben Menschen gewesen.

Später lief sie wie immer durch die Straßen, um Essen aufzutreiben. Aber fast alle Geschäfte waren geschlossen, die Marktstände leer. Die Menschen huschten wie Gespenster herum. Sogar dem dicken Wachmann mit der glänzenden Uniform an der Ecke lief eine Träne über die Wange. Die Stadt war schwarz, überall hingen dunkle Fahnen oder Stoffreste an den Fenstern. In vielen Auslagen lehnte ein Bild des Kaisers. Vor manchen hatten sich Menschen versammelt und beteten. In der Kalvarienbergkirche wurde eine Messe gelesen, die Leute standen bis auf die Straße hinaus.

Am Nachmittag gab Rosa auf. Ein halbes hartes Brot hatte sie ergattert. Ihr war kalt, sie wollte die traurigen Gesichter nicht mehr sehen, also machte sie sich auf den Heimweg.

Bei einer Trafik musste sie auf die Straße ausweichen, eine große Menge drängte sich davor, um ein Exemplar der neu eingetroffenen Zeitung zu erwischen. Rosa sah auf dem Titelblatt ein Porträt des Kaisers, genau das Bild, das in ihrem Klassenzimmer gewesen war. Gütig schaute Franz Joseph zu ihr herüber, als würde er sich genauso wundern, was hier vor sich ging.

Erst am nächsten Tag öffneten wieder alle Geschäfte und das Leben schien weiterzugehen. Aber etwas war anders. In den Gesichtern der Menschen sah Rosa nun noch mehr Kummer als schon zuvor, aber oft auch so etwas wie Zorn oder Wut.

Während sie in den Schlangen anstand, lauschte sie wie immer den Gesprächen der Leute. Fröhliche Unterhaltungen waren das noch nie gewesen, aber so viele Kommentare über die Unfähigkeit der Politiker hatte es bisher nicht gegeben. Als hätten die Leute mit dem alten Kaiser auch ein gutes Stück Geduld verloren.

»Wir müssen einfach an das Gute glauben, Rosalein«, sagte der Vater. »Wir haben ja einander. Wer weiß, wenn der Winter hart wird, wird das mit den Kämpfen vermutlich bald sein Ende haben. Dann wird alles besser.«

Rosa nickte zu seinen Worten und versuchte, mit aller Kraft daran zu glauben.

Sechs Tage nach dem Tod des Kaisers saß Rosa in der Küche und durchwühlte ihr Nähkästchen. Sie hatte sich eingebildet, noch einen dunkelbraunen Zwirn zu haben, aber sie fand ihn nicht. Das ärgerte sie. Unmöglich konnte sie die gute Hose des Vaters mit der falschen Farbe stopfen.

Fest entschlossen verließ sie die Wohnung. Und es schien ein Glückstag zu sein. Bei Frau Pribil war geschlossen, aber im kleinen, vollgestopften Laden der alten Frau Breitmoser wurde sie fündig. Eine alte Frau war gestorben und ihre Tochter hatte Frau Breitmoser den Großteil ihrer Nähsachen im Tausch für eine Wolldecke überlassen. Darunter war tatsächlich eine große Rolle dunkelbrauner Zwirn.

Und auf dem Rückweg kam Rosa gerade am Geschäft der Wagners vorbei, als der Laufbursche eine Lieferung Weißkraut vom Handwagen eines Mannes lud. Sofort stellte sich Rosa an, und weil sie bald an die Reihe kam, konnte sie sich einen schönen Krautkopf aussuchen, von dem sie und der Vater zweimal essen würden.

Das Kraut verbreitete bereits einen angenehmen Duft in der Küche und Rosa hatte mit der Hose begonnen, als es klopfte. Rosa wunderte sich, der Vater benutzte immer seinen Schlüssel. Da hörte sie leise Stimmen vor der Tür.

Irgendwie fühlte sich alles plötzlich falsch an, aber Rosa konnte nicht sagen, wieso. Langsam ging sie zur Tür, da klopfte es wieder.

»Ja bitte?«, rief Rosa leise.

»Rosa, bist du das?«, erklang eine Stimme von draußen, die sie kannte, aber nicht gleich zuordnen konnte.

»Ja …« Rosa antwortete leiser, als sie gewollt hatte. »Hier ist der Sepp«, sagte die Stimme. »Der Moser Josef. Kannst du bitte aufmachen, wir müssen mit dir reden.«

Der Moser Josef, natürlich. Aber der musste doch gerade arbeiten, wie der Vater? Rosas Hände schlossen auf, das Metall des Türgriffs war eigenartig heiß, obwohl es doch kalt war.

Vor der Tür stand wirklich Josef Moser, und daneben ein anderer Mann, den Rosa nicht kannte, aber mit diesen ölverschmierten Händen konnte er nur ein weiterer Fabrikarbeiter sein. Er schaute Rosa nicht an. Die beiden betraten die Wohnung, ohne Rosas Einladung abzuwarten.

Josef Moser stellte sich neben den Herd, auf dem das Kraut vor sich hin schmorte, knetete mit der linken Hand die rechte, räusperte sich und sagte dann: »Rosa, wir müssen mit dir reden. Wegen dem Toni, also, deinem Vater.«

Er räusperte sich noch einmal: »Weißt du, es hat in der Fabrik einen Unfall gegeben. Ein Wagen hat sich losgerissen. Er ist durch die Halle gerast und hat zwei Männer mitgenommen. Einem hat er die Füße abgefahren und den anderen gegen eine Wand gedrückt. Das war der Toni. Also, dein Vater. Der Wagen hat ihm den Brustkorb eingequetscht. Er ist – also«, er räusperte sich wieder, »er ist gestorben, Rosa. Es tut mir leid, dein Vater ist tot.«

Rosa fühlte sich, als hätte jemand das Fenster aufgemacht und eiskalte Luft hereingelassen, die sie mit einem Stoß eingeatmet hatte. Ihre Beine gaben nach. Da war plötzlich der fremde Mann und setzte sie auf einen Sessel. Rosa wollte sagen, dass sie da nicht sitzen konnte, weil das der Sessel vom Vater war, aber es kam nicht aus ihrem Mund.

Sie hörte noch, dass man den Vater ins Krankenhaus gebracht hatte, wo die Ärzte ihm aber nicht mehr helfen konnten, dass er jetzt dort bleiben würde bis zur Beerdigung, dass alle gesammelt hätten für ein ordentliches Begräbnis für den Toni, dass man sich um alles kümmern werde.

Rosa verstand nur die Hälfte, saß einfach da, bis plötzlich Frau Walcher im Raum stand. Die Nachbarin hatte ein ernstes Gesicht, bekreuzigte sich, murmelte in einem fort »achneinachnein« und verabschiedete die Männer.

»Du kommst mit zu uns«, sagte sie zu Rosa. »Kannst ja nicht allein hierbleiben.«

»Aber die Hose –« Endlich fanden wieder Worte aus Rosas Mund.

»Was?«, fragte Frau Walcher.

Rosa zeigte auf die Sitzbank, auf der die braune Hose lag, die eingesteckte Nadel glänzte. »Die muss ich fertignähen.«

Frau Walcher schüttelte den Kopf. »Aber Kind, das ist doch egal.«

»Die braucht der Vater«, beharrte Rosa.

Die Nachbarin schaute das Mädchen an, dann sagte sie: »Dann nehmen wir sie mit. Kannst sie ja später fertigmachen.«

»Und das Kraut …«, begann Rosa.

»Das nehmen wir auch mit. Komm!« Frau Walcher schob Rosa vom Sessel hoch.

Rosas Körper folgte von allein, ging in die Nachbarswohnung, ließ sich zum Tisch setzen, spürte die Umarmung von Anna, der Tochter der Walchers. Sie nahm den Löffel in die Hand, den die junge Frau ihr hinhielt, und aß die Portion Kraut, die Frau Walcher ihr auf einen Teller geschöpft hatte.

Rosa fand es nicht richtig, dass Frau Walcher und Anna das restliche Kraut aßen, es war ja für den Vater. Aber sie wusste auch, dass es falsch gewesen wäre, das zu sagen, also ließ sie es.

Später richtete Anna auf der Bank ein Nachtlager für Rosa her, und schließlich lag Rosa im Dunkeln und sollte schlafen. Aber in ihrem Kopf hallte es »falschfalschfalschfalsch«, bis sie irgendwann einnickte, weil das Hallen im Kopf sie doch müde gemacht hatte.

Fort

Schon am übernächsten Tag war das Begräbnis. Rosa hatte am Tag davor die Hose des Vaters fertiggenäht, es war unmöglich gewesen, es nicht zu tun. Frau Walcher brachte die Hose gemeinsam mit dem schönen Rock und den guten Schuhen zum Krankenhaus, wo der Vater lag, damit der Bestatter es ihm für die Beerdigung anziehen konnte.

Rosa kam der Gedanke, dass sie die Hose nicht wiedersehen würde, so wie den Vater. Sonst war ihr Kopf völlig leer. Frau Walcher gab ihr Anweisungen, dass sie sich waschen, schlafen, umziehen sollte, und Rosa folgte ihr. Gemeinsam mit Anna holte sie das schöne dunkelblaue Kleid aus der Wohnung. Sie hatte es noch nie getragen, seit sie es umgenäht hatte.

Die Nachricht vom Tod des Vaters hatte sich schnell verbreitet, viele hatten ihn gekannt. Die Männer aus der Fabrik und die Kameraden von den Fuhrwerkern hatten alles erledigt. Rosa wurde von den Walchers in die Kalvarienbergkirche geschoben. Dort war ein schlichter Holzsarg, den sie die ganze Messe hindurch anstarrte. Am liebsten hätte sie geschrien, dass da nicht der Vater drin sein konnte.

Nach der Kirche wurde sie in eine der Kutschen gesetzt, die den Trauerzug zum Hernalser Friedhof bildeten, stand vor dem Grab, in dem schon die Mutter, Tante Erna und die Eltern des Vaters lagen. Ihre Hand zitterte so sehr, als sie mit der Schaufel Erde in die Grube werfen sollte, dass alles herunterfiel und nur ein kleiner Teil auf dem Sarg landete. Man schüttelte ihr die Hand, Gesichter sahen sie an, wer waren alle diese Leute? Als es draußen dunkel wurde, war sie wieder bei den Walchers. Ein Teller Suppe stand vor ihr. Sie zählte im Kopf die Löffel, die sie zum Mund führen musste, bis die Schüssel leer war. Siebzehn. Sie hatte furchtbare Kopfschmerzen.

Am nächsten Morgen, Rosa hatte sich gerade angezogen und zum Kaffee gesetzt, klopfte es an der Tür. Draußen stand eine fremde Frau. »Weißgerber mein Name. Ich komme vom Fürsorgeamt, ich suche Rosa Maria Röck aus der Nachbarwohnung.«

Die Frau war nicht alt, aber auch nicht mehr jung, nicht dünn, aber auch nicht dick, groß mit aschblondem Haar unter einem kleinen schwarzen Hut.

»Haben Sie Informationen über den Verbleib des Kindes?«

Frau Walcher deutete auf Rosa. »Da ist sie, bitteschön.«

»Das ist gut, dass ich dich hier finde.« Die Frau blickte Rosa prüfend an. »Ich hatte keine Informationen, wo man sie untergebracht hat.«

»Wir haben sie halt mal genommen«, erklärte Frau Walcher. »Ist ein gutes Mädel, und ihr Herr Vater war ein guter Mensch.«

Frau Weißgerber nickte kurz.

Es war Rosa noch gar nicht eingefallen, dass es irgendwie mit ihr weitergehen musste. Sie war nicht erwachsen, aber sie hatte keine Eltern mehr. Eine Waise, dachte Rosa, und es tat in der Brust weh. Waisen, das waren andere, wie ihre frühere Schulfreundin Gerti, deren Eltern an Tuberkulose gestorben waren, und die man dann zu einer Großmutter nach Korneuburg geschickt hatte. Rosa hatte keine Großeltern mehr. Was würde Frau Weißgerber mit ihr machen?

Die Fürsorgerin zog sich einen Sessel heran und setzte sich vor Rosa. Sie wirkte abgehetzt, wie jemand, der immer zu wenig Zeit hat, aber ihr Lächeln war nicht unfreundlich.

»Ich nehm dich jetzt mit«, sagte sie. »So machen wir das, wenn ein Kind allein übrig bleibt, weißt du.«

In Rosa zuckte etwas. War sie übrig geblieben, wie eine schlechte Birne, die keiner haben wollte?

»Kann sie nicht dableiben?«, fragte Frau Walcher. »Wir kennen sie ja. Wir kümmern uns schon.«

Rosa nickte. Sie würde gerne bei den Walchers bleiben. Auch Anna fand das eine gute Lösung. Frau Weißgerber war höflich, aber bestimmt.

»So einfach ist das nicht«, antwortete sie. »Das ist schön christlich von Ihnen, aber wir können die Kinder nicht irgendwo lassen. Zuerst muss sie mitkommen und wir müssen schauen, ob wir Verwandte finden. So ist das Gesetz. Sie können natürlich einen Antrag auf Pflegschaft stellen. Aber so eine Entscheidung treffe nicht ich.«

So musste Rosa ihre Sachen zusammensuchen. Hätte ihr Anna nicht dabei geholfen, Rosa hätte nicht gewusst, was sie mitnehmen sollte. Anna schlichtete all ihre Kleider und andere wichtigen Dinge in den Koffer, während Rosa hilflos Sachen in die Hand nahm und wieder weglegte.

Alles hatte in Rosas Koffer gar nicht Platz, also packten sie auch noch den größeren Koffer, den der Vater verwendet hatte. Rosas Nähsachen, ihre paar Bücher, die alte Puppe, dazu die wenigen Habseligkeiten, für die Rosa sich entscheiden konnte. Die von der Mutter gehäkelte kleine Decke für die Sitzbank. Den Zierpolster, den der Vater ihr einmal von einer Lieferung aus der Innenstadt mitgebracht hatte. Die tönerne Figur einer Tänzerin, die Rosa zu ihrer Taufe von einer Großmutter, an die sie sich nicht mehr erinnerte, bekommen hatte.

Dann standen sie da und sahen sich um, und Anna fragte verlegen: »Meinst du, dass du alles hast?«

Rosa konnte nur mit den Schultern zucken. Was war denn alles? Es fühlte sich an, als hätte sie nichts mehr.

Frau Walcher umarmte Rosa zum Abschied und sagte: »Ich schau mir das an, Rosa, vielleicht können wir dich ja nehmen.«

Auch Anna drückte Rosa fest. »Wirst seh'n Rosa, alles wird gut.«

Rosa nickte nur, murmelte »Danke für alles« und folgte Frau Weißgerber. Auf dem Weg durchs Stiegenhaus versuchte sie, sich alles einzuprägen. Die kleinen Risse in der Wand, die abgesprungene Fliese bei der Bassena im Hochparterre, die Zweige der Kastanie, die man durch das Gangfenster sehen konnte, das Muster am Steinboden …

Es war ihr Zuhause, hier war sie geboren. Würde sie je hierher zurückkommen?

Auf der Straße schlug Frau Weißgerber zielstrebig den Weg Richtung Innenstadt ein. Rosa folgte ihr, so gut sie es mit den zwei schweren Koffern zusammenbrachte.

Nach ein paar Häuserblöcken bemerkte Frau Weißgerber, dass das Mädchen zurückfiel, und blieb stehen. Als Rosa sie eingeholt hatte, streckte sie die Hand aus: »Na, gib schon einen her.«

Dankbar reichte Rosa ihr den größeren Koffer. Jetzt traute sie sich auch endlich zu fragen, wo sie überhaupt hingingen.

»Zuerst einmal ins Kinderhaus. Da werden alle Kinder hingebracht, die wir kurzfristig unterbringen müssen. Dann wird weiter geschaut, wo man einen Platz findet. Das ist halt sehr schwierig gerade mit dem Krieg und allem.«

Frau Weißgerber ging weiter. Rosa lief hinterher und ihr Herz klopfte nicht nur vom schnellen Gehen. Kinderhaus. Ein Waisenhaus. Kinderheim. Sie wusste, was darüber geredet wurde: Dreckig sei es, die Kinder würden erst recht verwildern, Essen gäbe es auch zu wenig.

Das erste Mal, seit Josef Moser und sein Kollege vor der Tür gestanden waren, spürte Rosa so etwas wie Angst.

Die Glocken der nahe gelegenen Alserkirche unterbrachen ihre Gedanken. Als würde sich das Geräusch durch die Luft übertragen, begannen nun auch die Glocken der Votivkirche zu läuten. Und so setzte es sich durch die Stadt fort, bis ein lautes Dröhnen über ganz Wien hing.

Für Frau Weißgerber schien das keinen Unterschied machen, sie ging schnell weiter. Rosa fiel auf, was für eine Unruhe über der Stadt lag. Viele Menschen waren unterwegs und fast alle schienen Richtung Innenstadt zu hetzen.

Rosa brauchte eine Weile, ehe sie sich erinnerte: Der Kaiser wurde heute beerdigt. Der Trauerzug! Die Menschen beeilten sich, um einen Blick auf die Kutsche zu erhaschen und Franz Joseph die letzte Ehre zu erweisen. Ein Mann lief an ihnen vorbei mit seinem kleinen Sohn an der Hand.

Rosa erinnerte sich, dass ihr Vater die Kutsche hatte sehen wollen, wie sehr er sich auf die Pferde gefreut hatte. Jetzt ist Papa selbst begraben, dachte sie bitter. Der Kaiser auch. Und ich bin übrig geblieben.

Frau Weißgerber bog um eine Ecke. Rosa stolperte ihr hinterher.

Das Kinderhaus

Endlich, als Rosa schon fast keine Kraft mehr hatte, blieb Frau Weißgerber stehen und öffnete mit einem großen Schlüssel eine schwere hölzerne Haustür. Das Haus war hoch und dunkelgrau. Zögernd folgte Rosa der Frau hinein.

Als erstes fiel ihr der Geruch auf. Er war so intensiv, dass er sich wie ein penetranter Schleier über alles legen würde, vermutete Rosa. Es stank nach alter Milch, nach zu lang geschmortem Kohl, nach Schweiß und vielen Menschen auf engem Raum. Rosa hatte sofort das Bedürfnis, alle Fenster aufzureißen.

Dann sah sie, dass bei allen Gangfenstern die Griffe abmontiert waren. Als sie noch darüber nachdachte, was der Grund dafür sein konnte, fielen ihr die Kinder auf. Es waren viele. Kleine Stöpsel, die ihr gerade bis zu den Hüften reichten, und größere, in ihrem Alter und älter. Lauter Mädchen. Manche in abgenutztem, aber einmal schön gewesenem Gewand, andere in einheitlichen sackförmigen, hässlich hellbraunen Kleidern mit hohen Krägen, die sie wohl hier bekommen hatten.

Obwohl sie wusste, dass es sich nicht gehörte, musste Rosa die Kinder anstarren. Die Kinder starrten zurück. Ein Mädchen mit kurz geschorenen roten Haaren trug einen großen Bottich an ihr vorbei und musterte sie feindselig. Rosa bemerkte, dass nur einige Mädchen normale Schuhe trugen, viele Füße steckten in harten hölzernen Pantoffeln, die neben den dünnen Strümpfen kaum gegen die Kälte im Haus schützen würden.

Frau Weißgerber blieb so plötzlich vor einer geschlossenen Tür stehen, dass es Rosa übersah und in die Fürsorgerin hineinrannte.

»Entschuldigung«, murmelte sie.

»Ist ja nichts passiert«, antwortete Frau Weißgerber, richtete sich den verrutschten Hut und öffnete die Tür. Rosa wunderte sich. Natürlich war etwas passiert, sehr viel sogar.

Sie folgte der Frau in den Raum. Es war ein Büro. An einer Seite stand ein mit Papieren überladener Tisch. Der zweite in der Raummitte war deutlich leerer, eine dünne Frau mit hochgestecktem Haar saß dahinter.

»Ach, Frau Weißgerber«, sagte sie und legte das Papier weg, das sie gerade noch gelesen hatte. »Bringen Sie die Schumanngasse?«

Ihre Stimme klang dünn und irgendwie weinerlich. Sie musterte Rosa, aber anders als bei Frau Weißgerber fühlte sich Rosa dabei nicht wohl.

»Schumanngasse vier«, antwortete Frau Weißgerber. »Das ist die Rosa Röck. Sie war bei den Nachbarn. Die wollten sie gleich behalten.«

»Na, wenn das so einfach wäre«, säuselte die dünne Frau.

»Das ist Frau Richter, Rosa«, sagte Frau Weißgerber und deutete ihr, dass sie näher kommen sollte. »Frau Richter verwaltet das Haus. Sie wird dich aufnehmen. Ich wünsche dir alles Gute.« Sie hielt ihr die Hand hin. Rosa schüttelte sie verdutzt. Sie hatte nicht damit gerechnet, dass Frau Weißgerber sich so bald verabschieden würde, und sah ihr verschreckt hinterher.

»Dann setz dich mal«, hörte sie die säuselnde Stimme hinter sich.

Abermals wurde sie von Frau Richter gemustert. Es fühlte sich an, als sei sie ein Stück Fleisch beim Metzger, und Frau Richter müsse noch überlegen, ob sie es kaufen wolle.

»Du hast sicher einen Heimatschein?«, fragte sie dann.

Rosa nickte. Sie holte den kleinen Koffer, kniete sich hin und suchte darin den Schein, den Anna für sie mit einigen anderen Papieren hineingesteckt hatte. Mit zitternden Fingern reichte sie ihn über den Tisch und setzte sich wieder hin.

Frau Richter las sich den Zettel durch und nahm dann ein großes, in Leder gebundenes Buch, in das sie etwas einzutragen begann.

»Deine Mutter, Maria Röck, verstarb vor zwei Jahren?«, fragte sie, als wüsste sie das ohnehin bereits.

»Ja, am vierten Juni«, antwortete Rosa. »Wegen einem Infekt auf der Lunge.«

»Und dein Vater verstarb nun am siebenundzwanzigsten November?«

Rosa nickte.

Frau Richter schrieb eine Weile, dann legte sie die Füllfeder hin und sah Rosa an.

»In Wien sind keine lebenden Verwandten von dir verzeichnet«, sagte sie. »Aber da gibt es wohl einen Bruder deiner Mutter. Jakob Hofer. Weißt du etwas über ihn?«

Rosa wunderte sich über sich selbst. An Onkel Jakob hatte sie gar nicht gedacht. Es war auch so lange her, dass sie ihn zuletzt gesehen hatte.

»Das ist mein Onkel …«, antwortete sie.

»Natürlich ist das dein Onkel, wenn er der Bruder deiner Mutter ist, Kind«, sagte Frau Richter beinahe spöttisch.

Rosa schluckte. Die Frau hatte sie nicht ausreden lassen. »… ich hab ihn seit Jahren nicht gesehen«, fuhr sie schnell fort. »Das letzte Mal war ich … neun, glaub ich. Da war er auf Besuch. Er arbeitet bei der Eisenbahn. Zumindest hat er damals für die Eisenbahn gearbeitet. Da hat er in der Steiermark gewohnt. Wo genau, weiß ich nicht. In einer kleinen Stadt in der Nähe von Graz.«

Frau Richter nickte. Sie schaute auf ihre Papiere hinunter, schob einen Zettel weg, notierte etwas auf einem anderen. Dann blickte sie wieder hoch zu Rosa. »Man wird versuchen, Kontakt zu ihm herzustellen. Ob das gelingt, kann man nicht sagen. Du verstehst das sicher, der Krieg. Und dann ist nicht gesagt, ob er dich nehmen will. Oder darf. Das gilt es zu prüfen. Bis dahin bleibst du bei uns.«

Rosa wollte eine Frage stellen, aber da griff Frau Richter schon zu einer kleinen Glocke und klingelte damit. Kurz darauf klopfte es an der Tür.

»Herein«, sagte die Frau.

Ein großes schlankes Mädchen trat ein. Sie war etwas älter als Rosa und machte so etwas wie einen Knicks.

»Gisela, das ist Rosa«, erklärte Frau Richter. »Bitte zeig ihr ihren Platz. Im gelben Saal.«

»Sehr wohl, Frau Richter«, antwortete das Mädchen.

Wieder nickte Frau Richter langsam und notierte etwas in ihrem Buch.

Rosa stand auf, nahm ihre Koffer und folgte Gisela. An der Tür hielt sie kurz inne, aber sie wusste nicht, was sie noch sagen sollte, also ging sie hinter Gisela den Gang hinunter und eine Treppe hinauf.

Ohne sich umzudrehen, erklärte das große Mädchen: »Du hast Glück, dass im gelben Saal was frei ist. Das ist der bessere. Mehr Platz. Du hast das Mittagessen verpasst, du musst warten. Abendessen ist um fünf. Danach die restlichen Hausarbeiten. Aber du wirst erst morgen eingeteilt. Nachtruhe ist um acht. Wer danach noch auf dem Gang gesehen wird oder spricht, bekommt eine Strafe. Es muss Ruhe sein. Wegen der Kleinen. Frühstück gibt es um sieben. Und danach Unterricht. Oder Hausarbeit. Wie alt bist du?«

Rosa brauchte einen Moment, um zu begreifen, dass sie jetzt antworten musste.

»Vierzehn. Fünfzehn bald«, brachte sie heraus.

Gisela nickte. »Dann Hausarbeit. Oder bist du auf einer Schule?«

Rosa schüttelte den Kopf. »Mein Vater wollte, dass ich weiter hingeh. Weil die Lehrerin gesagt hat, den Kopf hätte ich dafür. Aber es war nicht genug Geld da.«

»Dann wirst du Hausarbeit machen«, erklärte Gisela. »Die Älteren müssen anpacken. Eigentlich gehören die gar nicht hierher. Wenn man vierzehn ist, vermitteln sie einem eine Arbeit. Das ist nur gerade schwierig, wegen dem Krieg.«

Sie hatten eine große Doppelflügeltür erreicht, die mit einem unfreundlichen Quietschen aufschwang.

Rosa verstand nun, warum der Raum »der gelbe Saal« hieß. An den Wänden klebte eine dunkelgelbe Tapete, die mit einer goldenen Bordüre knapp unter der hohen Decke abschloss. Irgendwann einmal musste es hier sonnig warm und glänzend gewesen sein. Aber das war lange vorbei. Jetzt war die Tapete schmutzig und verblichen, und an der Bordüre blätterte der Rand ab.

Rosa sah sich um. Zwölf Betten standen hier, je sechs auf jeder Seite, in der Mitte ein Gang. Neben jedem Bett stand eine mehr oder weniger verbeulte metallene Kiste. Die Betten waren gemacht, manche sehr genau, bei anderen waren der dünne Polster und die Wolldecke eher schief aneinandergelegt. Es gab ein Waschbecken, daneben, auf einem kleinen Tisch, sah Rosa Becher mit Zahnbürsten, Seife, Waschlappen. Sie zählte zwölf Kleiderhaken mit kleinen Handtüchern, auf manchen hingen zusätzlich Westen oder Jacken. Hier im gelben Saal roch es ebenfalls nach Milch und Schweiß, aber wenigstens nicht nach saurem Kohl.

»Das ist dein Bett.« Rosa schreckte auf. Gisela zeigte auf das zweite Bett in der Fensterreihe.

»Jeden Morgen wird das Bett selbst gemacht. Ist es ungemacht, gibt es eine Strafe. Deine Sachen gibst du in die Truhe. Sie soll immer verschlossen sein. Auf den Schlüssel zur Truhe musst du selbst aufpassen. Verlierst du ihn oder lässt du die Truhe aus Versehen offen und etwas kommt weg, gibt es eine Strafe. Für das Bettenbeziehen gibt es einen Hausarbeitsdienst, auch für das Wäschewaschen, dazu wird man eingeteilt. Das erfährst du morgen. Dieser Haken gehört dir.« Gisela deutete auf den zweiten Haken neben dem Fenster. »Hast du eine eigene Zahnbürste?«

Rosa konnte nur nicken.

Gisela fuhr fort: »Die Becher werden geteilt. Passt man nicht drauf auf oder verliert etwas von sich oder anderen, gibt es eine Strafe. Du kannst jetzt ausruhen. Um fünf Uhr gibt es Abendessen im Speisesaal im Erdgeschoß. Komm pünktlich hinunter, du wirst eine Klingel hören, die zum Essen ruft. Ich bin dort und zeige dir alles. Wenn man zu spät kommt, gibt es eine Strafe.«

Als das große Mädchen schon bei der Tür war, bekam Rosa endlich den Mund auf. »Wo sind alle?«

Gisela drehte sich um. »Was meinst du?«

Rosa deutete auf die leeren Betten. »Bin ich allein im gelben Saal?«

Giselas Mund verzog sich zu einem kleinen spöttischen Lächeln. »Natürlich nicht. Das Haus ist voll. Wird ein Platz frei, wird sofort jemand zugeteilt. Die anderen haben jetzt ihre Aufgaben zu erledigen. Die, die Unterricht haben, lernen. Andere haben Hausdienst. Die Kleinen werden beaufsichtigt. Zwischen Mittagsruhe und Abendessen darf man nicht in den Zimmern sein, außer wenn man krank ist. Wenn man sich trotzdem im Zimmer aufhält, gibt es eine Strafe. Für dich gilt eine Ausnahme, weil du gerade gekommen bist. Die anderen siehst du beim Abendessen. Jeder Raum sitzt an einem Tisch.«

»Und du?«, fragte Rosa. »Wo schläfst du?«

»Da drüben«, antwortete Gisela und zeigte auf das dritte Bett an der Wandseite.

»Aber du arbeitest hier. Hast du kein Zimmer woanders?«, fragte Rosa überrascht.

»Ich arbeite nicht hier«, sagte Gisela. »Ich lebe hier. Seit drei Jahren. Ich helfe. Wie ich es gesagt habe: Für uns Große findet sich kaum wo ein Platz. Wenn die Leute ein Kind nehmen wollen, dann ein jüngeres. Wir müssten uns eine Arbeit suchen oder eine Lehrstelle. Aber da gibt's nicht mehr viel, wegen dem Krieg. Aber der ist sicher bald aus. Dann werd ich was finden.«

Rosa schaute Gisela an. Ihr fiel auf, wie hellblau ihre Augen waren. Durchscheinend, wie Wasser. Gisela blickte zurück, verzog den Mund, sagte noch: »Bis zum Abendessen.« Dann war Rosa allein.

Rosa setzte sich auf das Bett am Fenster, das nun ihr Bett sein sollte. Sie stellte die Koffer vor die Truhe. Sie sollte wohl alles dort hineinräumen. Der Schlüssel am Schloss der Truhe war klein. Sie musste ihn irgendwo befestigen, damit er nicht verloren ging. Sie würde ihn an ihre dünne Halskette hängen, zum Anhänger mit dem kleinen Kreuz, dem Geschenk, das ihr die Eltern zur Erstkommunion gemacht hatten.

Rosa strich mit der Hand über die graue Wolldecke. Sie kratzte. Der Polster war viel kleiner als der zu Hause. Rosa liebte es, ihren Polster fest aufzuschütteln und mit dem Kopf eine tiefe Kuhle zu machen, in der man gut die Augen zumachen konnte.

Irgendwo draußen bellte ein Hund. Rosa hob den Kopf und sah, dass auch hier die Griffe an den Fenstern abmontiert waren. Wie sollte sie frische Luft hereinlassen, wie sie es von zu Hause gewohnt war?

Zu Hause. Rosa ballte die Fäuste so fest, dass die Knöchel weiß wurden und die Nägel in der Haut wehtaten. Das war vorbei. Sie war nicht mehr Papas Rosalein. Jetzt war sie nur mehr Rosa Röck im gelben Saal, zweites Bett in der Fensterreihe.

Das Angebot

Einige Tage nach ihrer Ankunft im Kinderhaus wurde Rosa eines Nachmittags zu Frau Richter ins Büro gerufen. Als sie sah, dass Anna auf dem Sessel vor Frau Richters Schreibtisch saß, machte ihr Herz einen Sprung. Anna lächelte sie an, aber Rosa entging nicht, wie traurig ihr Gesicht dabei blieb.

Frau Richter erklärte Rosa schroff, dass sie fünf Minuten Zeit für diesen nicht angemeldeten Besuch hätte, ausnahmsweise, und ging aus dem Zimmer.

Anna nahm Rosas Hand. »Kind, wie geht es dir?«, fragte sie.

»Gut«, antwortete Rosa knapp. Jede andere Antwort hätte so viele Worte gebraucht, die Rosa sich nicht zu sagen traute.

»Rosa, ich muss mit dir reden«, sagte Anna und ihr Lächeln verschwand. »Ich bin hier, weil … Weißt du, meine Mutter hat sich auf dem Amt erkundigt, sie wollte einen Antrag stellen, damit wir dich in Pflege nehmen und …«

»Und es geht nicht«, ergänzte Rosa leise.

»Nein, leider.« Anna seufzte traurig. »Wir würden dich wirklich gern nehmen. Aber das Amt hat gesagt, dass Mama sich die Mühe für den offiziellen Antrag gar nicht machen soll, weil es eh nichts wird. Weil … du weißt ja, wegen meinem Vater, weil … na ja, er war ja –«

»Ich versteh schon«, unterbrach Rosa Anna schnell, damit sich die junge Frau nicht weiter mit der Erklärung quälte. Rosa erinnerte sich. Annas Vater war im Gefängnis gesessen für ein paar Monate. Als junger Mann, vor vielen Jahren, bevor er Frau Walcher geheiratet hatte. Er hatte mit Freunden einen Pelzhändler überfallen. Rosas Eltern hatten immer gesagt, dass Herr Walcher damals seine Lektion gelernt habe und man es ihm nicht nachtragen sollte. Er hatte eine gute Arbeit und man mochte ihn.

Aber vermutlich hatten die Ämter trotzdem etwas dagegen, ihm die Vormundschaft für ein Pflegekind zu geben.

»Ach Rosa, es tut mir so leid«, sagte Anna. »Meine Mutter hat alles probiert, ob nicht einfach sie dein Vormund sein könnte, ohne dass der Papa eine Rolle spielt. Aber die haben ›Nein‹ gesagt. Sie schämt sich so, sie hat sich gar nicht herzukommen getraut.«

»Das muss sie doch nicht«, murmelte Rosa mit belegter Stimme. Sie hatte so gehofft, dass die Walchers sie hier herausholen würden. Als kurz darauf Frau Richter kam und den Besuch für beendet erklärte, war Rosa klar, dass gemeinsam mit Anna ihre letzte Chance, die Schumanngasse wiederzusehen, durch diese Tür verschwand.

Die Heimleiterin räusperte sich. »So Rosa, damit wäre das erledigt«, sagte sie. »Wir werden uns nun darauf konzentrieren, dass du dich hier nützlich machst, nicht wahr?«

Rosa starrte die Frau an und fragte sich, ob sie so geworden war, damit ihr die traurigen Geschichten der Kinder nicht zu nahe gehen, oder ob sie immer schon so gewesen war.

»Rosa, wartet nicht das Tischdecken auf dich?«, fragte Frau Richter mit scharfer Stimme. Rosa hatte schnell begriffen, dass sie die immer dann verwendete, wenn sie ungeduldig wurde. Sie stand auf, murmelte ein »Ja, Frau Richter«, verließ das Büro und ging in den Speisesaal.

Die Tage im Kinderheim glichen einander. Rosa konnte bald nicht mehr sagen, wie viele vergingen. Sie war eine von den »Großen«, wie die älteren Mädchen genannt wurden. Sie musste beim Kochen, Saubermachen, Wäschewaschen oder Essenverteilen helfen.

Die Arbeit in der Wäscherei im Keller fand sie am schlimmsten. Die feuchten Ziegelwände verströmten eine muffige Kälte, aber das über einem großen Kohleofen erhitzte Wasser war immer so heiß, dass es einem die Finger verbrühte, wenn man die Betttücher durchwalken musste. Das Wasser musste in schweren Eimern vom Brunnen im Innenhof herbeigeschleppt werden.

Und im Keller gab es Ratten, große bissige Monster. Sie huschten ständig durch die Waschküche, auch wenn die Mädchen da waren. Man spürte sie an den Beinen, und Rosa wäre jedes Mal am liebsten schreiend weggelaufen.

Mit Giftködern und Fallen hielt man sie davon ab, ins Erdgeschoß hinaufzufinden und sich in der Küche breitzumachen. Trotzdem war der immer schlecht gelaunte Hausmeister oft zu hören, wenn er schimpfend mit dem Besen einem besonders vorwitzigen Exemplar nachjagte, das es die Stufen hinaufgeschafft hatte.

Den Küchendienst hatte Rosa lieber. Zwar waren die Mahlzeiten eintönig, die Kochstellen alt und schwierig nachzuheizen, aber das Kochen lag ihr mehr als das Waschen und Putzen.

Meistens gab es Einbrennsuppen, Kohl oder Rübenmus und das pappige Kriegsbrot, das noch mehr mit Maismehl gestreckt war als das, das sie bisher gekauft hatte. Alles schmeckte irgendwie gleich und nichts war im Übermaß da, aber immerhin musste niemand Hunger leiden.

Und es gab Milch. Richtige Vollmilch, die in großen Flaschen angeliefert wurde, denn die Stadt hatte den Kinderhäusern und Findelheimen eine feste Milchration zugeteilt. Die Milch gehörte zu den wenigen Dingen, die Rosa im Kinderhaus gut finden konnte.

Ansonsten konnte sie sich damit nicht anfreunden. Sie schaffte es nicht einmal, sich die Namen der meisten anderen zu merken, obwohl ihre Erinnerung immer gut gewesen war. Nur mit Mühe behielt sie die der Mädchen aus ihrem Schlafsaal.

Gisela, die älteste, die nie lachte, nicht einmal lächelte. Alma, die ganz im Gegenteil jede Sorge weglachen konnte und beim Arbeiten gut anpackte. Katharina, schmal und knochig, die ständig leise vor sich hin betete. Die ängstliche Hannah aus gutem Haus, ihr Vater hatte bei Kriegsbeginn alles verspekuliert und sich deshalb angeblich erschossen, aber wieso niemand aus der Familie sie aufgenommen hatte, wollte sie nicht erzählen. Elvira mit ihren schwarzen Locken, die von vielen als Zigeunerin beschimpft wurde und sich alles gefallen ließ, damit die anderen überhaupt mit ihr sprachen. Edith, von deren Leben niemand etwas wusste, weil sie nie ein Wort sagte und einem bei jeder Frage nur die Zunge zeigte. Die Zwillinge Reka und Dora, die abenteuerliche Geschichten von ihrem Vater erzählten, der angeblich als Husarenoffizier in Rumänien allein alle Feinde vertrieb, aber bei jeder Frage nach ihrer Mutter so zu heulen begannen, dass man bestraft wurde, wenn man sie neben ihnen erwähnte. Und die drei ganz Kleinen: Marianne, die jede Nacht wimmernd zu Alma ins Bett schlich. Emilie, die mit ihrem Wuschelkopf zwar süß aussah, aber alle mit dummen Streichen ärgerte und einen anspuckte und kratzte, wenn man sie verpetzte. Und Klara, die so still und zart und blass war, dass man sie übersehen könnte, wenn sie nicht wegen ihrer Lungenkrankheit ständig gehustet hätte.

Rosa teilte das Zimmer mit ihnen, den Tisch im Speisesaal und die Aufgaben im Haus. Aber auch nach einiger Zeit konnte sie keine von ihnen als Freundin sehen. Jedes Mädchen schien genug mit sich selbst zu tun zu haben. Auch Rosa war in ihren Gedanken oft woanders, bei den Eltern in ihrer Wohnung, neben dem Vater auf dem Kutschbock. Dass das vorbei war, dass sich ihr Leben um andere Dinge drehte, konnte sie oft nicht verstehen.

Vor einigen fürchtete sie sich sogar, etwa vor Vera, die sie schon bei ihrer Ankunft so böse angeschaut hatte. Vera war erst elf, hatte kurzgeschorene rote Haare, reichte Rosa nur bis zum Kinn, aber sie war stark und wild und benutzte ständig schlimme Schimpfwörter. Schon als kleines Kind hatte sie in einem Ziegelwerk gearbeitet und sie war ins Kinderhaus gekommen, weil sie einen kleinen Buben bei einem Streit beinah totgeprügelt hatte. Dabei fand man heraus, dass ihr Vater tot war und ihre Mutter sich jeden Tag betrank und sich nicht um ihre Kinder kümmerte, also hatte man alle mitgenommen. Vera hasste alles und jeden. Rosa war froh, dass sie in einem anderen Schlafraum untergebracht war.

Im gelben Saal konnte man mit allen wenigstens auskommen. Selbst mit der spuckenden Emilie hatte Rosa eher Mitleid, denn die machte jede Nacht ins Bett und heulte immer furchtbar, wenn sie morgens zur Strafe im nassen Hemd in der Ecke stehen musste.

Strafen. Für alles gab es hier Strafen. Rosa fand es in Ordnung, dass Vera bestraft wurde, wenn sie andere schlug und biss. Aber ihre Eltern hätten Rosa nie fürs Bettnässen gestraft, oder wenn sie ein Essen nicht gemocht hatte, so wie Hannah, die heikel war, aber von Frau Richter immer gezwungen wurde, die ganze Portion aufzuessen, bis sie erbrechen musste. Dann musste sie es auch noch allein aufputzen, als Strafe für ihre »Undankbarkeit«, wie Frau Richter mit spitzen Lippen zischte.

Als Rosa einmal wagte, Gisela zu sagen, dass sie die vielen Strafen nicht mochte, schnaubte diese nur: »Sei doch froh. Grad haben sie wieder ein Bubenheim geschlossen, um ein Soldatenspital draus zu machen. Die Kleinen haben sie zu irgendwelchen Leuten gegeben. Die Großen haben sie weggeschickt. Elviras Bruder war dort, der schläft jetzt unter einer Brücke. Den nimmt halt niemand zum Arbeiten. Uns lassen sie das Haus, weil wir Mädchen sind, also sei lieber dankbar.«

Rosa zuckte zusammen. War sie wirklich undankbar? Aber es war auch schwer, dankbar zu sein. Sie tat alles, um nicht aufzufallen. Sie sprach fast nur, wenn sie angesprochen wurde. Sie erledigte alle ihre Aufgaben so schnell wie möglich und blieb, so gut es ging, für sich. Wenn sie für einen Moment ihre Ruhe hatte, holte sie die beiden alten Fotografien heraus, die Anna zum Glück für sie eingepackt hatte: das Hochzeitsfoto der Eltern und ein Bild, das sie mit den beiden und ihrer Patin Tante Erna bei ihrer Firmung zeigte. Fotografien waren teuer, Rosa wusste, dass nur wenige Mädchen so eine Erinnerung hatten. Rosa konnte ihre Eltern wenigstens auf dem Bild anschauen. Dann drückten die Tränen immer an ihre Augen und sie wünschte sich weit weg.

Aber ihr war mittlerweile klar, dass sie hier nicht so einfach wegkommen würde. Frau Richter bekam nur die Auskunft, dass Rosas Onkel bei der Eisenbahn in Hartberg gearbeitet hatte, dann war er zur Armee gegangen, um in Galizien zu kämpfen, und nun musste das Armeekommando nach seinem Verbleib gefragt werden. Die Antwort würde dauern, weil die Heeresleitung bessere Dinge zu tun hatte, als den Namen ihres Onkels aus irgendwelchen Listen herauszusuchen.

Eines Tages kurz vor Weihnachten wurde Rosa unerwartet zu Frau Richter gerufen. Sie dachte nach, aber ihr fiel nichts ein, was sie falsch gemacht haben könnte. Vor der Tür atmete sie tief durch, dann klopfte sie.

»Herein«, ertönte die hohe Stimme von Frau Richter.

Auf dem Sessel vor dem Schreibtisch saß eine Frau. Als sie sich umdrehte, machte Rosas Herz einen kleinen Sprung. Frau Weißgerber. Die sie hierhergebracht hatte. Auch wenn sie sonst nichts mit der Frau verband, es war schön, ein bekanntes Gesicht zu sehen.

»Rosa, wie geht es dir?« Frau Weißgerber lächelte sie sogar an.

»Danke, gut«, antwortete Rosa. Wie man das halt so sagte.

»Frau Richter hat mir berichtet, dass du dich schon eingelebt hast.«

»Ja«, antwortete Rosa knapp.

»Ich bin aus einem bestimmten Grund hier«, sagte Frau Weißgerber.

»Wissen Sie etwas von meinem Onkel?«, platzte es aus Rosa heraus.

»Nein, das ist auch nicht meine Aufgabe«, erklärte Frau Weißgerber.

Rosa spürte die Enttäuschung in sich hochkriechen.

»Aber ich habe ein Angebot für dich«, sagte Frau Weißgerber. »Vor kurzem hat mich in der Vorstadt eine ältere Frau angesprochen. Sie lebt allein und kommt nicht mehr gut zurecht. Sie möchte ein junges Mädchen aufnehmen, das ihr im Haushalt helfen kann. Da habe ich an dich gedacht.«

»An mich?« Rosa war erstaunt. »Wieso denn ich?«

Aus dem Augenwinkel sah sie, wie Frau Richter spöttisch das Gesicht verzog. Rosa hätte ihr so gerne gesagt, wie gemein sie das fand. Aber sie biss sich auf die Lippen.

»Wenn du das Angebot nicht annehmen möchtest, dann werde ich jemand anderen fragen«, sagte Frau Weißgerber. »Aber deine frühere Nachbarin hat mir damals erzählt, wie gut du dich um den Haushalt gekümmert hast und dass du kochen kannst. Ich hatte den Eindruck, du hast Erfahrung. Einkaufen, Kochen, Putzen – das kannst du alles, oder?«

Rosa nickte: »Ja schon.«

»Na siehst du«, sagte Frau Weißgerber. »Die alte Frau Gruber ist krank. Sie hat hohen Zucker und wunde Beine. Sie ist verwitwet und hat sonst keine Verwandten. Es liegt nichts gegen sie vor, es spricht also nichts dagegen, ihr ein Mädchen in Pflege zu geben. Da draußen ist es auch recht schön, mit mehr Bäumen als hier in der Stadt und weniger Lärm. Wenn du dich bemühst, könntest du dich dort sicher wohlfühlen. Möchtest du?«

Rosa zuckte mit den Schultern. Mit so etwas hatte sie nicht gerechnet. Natürlich, seit Wochen wünschte sie sich weg von hier. Aber zurück in ihr altes Leben und nicht hinein in etwas Neues.

Frau Weißgerber lächelte sie aufmunternd an. Rosa überlegte, dass sich wohl kein Mädchen von hier diese Gelegenheit entgehen lassen würde. Wahrscheinlich war sie wirklich undankbar, weil sie überhaupt zögerte. Was für eine Chance würde sie sonst schon bekommen?

»Ja«, sagte sie also. »Ja, ich glaub schon. Ich mach das.«

»Das ist schön.« Frau Weißgerber stand auf. »Dann werde ich das mit Frau Gruber klären und Frau Richter kümmert sich um die Papiere. Und wenn alles vorbereitet ist, hole ich dich.«

Rosa nickte: »Ja, gerne. Danke schön.«

Nachdem Rosa das Büro wieder verlassen hatte, begann ihr Herz heftig zu klopfen. Erst langsam verstand sie wirklich, was passiert war. Sie würde von hier wegkommen!

Im gelben Saal waren die Betten alle schon fertig. Rosa fand die Mädchen in einem anderen Schlafsaal. Sie gesellte sich zu Gisela und nahm ihr ein Leintuch ab.

»Was war denn?«, fragte Gisela.

»Ich geh weg«, antwortete Rosa mit belegter Stimme.

»Haben Sie deinen Onkel gefunden?«

Rosa schüttelte den Kopf. »Nein. Aber eine alte Frau sucht eine Helferin fürs Haus und will jemanden aufnehmen.«

Gisela hielt in der Bewegung inne. »Und da fragen sie dich?«

»Frau Weißgerber, die mich hergebracht hat, die hat sich an mich erinnert«, sagte sie leise und schaffte es nicht, Gisela in die Augen zu blicken. Sie konzentrierte sich auf ihr Leintuch.

Kurz war es still. Dann sagte Gisela: »Was für ein Glück für dich«, legte ihren fertig bezogenen Polster aufs Bett und drehte sich weg.

Rosa strich das Leintuch glatt. Sie hätte gern etwas gesagt. Aber sie wusste nicht, was.

Weihnachten war nicht mehr das schöne Fest, das Rosa früher so verzaubert hatte. Damals, als die Mutter Kekse gebacken und der Vater Stechpalmenzweige auf seine Kutsche gebunden hatte. Als sie noch ans Christkind und seine Engelshelferlein geglaubt hatte.

Im letzten Jahr hatten der Vater und sie ein sehr karges Weihnachtsfest gehabt, mit Pferdewurst und Steckrüben, ohne Christbaum, mit nur zwei kleinen Geschenken. Von Rosa gestrickte Socken und Handschuhe für den Vater, für Rosa neue Halbschuhe, die sich der Vater wohl hart erspart hatte. Alles hätte Rosa dafür gegeben, auch dieses Mal mit ihm zu feiern, ohne Essen, ohne Geschenke – wenn er nur noch da sein könnte.

Im Kinderhaus gab es einen Christbaum. Und Geschenke. Beides wurde am Heiligen Abend von einer Gruppe geschäftiger Damen vorbeigebracht, die zu einem wohltätigen Frauenverein gehörten. Der kleine Baum war mit rotem und silbernem Papier geschmückt worden, sogar ein paar Kerzen waren an seinen dünnen Zweigen befestigt, obwohl alle Brennmittel streng rationiert waren.

Die Damen waren gut vorbereitet, denn nachdem alle gemeinsam zwei Weihnachtslieder gesungen hatten, wurde jedes Mädchen mit Namen aufgerufen und erhielt ein Paket, das einen Schal und wollene Strümpfe in der passenden Größe enthielt. Rosa befühlte die Wolle, ein steifes, kratziges Garn, das sie nie für Leibwäsche verwendet hätte. Wobei sie die warmen Strümpfe tatsächlich gut brauchen konnte, ihre alten waren mittlerweile zu klein.

Zu essen gab es neben Kartoffeln und einem Stück Rindfleisch auch Apfelkompott, eine besondere Delikatesse für so viele hungrige Mäuler. Rosa bemühte sich, aber es gelang ihr trotz allem nicht, Dankbarkeit zu fühlen. Die Damen mit ihrem mitleidigen Blick machten sie wütend. Sie wollte kein Mitleid. Sie wollte nicht ihren Reden zuhören, dass man Hoffnung haben musste für das nächste Jahr, in dem der neue Kaiser den Krieg gewiss beenden würde. Rosa wusste nichts über diesen Kaiser. Er hieß Karl, er war jung, wollte alles besser machen. Aber Rosa kannte noch nicht mal sein Gesicht. Sein Porträt war noch nicht ausgeliefert, in Frau Richters Büro hing weiter der alte Mann mit den gütigen Augen.

Was bedeutete es schon, dass der Kaiser einen Friedensschluss suchte, dass er dafür einen neuen Außenminister berufen hatte, dass die Front im Osten hervorragend stünde, Österreich kurz davor sei, als Sieger aus diesem Krieg hervorzugehen? Der Krieg und seine Karabinerfabrik hatten Rosa schon alles genommen, was wichtig gewesen war.

Ottakring

Ein paar Tage später wurde Rosa von Frau Weißgerber abgeholt. Sie war gerade dabei, ihre Sachen aus der Truhe zurück in ihre Koffer zu packen, als die anderen Mädchen zur Mittagsruhe in den gelben Saal kamen.

Sie spürte ihre Blicke. Sie durfte weggehen. Marianne und Klara weinten. Elvira auch. Sie sagte oft, dass sie wohl die letzte sei, die jemand nehmen würde. Hannah umarmte Rosa. Alma wünschte ihr lachend viel Glück. Gisela schaute an ihr vorbei, als sie ihr die Hand hinstreckte. Rosa hätte sie gerne umarmt oder zumindest ihre Hand länger geschüttelt, aber Gisela zog ganz schnell die Finger weg.

»Alles Gute«, sagte sie knapp.

»Danke«, antwortete Rosa und erkannte die eigene Stimme kaum.

Dann folgte sie Frau Weißgerber die Treppe hinunter. Draußen knöpfte sie schnell den Mantel ganz zu und war froh, die kratzigen neuen Strümpfe angezogen zu haben. Es war eiskalt. Dass Schnee lag, hatte Rosa in den letzten Tagen schon durchs Fenster gesehen. Dass es gerade wieder ein paar kleine Flocken vom Himmel wehte, bemerkte sie erst jetzt.

Frau Weißgerber nahm ihr wieder den großen Koffer ab. An der Ecke drehte sich Rosa noch einmal um und musterte das dunkle Haus. Hoffentlich war es dort, wo Frau Weißgerber sie hinbrachte, schöner. Sie wollte auf keinen Fall hierher zurück.

Ein paar Straßen weiter bestiegen sie eine Straßenbahn. Rosa war bisher nur selten mit einer gefahren und seit einigen Jahren gar nicht mehr. Früher hatte sie es spannend gefunden, aber diese Fahrt jetzt machte keinen Spaß. Die Leute drängten sich mit mürrischen Gesichtern in den Waggon. Rosa rutschte in eine Ecke. Frau Weißgerber bezahlte zwei Fahrscheine und stellte sich neben sie.

Ein paar Stationen weiter begann eine Frau einen Streit mit dem Schaffner, weil sie nicht genug Geld dabeihatte und mit ihrem schweren Korb nur eine Station mitfahren wollte. Die ganze Strecke über redete der Schaffner auf die Frau ein, dass nicht jeder gratis fahren könne, die Stadt müsse die Tram ja auch irgendwie erhalten, und die Frau keppelte zurück, dass der Bürgermeister und der Kaiser halt nicht das ganze Geld für den Krieg hinauswerfen sollten. Als sie bei der nächsten Haltestelle ausstieg, versuchte der Schaffner gar nicht, etwas wegen der nicht bezahlten Fahrt zu unternehmen, sondern schien nur froh zu sein, dass die Unruhestifterin weg war.

Sie fuhren lange. Die Häuser wurden niedriger, dazwischen war einmal ein Stück Wiese, es lag mehr Schnee als in der Innenstadt. So weit draußen war Rosa noch nie gewesen. Sie kamen zur Stadtbahn, Rosa kannte von ihr nur die Station bei der Hernalser Hauptstraße, an der war sie mit dem Vater ein paar Mal vorbeigefahren. Rosa erkannte die Pfeiler und Bögen der Bahn und die Gleise, die sich wie eine Brücke über die Straße spannten, aber die Gegend hier kannte sie nicht.

Frau Weißgerber deutete ihr auszusteigen. Gemeinsam überquerten sie die Straße und gingen dann weiter stadtauswärts.

»Wo sind wir?«, fragte Rosa.

»In Ottakring«, antwortete Frau Weißgerber.

Ottakring. Der Bezirk neben Hernals. Also war sie gar nicht so weit weg von ihrem Zuhause. Die fremde Fahrtstrecke hatte sie die Orientierung verlieren lassen.

Rosa bemerkte einen seltsamen Geruch. Sie atmete tief ein.

Frau Weißgerber erklärte: »Das ist die Tabakfabrik. Die ist da drüben. Das riecht man immer. Und wenn der Wind von der anderen Richtung kommt, riecht es nach der Brauerei, die ein Stück stadteinwärts ist.«

»Die kenn ich.« Rosa nickte. »Die Brauerei hat man manchmal bis nach Hause gerochen.«

Sie verstummte. Die plötzliche Erinnerung tat weh. Frau Weißgerber ging rasch weiter und bog dann nach rechts ab, eine kleine Gasse führte abwärts zu einem Platz, auf dem sich links eine hohe Kirche erhob. Gegenüber, vor einem Gasthaus, stand das Fuhrwerk eines Bierkutschers. Ein paar Leute waren unterwegs, nicht so gehetzt wie in der Stadt, beinahe gemütlich. Aber hier lächelte niemand. Sonst war es ruhig, nur von der Straße mit der Tram hörte man leise den Verkehrslärm.

Zuhause, in der Schumanngasse war es viel lauter gewesen. Aber das hatte Rosa nie gestört, schließlich war sie dort aufgewachsen und die Geräusche gewohnt gewesen.

Sie überquerten den Platz, gingen ein Stück in eine weitere Gasse, bis Frau Weißgerber plötzlich stehen blieb.

Rosa musterte das kleine Haus vor sich. Es hatte nur einen ebenerdigen Stock und lag ein wenig nach hinten versetzt. Man musste ein paar Schritte auf einem gepflasterten Weg machen, um zur Tür zu kommen. Links und rechts neben dem Weg konnte Rosa unter dem Schnee schmale Wiesenstücke mit vertrocknetem, jetzt gefrorenem Unkraut erkennen.

Auch das Haus selbst war ungepflegt. An der Fassade blätterte an einigen Stellen der einst gelbe, jetzt schmutzige Verputz ab. Die Fenster waren dreckverschmiert, die Gitter davor wirkten abweisend. Auf den braunen Dachziegeln wuchs Moos. Es hätte auch ein verlassenes Haus sein können, wenn nicht der rauchende Kamin gezeigt hätte, dass jemand drinnen wohnte. Rosa zog die Schultern hoch. Willkommen fühlte sie sich hier nicht.

Frau Weißgerber klopfte an die Haustür, kurz darauf erklang ein: »Ich komme.«

Dann aber dauerte es, ehe der Schlüssel umgedreht wurde, Rosa hörte einen Menschen tief schnaufen, als müsste jemand eine sehr anstrengende Arbeit verrichten. Die Tür öffnete sich und vor ihnen stand eine alte Frau.

Als erstes fiel Rosa auf, wie klein sie war. Sie ging ihr nur bis zum Kinn, dabei war Rosa selbst nicht sonderlich groß gewachsen. Dann sah sie, wie seltsam dick die alte Frau war. Sie war nicht rundlich, wie übergewichtige Menschen es oft waren, sie war unförmig. Ihr Kopf war klein, die Arme und Schultern eher schmal, aber am Bauch und den Hüften wurde die Frau breit wie eine Birne. Ihre Füße unter dem Hauskleid steckten in Filzpantoffeln und waren massig und geschwollen, ein Fuß war mit einer Bandage verbunden.

Rosa musterte die Frau, dann merkte sie, wie unhöflich das war. Sie sollte ihr ins Gesicht schauen und sie grüßen, wie es sich gehörte. Rosa blickte hoch.

Die mag mich nicht, schoss es ihr durch den Kopf, als sie in die funkelnden kleinen grauen Augen schaute. Die mag niemanden.

»Grüß Sie, Frau Gruber«, sagte Frau Weißgerber. »Ich bring die Rosa, über die wir gesprochen haben.«

Immer noch musterten die grauen Augen Rosa, während die Frau die Tür etwas weiter öffnete. Nun erkannte Rosa, dass sie einen Stock hielt. Umständlich wackelte die Frau zwei Schritte zurück, damit die Fürsorgerin und Rosa eintreten konnten.

Von der Tür aus kamen sie direkt in die Wohnküche. Rosa sah sich unauffällig um. Eine hohe Kredenz, eine Kohlentruhe, ein Ofen mit Herdplatten, eine Abwasch, mitten im Raum ein Tisch mit drei Stühlen, an der Wand außerdem eine große Sitzbank mit einem Überzug aus abgenutztem blaugemustertem Stoff, und in der Ecke daneben eine kleine Kommode.

Ein einfaches Haus, Rosa hatte jedoch nicht das Gefühl, dass es ärmlich war. Diese Frau Gruber war nicht reich, aber arm auch nicht. Auf einem Wandregal erblickte Rosa Zierrat, drei Pokale, zwei Bierkrüge aus Keramik mit Malereien. So etwas hatten arme Leute nicht mehr, die hätten es längst gegen etwas Nützliches eingetauscht.

»Schlägst du da Wurzeln?«, riss sie eine scharfe Stimme aus ihren Beobachtungen.

Die alte Frau stand am Esstisch und lachte sie an, aber es war kein freundliches Lachen, sondern irgendwie gehässig.

»Entschuldigung«, murmelte Rosa, weil sie nicht wusste, was sie sonst sagen sollte.

»Ich hab gesagt, du kannst dich setzen.« Die alte Frau deutete auf den Sessel neben Frau Weißgerber.

»Ja«, sagte Rosa schnell. Und noch einmal: »Entschuldigung.«

Sie setzte sich. Das Holz quietschte.

Umständlich und ächzend ließ sich die alte Frau auf dem dritten Sessel nieder, lehnte ihren Stock an den Tisch. Dann schaute sie Rosa wieder prüfend an.

»Kannst du kochen?« Ihre Stimme war kratzig, sehr tief für eine Frau, sie sprach auf eine abgehackte Art und Weise, wie Rosa es von ihrem alten Religionslehrer in Erinnerung hatte.

Rosa brauchte einen Moment, dann sagte sie: »Ja. Ich glaub schon.«

»Du glaubst schon?«, fragte die alte Frau spitz. »Was heißt das? Entweder kannst du es oder nicht.«

»Ich meine, ich weiß halt nicht, was Sie damit meinen«, antwortete Rosa und kam sich furchtbar dumm vor. Sie fügte schnell hinzu: »Was genau Sie gekocht haben wollen. Alles kann ich nicht, aber so normale Sachen schon.«

»Rosa hat seit zwei Jahren mit ihrem Vater allein gelebt und sich sehr gut um den Haushalt gekümmert, so habe ich es gehört«, berichtete Frau Weißgerber.

»Kannst ein Gröstl?«, fragte die alte Frau.

Rosa nickte. »J-ja, Blunzen oder Erdäpfel, das geht schon.«

»Weißt, wie man ein Kraut macht, damit's nicht bitter wird?«, kam die nächste Frage.

»Mit – mit dem Wasser. Man schreckt es mit heißem Wasser ab«, antwortete Rosa. Sie fühlte sich wie früher in der Schule, wenn geprüft worden war.

Aber die alte Frau schien zufrieden. »Hast du schon mal Buchteln gemacht?«

»Nur zugeschaut, aber oft«, antwortete Rosa. »Bei der Mutter und der Nachbarin.«

»Aber wie ein Germteig geht, das weißt du?« Sie klang mittlerweile etwas milder.

Rosa nickte. »Striezel hab ich schon gemacht.«

»Gut«, brummte die alte Frau. »Den Rest werd ich dir schon lernen. Eine, die bei mir hilft, die muss kochen können. Ich war nämlich mal Wirtin. Hab ein schönes Gasthaus gehabt mit meinem Mann, gleich da daneben. Einmal war sogar eine Großcousine vom Kaiser bei uns, also vom alten, richtigen Kaiser, nicht von dem jungen Hund, der jetzt da ist. Die war mit ihren Leuten auf Ausritt, am Wilhelminenberg, und dann hat's geregnet und sie sind zu uns rein. Ich hab ihnen meine Buchteln serviert und nachher hat sie gesagt, ›Frau Gruber, das waren die besten Buchteln meines Lebens‹. Das hat sie gesagt, die Großcousine vom Kaiser, das kannst du mir glauben. Drum, bei mir muss man ordentlich kochen.«

Rosa hatte mit großen Augen zugehört. Sie fragte sich, wie Frau Gruber ordentlich kochen wollte, wenn man kaum mehr etwas bekam.

»Die Erni, die bei mir war, die hat kochen können«, fuhr die Frau fort. »Die war Kellnerin bei uns, der hab ich alles gelernt. Aber jetzt hat sie sich in einen Kerl verschaut, den will sie heiraten. Der hat ein kaputtes Knie und wird nicht eingezogen. Jetzt ist sie davon. Dabei ist das kein Hiesiger, nur irgendein Tschech.«

Frau Gruber machte eine verächtliche Handbewegung: »Drum brauch ich wen. Fürs Haus und zum Einkaufen. Weil ich selber nimmer kann, wegen meinen Füßen. Also, wenn du kochen kannst und weißt, wie man sich benimmt, dann können wir schauen. Ob ich zufrieden bin. Ob ich dich behalt.«

Als wär ich ein Hund, dachte Rosa. Aber sie wusste, dieses Angebot konnte sie nicht ausschlagen. Danach würde sie nie mehr gefragt werden.

»Bei Frau Gruber kannst du viel lernen«, meinte Frau Weißgerber. »Eine echte Wirtin, die kann dir was beibringen, das dir später nützen wird, nach dem Krieg.«

»Ach, der Krieg«, sagte Frau Gruber, »der ist bald aus, werden Sie schon sehen. Liest man ja in der Reichspost, der Winter hat den anderen viel mehr zugesetzt, die werden nicht mehr aus ihren Löchern kommen wollen.«

Frau Weißgerbers Lippen wurden schmal. Dann drehte sich Frau Gruber zu Rosa: »Ja in Gott's Namen, hast ja schon die Koffer mit, bleibst halt gleich da.«

Rosa schluckte. »Ja«, sagte sie. »Danke«, fügte sie schnell hinzu.

Frau Weißgerber holte ein paar Zettel aus ihrer Tasche. Frau Gruber musste irgendwo unterschreiben, Frau Weißgerber auch. Als würden sie ein Geschäft über mich abschließen, dachte Rosa.

Danach verabschiedete sich Frau Weißgerber. »Ich komme vorbei«, sagte sie, »so etwa einmal im Monat. Und sehe nach dem Rechten. Ob alles passt.«

Sie sah dabei Rosa an, nicht Frau Gruber.

»Wir werden schon miteinander auskommen«, sagte Frau Gruber. »Sie finden raus? Sie wissen ja, ich steh so schwer auf.«

Rosa sah Frau Weißgerber nach, bis die Tür ins Schloss fiel. Gut, dass sie weiterhin vorbeikommen würde. Rosa hatte das Gefühl, dass sie ihr vielleicht erzählen konnte, wenn es ihr bei Frau Gruber nicht gefiel.

»Vierzehn bist du also?«, fragte Frau Gruber.

Rosa drehte sich um. »Ja«, sagte sie.

»Schaust nicht aus wie vierzehn«, Frau Gruber musterte sie abermals. »Dünn und flach bist. Hat wohl im Heim nicht viel zu essen gegeben, was?«

Ihre Worte weckten ein beschämtes Gefühl in Rosa. Am liebsten hätte sie die Arme vor der Brust gekreuzt, um sich zu verstecken.

»Es war schon genug«, antwortete Rosa. »Ich war ja nicht lange dort.«

»Und jetzt bist da bei mir«, sagte Frau Gruber. »Und bei mir gibt's genug. Nur wird dafür gearbeitet, ist das klar? Gratis essen kann keiner.«

Rosa nickte und fragte sich noch einmal, mit welchen Lebensmitteln Frau Gruber genug Essen machen wollte.

»Erst gehört einmal ordentlich durchgeputzt«, sagte Frau Gruber. »Die Erni war sauber genug, aber es ist schon ein Zeiterl her, dass sie weg ist, und ich kann das nicht mehr mit meinen Füßen. Drum ist das deine erste Aufgabe, gleich ab morgen. Wie ich noch Wirtin war, hat's in meiner Küche keinen Dreck gegeben. Ich will nicht erst sagen müssen, dass ein Geschirr gewaschen gehört, ja?«

Rosa wollte sich setzen, weil sie noch mehr Erklärungen zu ihren Aufgaben erwartete. Aber Frau Gruber machte eine abwehrende Handbewegung. »Nix da«, sagte sie. »Schau dich gleich mal um, damit du weißt, wo du jetzt daheim bist.«

Da bin ich nicht daheim, da wohn ich nur jetzt, dachte Rosa.

»Da drüben wirst schlafen«, sagte Frau Gruber und deutete auf die Sitzbank. »Ich hab eine Decke für dich, die bring ich später.«

Rosa hatte nicht erwartet, ein Zimmer für sich zu bekommen, aber die Bank war besser als der Schlafsaal im Heim mit den vielen anderen.

»Das ist mein Zimmer«, sagte Frau Gruber und zeigte auf eine Tür neben der Sitzbank. »Da drinnen hast du nichts zu suchen, wenn ich dich nicht rufe. Ist das klar?«

Rosa erschrak ein wenig über den scharfen Tonfall. Sie nickte schnell.

»Da geht's in den Hof«, erklärte Frau Gruber. »Schau nur raus, damit du weißt, wovon ich red.«

Rosa beeilte sich, der Aufforderung zu folgen. Zunächst kam sie in einen winzigen Vorraum. Der dumpfe Geruch, der von der Tür rechts in ihre Nase drang, verriet ihr, dass das der Abort sein musste. Im Schloss der Tür gegenüber steckte ein schwerer eiserner Schlüssel. Als Rosa ihn umdrehte, hörte sie Frau Gruber: »Vergiss ja nie, die Gartentür abzuschließen, wenn du nicht draußen bist.«

Der Hof war klein und gepflastert, es gab einen Brunnen mit Bassin. Aus dem alten Hahn tröpfelte Wasser und machte den Boden zwischen den Pflastersteinen schlammig. Das erleichterte Rosa. Wer im Haus keine Wasserstelle hatte, musste oft weite Wege zu einem öffentlichen Wasserhahn gehen und die vollen Eimer zurück ins Haus schleppen. Wie gut, dass es hier einen Hausbrunnen gab.

Der Hof war von einer sehr hohen brüchigen Ziegelmauer umgeben, unterbrochen nur von einem schmiedeeisernen Tor gegenüber. Dahinter erspähte Rosa einen schmalen Streifen winterbrauner Wiese, einen großen, mit Kies bestreuten Innenhof und ein blattloses Gestrüpp, da ertönte schon die Stimme von Frau Gruber: »Na, was ist, komm wieder rein. Es zieht.«

Rosa schloss die Tür zum Hof, drehte den Schlüssel sorgfältig im Schloss um und ging zurück in die Küche.

»Wenn ich sag, dass du Wasser holen sollst, weißt du, wo du hinmusst, ja?«, fragte die alte Frau. Rosa nickte.

»Dann ist's ja gut.« Frau Gruber hievte sich mühsam hoch. Rosa machte einen Schritt auf sie zu. Vielleicht gehörte es nun zu ihren Aufgaben, der alten Frau beim Aufstehen oder Gehen behilflich zu sein. Aber Frau Gruber streckte schnell die Hand in die Höhe.

»Lass mich«, sagte sie scharf. »Rühren kann ich mich schon noch selber. Ich bin vielleicht langsam, aber lass dir ja nicht einfallen, mich herumzuschieben. Du hast genug andere Sachen zu tun.«

Sie griff nach ihrem Stock. Rosa blieb verschüchtert stehen. Diese Frau schaffte es, dass sich sogar Hilfsbereitschaft schlecht anfühlte.

Frau Gruber ging langsam an ihr vorbei und sagte: »So, jetzt leg ich mich hin. Ich hab heut Früh selber zum Greißler gehen müssen, weil die Frau Navratil krank ist. Mir tut alles weh. Da kannst du deine Sachen verstauen, da hab ich Platz gemacht, aber bring mir nichts durcheinander.« Sie zeigte mit dem Stock auf die kleine Kommode.

»Und dann essen wir. Schau, dass es gegen sechs fertig ist.« Dabei deutete Frau Gruber auf eine kleine Standuhr auf der Kredenz, die kurz vor fünf Uhr anzeigte. »Auf dem Herd steht ein Topf mit Semmelknödeln, die hab ich gestern gemacht. Die bratest du ab und schlägst ein Ei drüber. Das Ei und das Schmalz findest du in der Speis, die ist da.« Sie zeigte auf die letzte Tür. »Und bis dahin brauchst du nicht rumsitzen, du kannst bei der Abwasch sauber machen. Verstanden?«

»Ja«, wollte Rosa sagen, aber ihre Stimme war so heiser, dass sie sich räuspern und das Wort wiederholen musste.

Frau Gruber sah Rosa noch einmal mit diesem stechenden Blick an. Dann verschwand sie in ihrem Zimmer.

Nun war es still. Rosa spürte, wie ihr der Nacken wehtat, weil sie die ganze Zeit die Schultern hochgezogen hatte. Sie schüttelte sie ein bisschen aus. Dann holte sie ihre Koffer und ging zur Sitzbank. Sie nahm den kleineren Koffer auf ihren Schoß und saß für ein paar Minuten einfach nur da.

Einkäufe

Die Sitzbank war weich und die Federn quietschten gar nicht so sehr, wenn man einmal drauflag. Trotzdem konnte Rosa in ihrer ersten Nacht bei Frau Gruber kaum schlafen. Der dünne dunkelgrüne Vorhang vor den Fenstern hielt das Licht der Straßenlaterne vor dem Haus kaum ab, die Schatten im Raum waren fremd und auch die leisen Geräusche, die man hin und wieder von draußen hörte.

Rosa wälzte sich herum und versuchte sich vorzustellen, dass sie jahrelang hierbleiben sollte. Sie dachte darüber nach, was Frau Gruber ihr beim Essen über die Putzarbeiten gesagt hatte, und sorgte sich, ob sie alles richtig machen würde.

Als Rosa in den Topf am Herd geschaut hatte, war ihr das Wasser im Mund zusammengelaufen, denn so große saftige Knödel hatte sie seit Ewigkeiten nicht gesehen. Die Speis war eine Art Wandschrank mit vielen fast leeren Regalfächern, in denen sie das Schmalz und eine Schüssel mit drei Eiern gefunden hatte.

Die Küche war gut ausgestattet. Also hatte sie den Ofen mit Kohlen aus der halb vollen Kohlenkiste nachgeheizt und die Knödel zubereitet. Daneben hatte Rosa das schmutzige Geschirr abgewaschen und es zum Trocknen verkehrt auf ein Geschirrtuch gestellt.

Als die alte Frau schließlich aus ihrem Zimmer gehumpelt war, hatte Rosa gerade einen Teller Knödel auf den Tisch gestellt und war zufrieden mit sich gewesen, aber Frau Gruber hatte das gewaschene Geschirr gesehen und sofort zu schimpfen begonnen, wieso Rosa die

Sachen nicht bereits abgetrocknet und weggeräumt hätte. Ob sie so ein dummes Ding sei, dass sie nicht wisse, dass Geschirr milchig und rostig werde, wenn man es feucht herumstehen ließe.

Rosa hatte sich so über die Schimpftirade der Frau erschrocken, dass sie wie erstarrt neben dem Ofen stehen geblieben war, während Frau Gruber die Knödel gekostet und »zu großzügig mit dem Schmalz« gemurmelt hatte. Erst als die alte Frau gefragt hatte, ob Rosa nun auch zu dumm sei, selbst zu essen, hatte sie es gewagt, sich ein bisschen was zu nehmen.

Nach dem Essen hatte Frau Gruber sich mit einer Zeitung auf die Sitzbank gesetzt, während Rosa alles abgewaschen, sofort abgetrocknet und aufgeräumt hatte. Danach war die Witwe ohne weiteres Wort zum Abort gegangen und bald in ihrem Zimmer verschwunden. Rosa war allein zurückgeblieben und hatte lange gezögert, ehe sie sich ihr Bett zu richten traute. Den Zierpolster vom Vater nahm sie für den Kopf, so hatte sie den vertrauten Geruch der alten Wohnung wenigstens bei sich. Unter der dünnen Steppdecke, die Frau Gruber aus dem Schlafzimmer gebracht hatte, wurde ihr lange nicht warm.

Erst spät in der Nacht gewann die Müdigkeit und Rosa dämmerte weg. Ein lautes Geräusch von draußen schreckte sie aber bald wieder hoch. Sie hörte ein Wiehern und das Schimpfen eines Mannes. Rosa schlang die Decke um ihre Schultern, schlich ans Fenster und spähte zwischen den Vorhängen durch. Es wurde gerade hell. Das Rad einer Kutsche hatte sich zwischen den Pflastersteinen verfangen.

Rosa betrachtete das Pferd. Es war kein Noriker, wie Nanni und Mitzi, sondern ein Brabanter, ein wuchtiges Arbeitspferd, stark genug, um den schweren Kohlewagen zu ziehen. Das Tier biss an seiner Trense und wartete, bis der Kutscher das Rad befreit hatte und wieder auf den Kutschbock geklettert war. Mit einem Zungenschnalzer trieb er das Pferd an, dann zuckelte es los. Rosa sah ihm nach und dachte an den Geruch des Vaters nach Pferd und Stall.

Da hörte sie ein leises Stöhnen aus dem Nebenzimmer und etwas, das wie quietschende Bettfedern klang. Frau Gruber stand wohl auf. Rosa hätte sich gern noch ausgeruht, aber sie konnte ja nicht faul auf der Sitzbank liegen, wenn die Frau herauskam.

Der Abort ekelte sie. Der kleine Raum roch scharf und ungesund und das Muster der Steinfliesen auf dem Boden war kaum zu erkennen, so schmutzig waren sie.

Rosa musste schon beim Gedanken daran würgen, aber ihr war klar, dass sie das Klo putzen musste. In der Schumanngasse war es viel sauberer gewesen, obwohl sich drei Wohnungen in ihrem Stockwerk das Klo auf dem Gang geteilt hatten.

Sie ging schnell hinaus in die kalte Luft des Hinterhofs, um sich beim Brunnen zu waschen. Sie war froh, dass sie zwei eigene kleine Handtücher mitgebracht hatte. Rosa mochte nichts von hier benutzen, ehe alles durchgeputzt war. Das Haus war so staubig. Diese Erni war wohl nicht sonderlich fleißig gewesen. Zwar war die Küche ziemlich ordentlich, vermutlich weil das Frau Gruber so wichtig war. Aber sonst würde Rosa viel zu tun haben, ehe sie sich einigermaßen wohlfühlen konnte.

Als sie zurück ins Haus ging, saß Frau Gruber am Esstisch.

»Na, fertig mit der Katzenwäsche?«, fragte sie.

Rosa konnte nicht sagen, ob der Satz freundlich oder missbilligend geklungen hatte.

»Guten Morgen«, sagte sie höflich.

»Frühstück«, sagte Frau Gruber nur. »Steht dort auf dem Kastl, richt alles her. Die Milch kommt erst, aber du kannst schon den Kaffee aufstellen.«

Rosa nickte. Die kleine Kaffeemaschine, die man auf die Herdplatte stellen musste, hatte sie gestern schon entdeckt und erleichtert festgestellt, dass sie ähnlich war wie die, die der Vater gehabt hatte. Damit konnte sie umgehen.

Neben dem Herd standen ein Glas Marmelade – es sah wie Marille aus – und ein Stück Butter in einer kleinen Schüssel. Rosa lief abermals das Wasser im Mund zusammen. Es musste ein Jahr her sein, dass sie das letzte Mal Marillenmarmelade gegessen hatte. Der halbe Wecken Brot war schon recht hart, aber noch gut. Rosa schnitt zwei Scheiben ab und stellte alles auf den Tisch.

»Eine dritte. Gefrühstückt wird ordentlich«, brummte Frau Gruber. Schnell schnitt Rosa noch ein Stück Brot ab. Sie sah sich um.

»Der Kaffee …?«, fragte sie vorsichtig.

»Speis«, antwortete Frau Gruber und strich sich Butter auf ein Brot.

Als Rosa die Messingdose mit dem Kaffeepulver holte, fröstelte es sie. Der schmale Raum grenzte hauptsächlich an die Außenwand des Hauses und bekam wohl all die Kälte der Ziegel ab. Rosa wusste, dass so die Nahrungsmittel länger haltbar blieben, aber die Winterkälte kroch ihr unter die Haut. Nachdem sie die Kaffeekanne auf den Herd gestellt hatte, legte sie im Ofen ein paar Kohlen nach.

»Sparsamer, Mädel«, sagte Frau Gruber schmatzend. »Kohlen sind teuer und man weiß nie, wann eine Lieferung kommt. Wir werden schon nicht erfrieren, also nimm nicht so viel.«

Rosa nickte. »Ich hab heut beim Aufstehen einen Kohlenwagen auf der Straße gesehen«, erzählte sie, um etwas zu sagen.

»Ein kleiner Dicker oder ein alter Dünner?«, fragte Frau Gruber und strich Butter auf ihr zweites Brot.

Rosa brauchte kurz, bis sie verstand, dass Frau Gruber den Kohlenkutscher meinte. »Ein Dicker«, antwortete sie.

»Das ist der Levy«, sagte Frau Gruber. »Bei dem kauf ich nicht, der ist ein Jud.«

Rosa wusste, dass manche Menschen glaubten, Juden wären gierig oder dreckig. Aber ihre Eltern hatten solche Meinungen immer abgelehnt. In der Schule hatte sie eine liebe Freundin gehabt, die Jüdin gewesen war. Es gab Rosa einen Stich in die Brust, dass Frau Gruber so etwas sagte.

»Schlägst wieder Wurzeln?« Frau Gruber richtete sich ihr letztes Brot. »Der Kaffee.«

In der Kanne brodelte es bereits. Rosa goss den Kaffee in ein Häferl.

»Leer mir ein Wasser dazu«, sagte Frau Gruber. »Wenn eine Milch da ist, trink ich ihn damit. Aber sonst immer halb verlängert. Merk dir das gleich.«

Rosa nickte, goss Wasser nach und stellte Frau Gruber den Kaffee auf den Tisch.

»Jetzt setz dich endlich und iss was«, sagte Frau Gruber.

Rosa nahm sich ein Stück Brot.

»Das reicht?« Frau Gruber wischte sich den Kaffee von den Lippen.

Rosa sah auf den Teller hinunter und verstand nicht.

»Willst du sagen, dass du nicht mehr Hunger hast?«, fragte Frau Gruber.

Natürlich hatte Rosa Hunger, aber sie hatte es nicht gewagt, sich mehr zu nehmen. Sie wollte nicht gierig wirken. Und niemand hatte heutzutage genug.

»Jetzt hörst mal zu, Mädel!« Frau Gruber stellte ihre Tasse weg und fixierte Rosa mit ihren kleinen Augen. »Ich hab nichts davon, wenn du mir vor Hunger umfällst. Ich hab dich genommen, damit du mir das Haus machst. Du wirst ordentlich arbeiten, und dafür wirst du auch ordentlich essen. Du kochst, was und wie ich es sag, und du servierst es zuerst mir, wie es sich gehört. Das müssen wir eh noch üben, so zittrig wie du den Teller herträgst, da wärst du bei mir im Gasthaus gleich rausgeflogen. Aber wenn ich meine Portion hab, dann nimmst du dir immer gescheit von dem, was da ist. Ist das klar?«

Rosa starrte in Frau Grubers blitzende Augen. Sie meinte zu erkennen, dass die Witwe wusste, worüber sie sich wunderte.

Vielleicht ist sie verrückt, dachte Rosa. Vielleicht bildet sie sich ein, es gäbe genug und man könnt alles kaufen. Und in ein paar Tagen haben wir nichts mehr.

Frau Gruber verzog den Mund zu einem schiefen Grinsen. »Streng dein Kopferl nicht so an, Kind. Das wirst schon noch verstehen. Wenn ich sag, du sollst ordentlich essen, dann tust du das, ja?«

Rosa nickte langsam, und Frau Gruber wandte sich zufrieden wieder ihrem Kaffee zu.

Als Rosa abends auf die Sitzbank sank, konnte sie kaum die Arme heben, um ihr Nachthemd anzuziehen. Aber sie war zufrieden. Sie hatte gleich am Morgen den Abort geputzt – es hatte ihr sehr gegraust, aber jetzt waren die Wände und der Boden einigermaßen sauber und der feine Geruch des Essigwassers, mit dem Rosa alles ausgewaschen hatte, war eine große Verbesserung. Den Nachmittag hatte Rosa mit der Küche verbracht. Sie hatte bis nach dem Abendessen dafür gebraucht, so klebrig war alles bei genauerem Hinsehen gewesen.

Rosa war etwas enttäuscht, weil von Frau Gruber gar kein Lob gekommen war. Im Gegenteil. Als Rosa eine alte Vase umgestoßen hatte, wurde sie von Frau Gruber ein »dummes Ding« genannt. Dabei war der Vase gar nichts geschehen.

Am meisten dachte sie aber über das Essen nach. Jedes Mal, nachdem Rosa aus dem Innenhof zurückgekommen war, wo sie den Kübel mit dem Putzwasser ausgeschüttet hatte, waren die Zutaten zum Kochen auf dem Küchentisch gestanden. Dabei waren die Regale in der Speisekammer alles andere als voll. Und Rosa war sich sicher, die Dose mit der Leberstreichwurst fürs Abendessen war untertags nicht dort gewesen. Wie war das möglich?

Am nächsten Tag trug Frau Gruber Rosa die Einkäufe auf. Rosa war nervös. Würde sie sich zurechtfinden?

Die alte Frau legte ihr die Bezugsmarken hin und erklärte ihr den Weg. Sie wollte vom Fleischhauer Rindfleisch haben. Bei den zwei Greißlern sollte Rosa wegen Erdäpfeln und Wurzelgemüse schauen. Brot musste auch besorgt werden, und Butter. Semmelbrösel könne sie auch gleich mitbringen. Ob Rosa sich das merken könne, oder müsse man es ihr aufschreiben? Rosa war erstaunt über die Einkaufsliste, seit Monaten war sie in keiner Fleischhauerei mehr gewesen.

»Ich merk mir das«, sagte Rosa leise.

»Sag's mir auf«, brummte Frau Gruber. Sie humpelte an Rosa vorbei und verschwand in ihrem Zimmer, ließ aber die Tür offen, damit sie Rosa hören konnte.

»Rindfleisch. Erdäpfel. Gemüse. Brot. Butter. Brösel«, wiederholte Rosa.

Frau Gruber kam wieder herausgewatschelt. »Und schau wegen Äpfeln. Wenigstens zwei oder drei. Ich hab schon zu lang keinen Apfelkren mehr gehabt.«

Frau Gruber hielt ihr eine kleine lederne Tasche hin. Eine Geldbörse.

»Ich weiß genau, was da drinnen ist«, sagte sie mit scharfer Stimme. »Die Marken kennst ja, mit denen hast du auch bisher eingekauft. Der kleinere Geldschein ist für den Holl, den Greißler. Wenn er sagt, dass er was nicht hat, dann sagst du ihm, dass du zu mir gehörst, und gibst ihm den. Und der große Schein ist für den Hader, für den Fleischhauer. Dem sagst du gleich, dass du bei mir bist, und legst ihm den hin. Der dritte Schein ist zur Not, falls du beim Holl nicht alles kriegst. Dann gehst zum Meier. Bevor es dunkel wird, bist du zurück, ja? Es rennen komische Leut herum derzeit, wegen dem Krieg.«

Rosa steckte die Geldbörse in ihre Schürzentasche und griff nach dem Korb.

»Und eins merk dir gleich«, ergänzte Frau Gruber, »Wenn die wieder an dieser Inflation drehen und die Preise steigen, dann rennst du nicht rum und schmeißt mein Geld zum Fenster raus. Dann kommst du zurück und ich sag dir, ob du was trotzdem kaufen sollst oder nicht. Ich hab jahrzehntelang eine Wirtschaft geführt. Glaub nicht, dass du dir Geld abzwicken kannst. Wenn du was brauchst, sagst du es mir. Wenn du lange Finger machst, bist du zurück im Heim.«

»Ich hab noch nie was gestohlen«, antwortete Rosa und konnte den trotzigen Tonfall nicht unterdrücken.

Die grauen Augen musterten sie scharf. »Dann verstehen wir uns ja«, sagte Frau Gruber. »Ab mit dir.«

Rosa zog den Mantel an und schlüpfte in die Stiefel. Da war schon etwas. Sie wurden ihr zu klein. Die Halbschuhe, die sie vom Vater bekommen hatte, würden im Frühjahr wohl auch nicht mehr passen. Aber Schuhe waren teuer.

Auf der Gasse atmete Rosa tief durch. Es tat gut, aus dem Haus zu kommen.

Rosa sah sich um. Sie musste nach links, zurück Richtung Straßenbahn, so hatte es ihr Frau Gruber erklärt. Aber dort, wo sie mit Frau Weißgerber zur Kirche heruntergekommen war, musste sie geradeaus weitergehen. Dann würde sie bald das Schild des Greißlers Holl sehen. Und etwas weiter vorne in einer Seitenstraße war der andere, der Meier. Den Fleischhauer Hader würde sie an einem runden Schild mit roter Schrift erkennen, der war dann dort an der Ecke.

Der Wind pfiff und bauschte ihr den Rock auf. Es war kälter, als sie erwartet hatte. Sie hielt sich den Mantel vor der Brust zusammen und drückte den Korb fest an sich, um nur ja die Geldbörse nicht zu verlieren.

Sie versuchte, sich ihre Umgebung einzuprägen. Niedrige Wohnhäuser. In einer Einfahrt neben einem alten Haus spielten zwei Buben mit Steinen. Sie waren verdreckt und starrten sie an, als sie vorbeiging. Der kleinere trug trotz der Kälte nur eine kurze Hose.

Auch ein Ehepaar, das ihr entgegenkam, musterte sie misstrauisch. Die Leute in der Vorstadt kannten einander. Rosa war eine Fremde. Sie zog die Schultern hoch. Der Tabakgeruch zog durch die Gassen.

Sie kam zur Kirche. Rosa blickte zum hohen Turm mit dem spitz zulaufenden Dach hinauf. Der Vater war nicht oft mit ihr in der Kirche gewesen, aber die imposante Größe von Kirchenhäusern hatte ihr immer gefallen. Das breite Eingangsportal dieser Kirche beeindruckte Rosa auch. Kurz überlegte sie, sich das gemeißelte Bild über der großen Doppeltür genauer anzuschauen, aber dann ließ sie es. Frau Gruber wusste sicher, wie lange man für die Wege brauchte.

Rosa ging weiter. Jetzt endete der Weg, den sie mit Frau Weißgerber gegangen war. Hoffentlich verirrte sie sich nicht. Sie war froh, als sie vor sich ein hölzernes Schild sah: »Holl. Gemischtwaren – Kurzwaren.« Rosa freute sich: Kurzwaren. Jetzt wusste sie schon ein Geschäft, in dem sie Sachen zum Nähen kaufen könnte. Wenn sie bei Frau Gruber je dazu kommen würde.

Es war früher Nachmittag. Wenn hier in den Morgenstunden Leute wegen einer Lieferung angestanden waren, dann war der Auflauf längst vorbei. Als Rosa das Geschäft betrat, war außer ihr nur eine Kundin dort, eine alte Frau, die einem Mädchen hinter der Theke gerade die Heller für Knöpfe abzählte.

Ein Mann mit dünnem Oberlippenbart, Halbglatze und Ärmelschonern stand neben dem Mädchen und sah von einem Rechnungsbuch auf, als Rosa eintrat. Er musterte sie und sagte knapp: »Sie wünschen?«

Rosa stellte ihren Korb auf den Tisch. »Ich brauch bitte Wurzelgemüse«, sagte sie nervös. »Karotten, Rüben, Zwiebel, was Sie haben. Und Äpfel und Erdäpfel. Und außerdem Brot, Butter und Brösel.«

»Was – ?« Der Mann lachte trocken. »Brauchst du das also?«, fragte er. »Und du meinst, wir haben das alles? Ich hab Brösel und Brot von gestern. Und ein paar Karotten. Aber Butter ohne Marken?«

»Ich hab Marken«, sagte Rosa. Sie holte die Geldtasche aus der Schürze, suchte die Marken für Brot und Fett. Sie zögerte, weil es ihr peinlich war, aber dann zog sie den Geldschein heraus und legte ihn zu den Marken.

»Ich komm von der Frau Gruber«, sagte sie mit zittriger Stimme.

Der Mann und das Mädchen schauten zwischen dem Schein und Rosa hin und her. Dann räusperte sich der Mann, nahm den Schein und steckte ihn schnell ein.

»Bei der Frau Gruber bist du also?«, fragte er. »Hat sie dich eingestellt?«

»Ja«, antwortete Rosa. »Ich wohn bei ihr«, ergänzte sie verlegen, »also … sie hat mich genommen.«

»Soso, hat sie das«, sagte der Mann. »Ich verstehe.«

Er verschwand durch eine offene Tür in den hinteren Teil des Ladens und kam mit zwei Papiersäcken zurück. In einem waren ein paar Karotten und ein halber Sellerie. Im anderen lagen einige Erdäpfel. »Das gibt's«, sagte er. »Äpfel hab ich nicht. Schon seit Tagen keine mehr gesehen. Vielleicht hat der Meier welche. Weißt du, wo der ist?«

Rosa nickte.

»Milli, hol die Butter«, sagte er, während er vom Wandregal einen halben Laib Brot herunterholte und von einem Holzgefäß Semmelbrösel in ein Sackerl füllte. Das Mädchen brachte ein kleines Stück in Papier eingeschlagene Butter. Der Mann drehte die Säcke zu und legte alles in Rosas Korb.

»Meine Empfehlung an die Frau Gruber«, sagte er. Rosa dankte leise, nahm den Korb und verließ den Laden. Ihre Hände zitterten.

Es war nicht richtig gewesen, was passiert war. Sie hatte viel zu viel bezahlt und kein Wechselgeld bekommen. Aber Frau Gruber hatte nicht so getan, als würde sie eines erwarten, und der Greißler hatte das sichtlich nicht zum ersten Mal gemacht. So kommt sie also zu ihren Lebensmitteln, verstand Rosa. Die alte Frau hatte wohl ziemlich viel Geld in ihrem Zimmer und kann die Händler bestechen.

Sie ging mit klopfendem Herzen weiter. Schnell fand sie das zweite Geschäft in der Seitengasse. Der Greißler hier war ein kleiner dickbäuchiger Mann mit Brille. Als sie nach Äpfeln fragte, pfiff er durch die Zähne und gab ihr zu verstehen, dass die wenigen, die er noch hatte, nicht durch Marken gedeckt und sehr teuer waren. Als Rosa den anderen Kronenschein heraussuchte, sah sie, dass in den Regalen noch gelbe Rüben lagen.

»Ich nehm vier Äpfel«, sagte sie. »Und ein paar Rüben.«

Sie legte den Schein auf den Tisch, der Mann starrte sie an, Rosa murmelte, dass sie zu Frau Gruber gehörte, und nach einer Minute verließ sie auch dieses Geschäft mit den gewünschten Einkäufen. Sie war erleichtert, dass sie Frau Grubers Wünsche erfüllen konnte, aber sie fühlte sich schlecht, weil sie bei diesen Geschäften mitmachte.

Die Eltern hatten nicht so viel Geld gehabt, aber sie hatten Rosa auch so erzogen, dass man nicht nur auf sich selbst schauen, sondern gerecht teilen sollte. Es fühlte sich nicht richtig an, dass sie nun für Frau Gruber das Beste kaufen sollte, während viele andere fast nichts hatten. Aber was hatte sie für eine Wahl?

Blieb also noch der Fleischer. Rosa hatte das große Schild vorhin schon gesehen. Sie atmete tief durch, bevor sie eintrat.

Eine kleine Glocke läutete und der Geruch nach Fleisch und Wurst umfing sie. Ihr Magen krampfte sich zusammen. Sie hatte diesen feinen Duft beinahe vergessen.

Sie sah sich um. Ein bulliger Mann mit dunkelgrauen Haaren schnitt große Schweinswürste klein, eine füllige weißblonde Frau drehte ein Stück Fleisch durch die Maschine, und ein junger Mann mit zur Seite gescheitelten blonden Haaren, roten Flecken auf den Wangen und kräftigen Oberarmen zählte einer älteren Kundin gerade ein paar Rindsknochen auf ein Papier.

»Vielleicht noch ein Scherzerl …?«, fragte die alte Frau vorsichtig. »Sie verstehen doch, der Meinige braucht eine kräftige Suppe, damit er gesund wird, das hat der Doktor Weidmann gesagt.«

»Wenn Sie's bezahlen, Frau Gösser. Wir haben nichts zum Verschenken«, brummte die Frau und klatschte das Faschierte in eine metallene Schüssel.

Rosa drückte sich an die Wand neben der Tür, während die Frau das Papier nahm und das Geschäft verließ. Rosa wäre am liebsten gleich mitgegangen.

»Was wünschen das Fräulein?«, fragte der junge Mann und musterte sie mit einem breiten Grinsen. Rosa schluckte ihre Angst hinunter und ging näher.

»Ein Stück Rindfleisch brauch ich, für einen Tafelspitz«, sagte sie und griff bereits nach der Geldbörse.

Tatsächlich höhnte der Mann gleich los: »Tafelspitz? Können S' das denn bezahlen?«

Sie zog mit zitternden Fingern den Geldschein aus der Börse. »Ich glaub schon«, sagte sie und dachte sich, wie dumm die Antwort klingen musste. »Ich komm von der Frau Gruber. Sie hätte gern ein schönes Stück Tafelspitz.«

Der junge Mann starrte das Geld an. Rosa kam es vor, als würden die Flecken auf seinen Wangen noch röter werden. Er schaute zum Fleischhauer hinüber. Der nickte langsam. »Hans, hol was her.«

»Bist du jetzt bei der Frau Gruber oder hilfst du nur aus?«, fragte die Fleischhauerin, während Rosa wartete.

»Ich bin dort«, sagte Rosa. Wieder musste sie sich räuspern. »Ich wohn jetzt dort.«

»Und wo kommst du her?«, kam sofort die nächste Frage.

Das geht euch überhaupt nichts an, dachte sich Rosa. Laut sagte sie: »Aus Hernals.«

»Ein Kostkind!« Frau Hader warf ihrem Mann einen missbilligenden Blick zu. »So weit ist es gekommen, dass Leut wie die Gruber sich so eine nehmen müssen.« Der Satz knallte Rosa ins Gesicht, als wäre er eine Ohrfeige. Sie zog die Luft zwischen den Zähnen ein und spürte die Hitze ihre Wangen hochsteigen.

Da kam der Bursche mit einem wirklich schönen Stück Schlegel zurück. Auch hier hatte Frau Grubers Name offensichtlich große Wirkung.

Als Rosa zahlte, riss ihr der Fleischhauer den Geldschein beinah aus der Hand und steckte ihn schnell in die Hosentasche. »Meine Empfehlung an die Frau Gruber«, sagte er.

Rosa nickte, presste ein »Danke« zwischen den Lippen hervor und legte das Paket schnell in ihren Korb.

»Hoffentlich bis bald, Fräulein«, sagte der blonde Hans und starrte sie abermals grinsend an.

Rosa beeilte sich, aus der Tür zu kommen. Draußen spürte sie, wie ihr eine Träne ins linke Auge schoss. Sie wischte sie rasch ab und ging so schnell wie möglich zurück zu Frau Grubers Haus.

Allein

Wochenlang putzte Rosa das alte, heruntergekommene Haus. Es war schon lange nicht mehr richtig für Ordnung gesorgt worden. Unter den Möbeln lagen riesige Staubflocken, in den Ecken war der Boden klebrig, die Fenster waren beinah blind vor Schmutz. Rosa schrubbte und wischte. Es war anstrengend, aber es tat auch gut. Jeden Tag wurde das Haus ein wenig mehr so, dass sie es dort aushalten konnte.

Wohl fühlte sie sich dennoch nicht. Sie fürchtete sich vor Frau Grubers stechendem Blick und ihren ständigen Schimpftiraden. Abgesehen von den Aufträgen, die sie Rosa gab, sprach sie so gut wie nie mit ihr. Sie kramte in ihrem Zimmer herum, las die Reichspost, die sie sich jeden Tag von einem Buben aus der Trafik bringen ließ, oder legte am Esstisch Karten.

An Sonntagen bewirtete sie manchmal den Pfarrer zum Nachmittagskaffee, da sie mit ihren schweren Beinen das lange Stehen bei der Messe nicht mehr auf sich nehmen konnte, wie sie sich bei ihm jedes Mal klagend entschuldigte. Aber Rosa vermutete bald, dass Frau Gruber einfach zu bequem war, um länger in der kalten Kirche auszuharren.

Sonst kam hin und wieder Frau Navratil aus dem Nachbarhaus, mit der sich Frau Gruber gut verstand. Dann saßen die beiden bei Ersatzkaffee am Esstisch und spielten um ein paar Heller Karten. Dabei redeten sie über die Nachrichten und tratschten über die Menschen im Grätzel, wer krank oder gestorben war oder Ärger mit der Polizei hatte. Sie schimpften über die vielen Kinder auf den Straßen, die nichts zu tun hatten, weil die Stadt die Schulen geschlossen hatte, bis die Kälte vorbei war, denn es gab nicht genug Kohle, um die Klassenräume zu heizen.

Am meisten konnten sie sich über die Verordnungen für die Wirtshäuser ärgern. Wegen des Warenmangels gab es nun die Vorschrift, dass jeder Gast am Abend nur mehr ein Bier trinken durfte, die Sperrstunde sollte auf zehn Uhr vorverlegt werden. »Das ruiniert noch alle Gastwirte«, schimpfte Frau Gruber ständig, wie wenn es ihr eigenes Gasthaus noch betreffen würde. Frau Navratil nickte dann immer so heftig, dass ihr hoher grauer Haarknoten wackelte.

Manchmal humpelte Frau Gruber auch zu Frau Navratil hinüber. Rosa genoss es sehr, wenn sie für ein paar Stunden ihre Ruhe hatte. Als Frau Gruber sie die ersten Male allein ließ, nutzte Rosa die Zeit, um ihre Nähsachen herauszuholen und ihre Strümpfe und ein eingerissenes Stück Stoff bei ihrer Manteltasche zu richten.

Dann wurde Rosa mutiger und neugieriger. Eines Tages wagte sie es. Nach einem letzten Blick auf die menschenleere Straße hinaus öffnete sie aufgeregt die Tür zu Frau Grubers Zimmer. Sie wusste, dass das absolut verboten war und sie auf keinen Fall erwischt werden durfte. Aber mittlerweile hatte sie ein gutes Gefühl dafür, wie lange Frau Gruber wegblieb.

Der für Frau Gruber so typische muffige Geruch umfing sie. Rosa sah sich um. Das Zimmer war nicht groß, aber vollgestopft mit Sachen. Auf dem Doppelbett war nur eine Decke und ein Polster bezogen. Auf der Kommode stand ein wachsamer Schäferhund aus Porzellan neben einer steinernen Madonna sowie eine großen Holzschale, in der verschiedene alte Schlüssel und ein paar Hellermünzen lagen. Daneben standen Bilderrahmen.

Rosa ging näher. Ein Paar in schöner Kleidung, das ernst in die Kamera blickte, die Frau hatte einen Blumenstrauß in der Hand. Erst nach längerem Hinschauen konnte Rosa im Gesicht der jungen Frau die harten Züge von Frau Gruber erkennen. Das Hochzeitsfoto.

Auf dem Bild daneben waren beide älter und deutlich rundlicher und standen vor einem langgestreckten niedrigen Haus, neben ihnen ein Fuhrwerk mit Weinfässern und der Kutscher. »Wirtshaus zum Rosengartl« stand auf einem großen Schild am Haus.

Das dritte Foto zeigte einen Gastgarten: einen mit Kies bestreuten Hof, zwei Bäume, das Gasthaus mit vielen Fenstern dahinter, einige Gäste an Holztischen, in der Mitte Frau Gruber, die Wirtin, ihre Arme stolz in die Hüften gestützt. Die Gäste hatten Weingläser und Bierkrüge erhoben und prosteten dem Fotografen zu.

Das Bild kam Rosa irgendwie bekannt vor. Sie dachte nach, aber sie war sich sicher, noch nie in einem Gasthaus namens »Rosengartl« gewesen zu sein.

Rosa schaute sich weiter um. Neben Bett, den beiden Nachttischen und der Kommode gab es noch zwei wuchtige Schränke. Die Möbel waren allesamt alt, aber sie wirkten gut verarbeitet, sie hatten sicher einmal viel Geld gekostet. Wie auch der nun abgewetzte Teppich mit seinem rotbraunen Muster.

Frau Gruber und ihr Mann hatten es mit ihrem Gasthaus wohl zu etwas Wohlstand gebracht, und von diesem Geld zehrte sie heute noch. Sicherlich hatte sie es hier irgendwo im Zimmer, vermutlich durfte Rosa deswegen hier auch nicht putzen.

Rosa zog an einer der großen Kastentüren, doch sie war verschlossen. Die Schale auf der Kommode fiel ihr ein, sie schaute die Schlüssel durch. Ein kleiner aus Messing kam ihr richtig vor. Tatsächlich, er passte.

In den Regalfächern waren ein paar Wolldecken gestapelt, daneben viele weiße Tischtücher, Stoffservietten, Handtücher. Jetzt waren sie alt und eine Staubschicht zeigte, dass Frau Gruber die Sachen schon lange nicht mehr herausgeholt hatte, aber sie waren schön verarbeitet. Rosa strich mit der Hand über eine der Tischdecken. In die Ecke war eine kleine gelbe Rosenblüte gestickt. Das musste die Wäsche vom Gasthaus sein. Die alte Frau hatte alles aufbewahrt.

Der zweite Schrank ließ sich ohne Schlüssel öffnen. Neben ein paar Kleidern von Frau Gruber hingen hier große Westen, Hemden und Jacken, die nicht der Witwe gehören konnten. Unten hatte der Schrank drei Schubladen. In der obersten lagen Hosen. In der zweiten zusammengelegte Hemden und Unterwäsche. Ganz unten waren Socken und drei Paar große Schuhe. Lauter Männerkleider. Sie rochen nach Mottenkugeln. Das mussten die Sachen des verstorbenen Herrn Gruber sein. Auch hiervon hatte Frau Gruber alles aufgehoben. Die alte Zeit musste ihr viel bedeutet haben.

Dann zog Rosa auch noch die Laden der Kommode auf. Da war die Leibwäsche von Frau Gruber. Mit einem Schlag wurde Rosa klar, was sie hier tat. Das waren Frau Grubers Sachen. Wie sie sich fühlen würde, wenn Frau Gruber in ihren wenigen Habseligkeiten kramen würde? Wobei, zuzutrauen wäre es ihr.

Aber du bist um nichts besser, dachte Rosa, böse auf sich selbst. So wollte sie nicht sein. Schnell brachte Rosa alles wieder in Ordnung und verließ beschämt das Zimmer.

Wenn Rosa einkaufen gehen musste, was oft nötig war, weil man in den Geschäften nur kleine Mengen bekam, gab ihr Frau Gruber weiterhin genaue Anweisungen. Das Geld zählte sie Rosa in die Hand, und sah sie dabei mit diesen stechenden Augen an. Dabei hätte Rosa es nie gewagt, auch nur einen Heller zu behalten. Frau Gruber wusste genau, wie viel die Waren kosteten, obwohl sich die Preise ständig änderten. Vermutlich hielt Frau Navratil sie über alles auf dem Laufenden.

Mit der Zeit musste sich Rosa immer früher anstellen. Fast jeden Morgen kroch sie aus dem Bett, während es noch finster und eiskalt war, heizte den Ofen an, richtete Frau Gruber im Licht der Petroleumlampe das Frühstück, und schlich in der Dunkelheit aus dem Haus, zitternd vor Kälte und Unbehagen, denn auch wenn sie die Wege bereits alle kannte, die Menschen blieben ihr fremd. Außerdem war es oft finster, weil Gas gespart werden musste und daher die Straßenlaternen nicht leuchteten.

Beim Kochen brachte Frau Gruber ihr wirklich viel bei. Sie mochte es deftig und ließ sich gefüllte Paprika, Krautstrudel oder Reisauflauf zubereiten.

Während sie Rosa die Arbeitsschritte ansagte, saß sie beim Esstisch und erzählte Geschichten, wie sie das Gasthaus betrieben hatte. Dabei ging es immer darum, wie viel besser das Leben gewesen war, als ihr Mann noch gelebt hatte, und was für feine Leute bei ihnen gegessen hatten. Heute hingegen war alles schlechter. »Die ganze Stadt geht vor die Hund'«, murmelte sie dann oft. Rosa schnitt Karfiol, zog Strudelteig aus, kochte Polenta ein und fragte sich, wieso bei Frau Gruber alles traurig ausgehen musste.

Genauso fragte sie sich weiterhin, woher Frau Gruber bestimmte Zutaten hatte. Denn selbst mit viel Geld bekam man längst nicht mehr alles.

An einem Morgen hatte Frau Gruber sie losgeschickt, um für Kaiserschmarrn einzukaufen, aber es war unmöglich gewesen, auch nur ein bisschen mit Mais gestrecktes Kriegsmehl zu bekommen. Rosa stellte sich schon auf ein Donnerwetter ein, doch Frau Gruber zuckte nur grummelnd mit den Schultern und schickte sie Wasser holen. Als Rosa zurück ins Haus kam, stand neben dem Ofen ein Häferl mit bestem Weizenmehl.

An diesem Nachmittag lernte Rosa den Arzt von Frau Gruber kennen. Es klopfte an der Tür, als die Witwe wieder einmal auf der Bank mit ihrer Reichspost in der Hand eingenickt war. Rosa erschrak, aber da wachte die alte Frau schon auf und herrschte sie an, sie solle doch aufmachen.

Herein kam ein sehr eleganter älterer Herr mit einem schönen Hut, einem spitzen Bart und einem sauberen dunkelbraunen Wintermantel. Er trug eine große schwarze Tasche und reichte Rosa seinen Hut.

»Ah, der Herr Medizinalrat.« Frau Gruber legte die Zeitung weg. »Na, mach schon Mädel, nimm dem Doktor Stifter den Mantel ab.«

Rosa legte den Hut schnell auf den Esstisch und übernahm den Mantel. Auch der Arzt hatte einen prüfenden Ausdruck in den Augen.

»Das ist die Rosa«, erklärte die alte Frau. »Die ist jetzt bei mir statt der Erni.«

»Sehr schön.« Der Mann sprach leise, aber sehr deutlich, so als wäre er es gewohnt, dass auch auf seine leisen Anweisungen sofort gehört wurde. »Haben Sie ein Dienstmädel gefunden.«

»Ist ein Kostkind«, sagte Frau Gruber.

Der Arzt setzte sich zu ihr auf die Sitzbank und zog ein Hörrohr aus seiner Tasche. »Wie geht es Ihnen in letzter Zeit, Frau Gruber?«, fragte er.

»Wie's halt ist, Herr Rat, Sie wissen ja, es ist ein Jammer mit den Füßen und der Kälte und dem Krieg«, antwortete Frau Gruber und drehte sich umständlich zur Seite, damit er sie abhören konnte.

Rosa stand daneben und wusste nicht recht, was sie tun sollte. Als ihre Mutter und ihre Tante krank gewesen waren, hatten die Ärzte immer allein mit ihnen sein wollen. Aber da fuhr sie Frau Gruber schon an: »Koch dem Herrn Rat einen Kaffee, na los. Mit der restlichen Milch.«

Während Rosa den Kaffee zubereitete, stellte der Arzt Frau Gruber alle möglichen Fragen und gab Kommentare zu ihren Beinen ab, mit denen er nicht zufrieden war.

»Wie ist es mit den Augen?«, fragte er.

»Das geht schon«, sagte Frau Gruber. »Die Zeitung kann ich noch lesen. Und die Arbeit nimmt mir eh das Mädel ab.«

»Und das Essen?«, wollte der Medizinalrat wissen.

»Na ja«, sagte Frau Gruber. Da war ein unterdrückter Ärger in ihrer Stimme. »Das mit Ihren Ideen, das geht nicht so einfach. Aber das hab ich Ihnen eh schon gesagt.«

»Frau Gruber, ich kann mich nur wiederholen: Wenn Sie weiterhin so fett und süß essen, wird das nur schlimmer werden mit dem Zucker«, ermahnte sie der Arzt. »Man bekommt den Diabetes nur so in den Griff: Bewegung, Gewichtsabnahme, zuckerfreie Diät.«

Der Arzt nahm einen Schluck Kaffee, den ihm Rosa hingestellt hatte, und packte seine Tasche.

»Ach papperlapapp«, polterte Frau Gruber. »Gehen S' mir weg mit Ihrer Diät! Gemüse und Fleisch! Wissen Sie, was der Hader fürs Fleisch verlangt? Und außerdem, wenn eine wie ich in der Wirtsstube laufen gelernt und immer ein ordentliches Essen auf den Tisch gestellt hat, werd ich jetzt mit zweiundsiebzig sicher nicht damit aufhören, und aus.«

Der Doktor zuckte mit den Schultern: »Wie Sie meinen, Frau Gruber. Ich gebe nur die Empfehlung ab.« Dann trank er den Kaffee aus.

»Und ich höre Sie, wie immer, Herr Rat«, sagte Frau Gruber nun wieder etwas ruhiger und hievte sich hoch auf die geschwollenen Beine. Rosa vermied es eigentlich immer, auf die schwabbelige, dunkelrot verfärbte Haut zu schauen. Aber jetzt, wo der Arzt darüber sprach, musste sie hinsehen. Die Strümpfe verbargen zum Glück das Schlimmste. Rosa fragte sich, wie weh es tat, mit derart geschwollenen Knöcheln herumzulaufen.

»Tun S' nicht schimpfen, Herr Rat, Sie wissen ja, einen alten Baum pflanzt man nimmer woanders hin«, säuselte Frau Gruber nun beschwichtigend.

»Achten Sie wenigstens etwas drauf«, sagte der Arzt und drehte sich zu Rosa. »Möglichst kein Zucker. Wenig Mehl. Besser Eiweiß. Fleisch, Gemüse.«

Rosa nickte verschreckt, aber da brummte Frau Gruber schon: »Als ob das Mädel da was zu bestimmen hätt.«

Sie reichte dem Arzt einen Zehn-Kronen-Schein. Der Medizinalrat ließ sich seine ergebnislosen Empfehlungen gut bezahlen. »Sie wissen ja, wo Sie mich finden, wenn was sein sollte. Und sonst bis nächsten Monat, gnä' Frau«, sagte er.

»Unbedingt, Herr Rat, herzlichen Dank für die Bemühungen«, antwortete Frau Gruber. Sie schüttelten einander die Hände. Nachdem hinter ihm die Tür ins Schloss gefallen war, seufzte die alte Frau.

»Ein Guter ist er, der Herr Medizinalrat«, sagte sie. »Hat schon meinen Hubert damals betreut nach dem Herzschlag. Mein Seliger hat immer gesagt, einen guten Arzt muss man sich leisten, einen, der privat arbeitet. Nicht so einen dahergelaufenen, zu dem jeder geht, so einer wie der Jud, der auch bei uns im Viertel ist.«

Sie nahm ihre Weste und ihren Gehstock. »Ich geh zur Navratil, die hat von der Frau Lang Zeitschriften gekriegt«, erklärte sie. »Schau, dass dann das Abendessen fertig ist. Vom Schmarrn ist noch was da, ja?«

So ein Kaiserschmarrn war eigentlich genau das Gegenteil von dem, was der Doktor als richtiges Essen aufgezählt hatte. Aber Rosa würde sich hüten, mit der Witwe zu diskutieren. »Ja, ist genug übrig«, antwortete sie.

Das Geheimnis

Eines Morgens wachte Rosa mit seltsamen Bauchschmerzen auf. Es war nicht schlimm, nur unangenehm. Auf dem Klo schaute sie auf das Zeitungspapier hinunter. Rot. Und braunrote Flecken innen auf ihren Schenkeln. Der Schreck fuhr ihr in die Glieder, für einen Moment wurde sie ganz panisch. Dann erinnerte sie sich.

Die Mutter hatte mit ihr darüber gesprochen, als sie zwölf geworden war. Es passierte allen Frauen. Jetzt war sie so weit. Aber sie brauchte Sachen dafür, einen Leibgürtel und Einlagen. Sie seufzte. Sie musste Frau Gruber fragen. Das Unwohlsein in ihrem Bauch verstärkte sich, als sie daran dachte, dass sie der alten Frau davon erzählen musste. Aber es ging nicht anders.

Rosa zappelte mit zusammengekniffenen Beinen zurück zur Sitzbank. Sie spürte, wie die Bewegung die Blutung verstärkte. Weil sie derweil keine andere Lösung wusste, stopfte sie sich eins ihrer kleinen Handtücher zwischen die Beine. Es rutschte in der ausgeleierten Unterhose hin und her und Rosa versuchte, sich so wenig wie möglich zu bewegen, während sie das Frühstück richtete.

Sobald die Witwe beim dritten Brot und zweiten Kaffee war, war ihr ärgster Morgenmuffel meistens vorbei. Also jetzt.

»Frau Gruber, ich bräucht was«, begann sie.

»Na, der Tag fängt ja schön an!«, brummte die alte Frau.

»Ich müsst zur Drogerie gehen«, sagte Rosa. »Weil ich – wissen Sie, heut Nacht ist meine … ich hab …«

Frau Gruber begriff und ersparte Rosa das Herumstottern.

»Ach je, hat's dich auch erwischt«, sagte sie. »Das Los der Frauen.«

Rosa nickte verlegen.

»Dann musst du wohl was kaufen«, sagte Frau Gruber. »Kannst mir ja nicht die Sitzbank versauen. Oder hast du's schon?«

»Nein«, beeilte sich Rosa zu sagen. »Es hat erst beim Aufstehen angefangen.«

»Am besten gehst zum Klarmüller. Ist zwar ein Stück weiter, aber der ist billiger als der Bloch. Und wennst schon da bist, kannst gleich eine Seife und ein Zahnpulver für mich mitnehmen.«

Rosa war froh, dass das so einfach gegangen war. Sie räumte die Küche auf, zog ihre Jacke an und ließ sich von Frau Gruber das Geld geben. Als sie sich in die Stiefel zwängte, merkte sie Frau Grubers Blick.

»Hast du Halbschuhe, wenn jetzt der Frühling kommt?«

Rosa nickte.

»Und die passen?«

Rosa konnte nur mit den Schultern zucken. »Die sind vom letzten Jahr.«

»Dann werden wohl auch bald welche fällig sein«, seufzte Frau Gruber.

»Vielleicht lassen sie sich dehnen«, murmelte Rosa und beeilte sich, aus der Tür zu kommen. Wieso fühlte sie sich so schlecht? Am liebsten würde sie Frau Gruber um gar nichts bitten, aber sie konnte es ja nicht ändern.

Auf der Straße war viel Aufregung. Menschen standen in Gruppen zusammen, manche beugten sich über Zeitungen. Seit Tagen drehten sich alle Gespräche um die Revolution in Russland. Die Arbeiter dort hatten Barrikaden gebaut und die Macht an sich gerissen. Sie wollten ihren Herrscher, den Zaren, davonjagen. Einige meinten, man müsse es den Russen nachmachen, damit endlich »das Volk« das Sagen hatte. Frau Navratil hatte das vom jungen Studenten, der bei ihr im Haus zur Untermiete wohnte. Ganz empört hatte sie das bei einem Besuch erzählt.

Vor dem Holl drängte sich eine lange Schlange. Rosa war froh, dass die gestrigen Lebensmittelkäufe noch reichten. Sie wollte schnell zur Drogerie und hoffte, dass die junge Verkäuferin im Geschäft war. Sie wollte nicht den alten Herrn Klarmüller nach einem Leibgürtel fragen müssen.

Rosa hatte Glück. Die junge Verkäuferin verstand schnell, worauf Rosa mit ihrem Stottern hinauswollte. Sie ging mit ihr in die ruhige Ecke des Ladens, in der die Damenartikel gut versteckt waren, und erklärte ihr geduldig, wie man die Einlagen in den Gürtel hineinschieben und danach auswaschen musste. Rosa hörte mit brennenden Ohren zu und vergaß fast die Seife und das Zahnpulver.

Als sie heimkam, saß Frau Gruber am Esstisch. »Hast alles bekommen?«, fragte sie.

»Ja.« Rosa legte Frau Gruber die Geldbörse hin. Frau Gruber holte das Wechselgeld und den Rechnungsbeleg heraus. Sie zog die Augenbrauen hoch.

»Sieben Kronen?«, fragte sie. »Zu meiner Zeit haben wir einfach Wolle benutzt.«

»Ich hab den billigen Gürtel genommen«, sagte Rosa entschuldigend.

Sie verschwand auf dem Abort. Umständlich nestelte sie am Gürtel herum. Die Einlage drückte. Ob sie sich daran gewöhnen würde?

Als sie zurück in die Küche kam, notierte Frau Gruber etwas in ihr kleines Heft. Sie deutete auf den Sessel gegenüber und sagte: »Setz dich hin.«

Rosa wurde nervös. Das war seltsam. »Soll ich nicht kochen gehen?«

»Nein«, sagte Frau Gruber. »Ich hab dir was zu sagen.«

Ihre kleinen Augen funkelten Rosa an.

»Du bist ja jetzt ein Zeiterl da, da können wir zwei mal ordentlich reden.«

Rosa krallte die Finger ineinander.

»Was glaubst, woher kommen die Sachen, mit denen du kochst?«

Rosa zögerte. »Ich … ich weiß nicht.«

»Machst du dir gar keine Gedanken drüber?«

»Doch, schon«, sagte Rosa. »Aber ich hab mir gedacht, es geht mich ja nichts an.«

»So ist es!« Frau Gruber grinste hämisch. »Eigentlich geht's dich nichts an. Aber mir ist das zu mühsam, alles immer selber holen zu müssen. Also pass auf.«

Frau Gruber hievte sich hoch und öffnete die Tür zur Speisekammer, trat einen Schritt hinein, nestelte kurz in der Ecke zur schmalen Seitenwand herum. Rosa sah verblüfft, wie das ganze raumhohe Regal nach links hinten schwang wie eine Tür. Sie kam neugierig näher. Hinter dem Regal befand sich ein zweiter Raum, er schien deutlich tiefer als der Wandschrank.

»Schau's dir nur an«, sagte Frau Gruber mit stolzer Stimme, holte die Petroleumlampe vom Esstisch, zündete sie an und hängte sie auf einen Nagel in den Geheimraum. Rosa trat noch näher und sah sich um. Der versteckte Raum war eine richtige Speisekammer. Überall waren Regale, selbst die Rückseite der geheimen Tür war mit Fächern versehen.

Rosa staunte. Sie hatte schon lange nicht mehr so eine Fülle vor sich gehabt. Übereinandergestapelte Weinflaschen in den untersten Regalen, Flaschen mit klarer Flüssigkeit, vermutlich Schnaps. Im Fach darüber dicke Leinensäcke. Mehl. Grieß. Zucker. Konservendosen in allen Größen. Schraubgläser mit noch mehr Grieß, Mehl, Salz, Zucker, Kaffee, Reis. Große Einmachgläser mit eingelegten Gurken, Rüben, Paprika, Erbsen. Reihen mit Kompottgläsern, hinten glänzten Kirschen. Rosa musste schlucken. Sie starrte auf ein Glas mit dunklen Semmelbröseln. »Aber Sie haben mich grad erst Brösel kaufen geschickt«, sagte sie.

»Freilich, solang es was gibt, holen wir uns, was wir kriegen können«, sagte Frau Gruber. »Das Lager ersetzt, was es mal nicht gibt. Wenn das mit dem Krieg wirklich noch länger geht, werden wir es noch brauchen.«

»Wo ist das her?« Rosa war so verdutzt, dass die Frage einfach aus ihr herausplatzte.

»Na, was glaubst?«, höhnte Frau Gruber.

Da dämmerte es Rosa. »Das Gasthaus …«

»Mein Seliger und ich, wir haben immer gewusst, dass man sich nicht von der Wirtschaft abhängig machen darf. Dass man vorhalten muss, damit man genug hat, wenn's knapp wird. Mein Hubert hat auch mit Wein gehandelt. Dafür hat er das Lager hier gebaut, zu viel wollt er nicht im Gasthaus drüben lassen. Wenn mal ein Falott dort einsteigt, haben wir trotzdem den Grundstock übrig, hat er immer gesagt. Und, dass man sich nie drauf verlassen darf, dass was gut ausgeht, wenn man sich nicht selber drum kümmert. Und man sieht ja, wie recht er gehabt hat damit.«

Die alte Frau deutete zum Fenster auf die Straße. »Wie's zu End geht mit allem. Das hab ich gleich gewusst, wie der Krieg angefangen hat. Alle haben sie gelacht, dass der in ein paar Wochen vorbei ist, und wie dann der erste Winter gekommen ist und nimmer genug Brot da war, da haben sie Angst gekriegt. Aber ich war vorbereitet. Hab mein Geld in Ordnung gebracht, solang es noch was wert war. Beim Holl und beim Farkas oder beim Hader, die wissen alle, wie man Geschäfte mit den Grubers macht, die haben schon den Wein von meinem Seligen gekauft, da war der Holl noch der Lehrbub von seinem Vater. Ich hab mir nicht erzählen lassen, dass uns die Regierung mit ihren Marken drüberbringen wird.«

Rosa merkte, dass sie zitterte, und das kam nicht nur von der Kälte in der Speisekammer. Ihr waren schon einmal im Hof beim Brunnen die komischen Proportionen vom Haus aufgefallen. Weil die Ecke von Frau Grubers Zimmer so weit drüben war, weil der Gang mit dem Klo viel länger war als die Tiefe der schmalen Nische des Wandschranks für die Nahrungsmittel. Jetzt verstand sie es.

»So, und jetzt schau mir zu«, sagte Frau Gruber.

Sie schob das Mädchen ein Stück zurück, griff nach einem Fach im schwenkbaren Regal und zog. Man brauchte einiges an Kraft, bis der Mechanismus einschnappte. War das Regal offen, konnte man den Verschluss im Holzbrett sehen, aber war es geschlossen, sah das Brett einfach aus wie die rechte Wand des kleinen Schranks.

»Hat sich der Meinige fein ausgedacht, was?«, grinste Frau Gruber.

Rosa wusste nichts zu sagen, sie nickte einfach. Ihr war kalt und heiß zugleich. Das hier war falsch. So viele Lebensmittel anzuhäufen, war verboten. »Hamstern« wurde das genannt. Besonders wenn man die Behörden überzeugte, dass man so arm war, um Bezugsmarken zu bekommen, durfte man keine Vorräte haben. Das Amt überprüfte das. Dann kamen Inspektoren und durchsuchten die Wohnungen. Fürs Hamstern gabs Geldstrafen oder sogar Haft, egal, ob man es für sich selbst machte oder ob man dann die Lebensmittel für horrende Preise am Schwarzmarkt verkaufte.

Rosa war schon klar gewesen, dass Frau Gruber ihr verstecktes Geld benutzte, um die Greißler zu bestechen, damit sie ihr Lebensmittel teuer verkauften, die sie anderen Kunden verwehrten. So konnten sie ein gutes Geschäft machen. Aber das hier war viel schlimmer. So viele hungerten. Der Staat musste eingreifen, wenn jemand sich nicht an den Opfern beteiligen wollte, die alle für den Sieg auf sich nehmen mussten.

Frau Gruber ließ nun auch die Speisekammertür zufallen. Rosa zuckte zusammen.

»So«, sagte die alte Frau. »Und jetzt reden wir weiter.«

Sie setzte sich an den Esstisch und schlug ihr kleines Heft auf. »Mir wird das zu mühsam, mich selber ums Lager zu kümmern. Und die Sachen sind ja zum Essen da, da hab ich mir einiges verkniffen, solang ich noch nicht sicher war, ob man dir das zeigen kann. Aber ich kenn dich jetzt gut genug.«

Rosa schluckte und starrte Frau Gruber an. Deren Augen funkelten.

»So blöd bist du nicht, dass du nicht weißt, dass das Amt gern wissen tät, dass ich so was hab. Aber du bist hoffentlich auch nicht so blöd, dass du es ihnen sagst. Weil eins ist ja wohl klar: Im Gefängnis gibt's weniger zu essen als bei mir.«

Rosa wagte kaum zu atmen. Nur langsam sickerte in ihren Kopf hinein, was Frau Gruber meinte.

»Die Erni hat gewusst, dass sie den Mund halten soll«, fuhr die Witwe fort. »Und du weißt das sicher auch. Bei mir gibt's einen warmen Platz und mehr zu essen, als die meisten armen Schweine da draußen es seit Jahren gesehen haben. Jetzt bist du ein Zeiterl da, ein jeder wird bestätigen, wie brav du für mich einkaufen gegangen bist. Wenn du der Polizei nicht erklären willst, wieso du mitgemacht hast, dann bist du still. Weil so eine alte Frau mit wehen Füßen so ein Lager allein gar nicht erhalten kann, das wird ein jeder einsehen.«

Rosa leckte sich über die Lippen. Sie fand keine Worte. In ihrem Kopf rasten die Gedanken herum. Sie lebte hier. Sie kaufte ein. Sie kochte. Und jetzt kannte sie das Lager. Sie wusste alles. Sie war eine Komplizin. Wenn sie Frau Gruber bei der Polizei melden würde, dann würde die Polizei Rosa gleich mitverhaften. Die Witwe würde nicht zugeben, dass sie Rosa das Lager erst jetzt gezeigt hatte. Sie würde behaupten, Rosa wäre vom ersten Tag an eingeweiht gewesen.

Frau Gruber hob das kleine Schreibheft hoch. »Und damit du es gleich weißt, Dummerl, deine sieben Kronen hab ich mir schon aufgeschrieben«, sagte sie. »Bei mir werden keine Schulden vergessen.«

Schulden? Rosa schaute Frau Gruber ungläubig an.

»Aber –«, würgte sie heraus.

»Nix aber«, schnitt ihr Frau Gruber das Wort ab. »Ich krieg Kostgeld für dich, damit ich dich erhalt. Schmalz und Eier und Gemüse und Fleisch muss ich jetzt für zwei zahlen. Kohlen für zwei. Seife für zwei. Ein warmes Zimmer hast auch. Ich krieg's nicht für die Sonderwünsche der Dame.«

Rosa blieben die Worte im Hals stecken. Sie ballte die Hände zu Fäusten.

»Ich sehe, wir verstehen uns.« Frau Gruber klang zufrieden. »Wenn du weiter ordentlich arbeitest, dann können wir's vielleicht einmal mit deinen Schulden gegenrechnen. Hat die Erni auch zusammengebracht. Es haben noch alle, die mit den Grubers Geschäfte gemacht haben, gelernt, dass bei uns keine Schulden unter den Tisch fallen. Und gut war's.«

Sie schlug das Schreibheft gegen die Kante vom Esstisch. Rosa zuckte wieder.

Danach stand die Witwe mit richtig fröhlichem Gesichtsausdruck auf, verräumte das Heft in ihrem Zimmer und zog sich umständlich an. »Ich geh zur Navratil«, sagte sie. »Die hat von ihrem Neffen einen Speck und eine Flasche Most von einer Fahrt ins Tullnerfeld gekriegt. Ich ess dort zu Mittag. Du kannst dir was vom Brot und der Streichwurst nehmen.« An der Haustür drehte sie sich noch einmal um. »Glaub bloß nicht, dass du mir davonkommst«, ihre Augen stachen in Rosas Körper wie Nadeln.

Die ganze Zeit über hatte sich Rosa nicht vom Fleck bewegt. Nachdem Frau Gruber weg war, saß sie lange auf der Sitzbank, obwohl sie nicht sagen hätte können, wie sie dort gelandet war. Sie hatte sich die kleine Häkeldecke der Mutter über die Schultern gelegt, aber das half nicht gegen das Zittern. Es war eine Kälte, die von ganz tief drinnen kam. Irgendwann lockerte sie die zu Fäusten verkrampften Finger, die Hände schmerzten. Sie hatte die Nägel so fest in die Haut gedrückt, dass sie blutete. Von Wurst und Brot nahm sie nichts. Ihr war schlecht.

Rosa dachte darüber nach wegzulaufen. Immer, wenn Frau Gruber bei Frau Navratil war, wäre es ein Leichtes. Einfach ihre Sachen packen, nur das Wichtigste, nur ein Koffer. Und dann weg.

Aber wohin? Zurück nach Hernals konnte sie nicht. Niemanden dort durfte sie mit ihrer Flucht belasten. Auch nicht wieder ins Heim, auf keinen Fall. Nirgends hin, wo man sie kannte.

Nirgends war ein Platz für sie. Rosa schob den Gedanken weg, tief nach unten in eine dunkle Ecke ihres Kopfes.

Ein paar Tage später kam Frau Weißgerber zu Besuch. Rosa kochte gerade Wäsche aus, als es an der Tür klopfte. Rosa freute sich.

»Rosa, gib der Frau Weißgerber einen Kaffee«, brummte Frau Gruber, die am Tisch saß und Patiencen legte. Aber die Fürsorgerin winkte ab. »Danke, ich hab noch einige Wege. Ich wollte mich nur vergewissern, ob alles in Ordnung ist.«

Sie sah Rosa an, aber Frau Gruber bezog die Frage auf sich: »Ein bisserl langsam ist sie manchmal, und den Mund macht sie so gut wie nie auf. Aber das ist ja nicht das Schlechteste, wenn einem die Leut nicht die Ohren vollratschen. Aber sonst passt alles.«

»Und wie geht es dir, Rosa?«, fragte Frau Weißgerber nun direkt.

Rosa machte den Mund auf. »Gut«, kam heraus. Obwohl eine Stimme in ihrem Kopf rief, dass es ganz und gar nicht gut war. »Es geht mir gut«, wiederholte sie stattdessen.

»Mit dem Essen kommen Sie zurecht?«, fragte Frau Weißgerber jetzt Frau Gruber. Die nickte. »Aber ja. Ist natürlich teurer, das Einkaufen für zwei, aber wir brauchen ja nicht viel.«

Sie warf Rosa einen vielsagenden Blick zu. Rosa hätte diese Ermahnung gar nicht gebraucht.

»Ich werd immer satt«, sagte sie. »Und ich hab schon Reisauflauf gelernt.«

Frau Weißgerber nickte. Sie war wohl froh, ein Kind gut untergebracht zu haben.

Sie legte ein Kuvert auf den Tisch. »Das ist dann für diesen Monat«, sagte sie. »Sie müssen mir unterschreiben.«

Frau Gruber legte das herauskullernde Geld auf den Tisch, unterschrieb das Formular, das im Kuvert war, und gab beides Frau Weißgerber zurück. Die nickte Rosa zu und sagte: »Dann sehen wir uns also in einem Monat, Rosa.«

Während die Fürsorgerin die Haustür hinter sich zuzog, sah Rosa zu, wie die Witwe das Geld in ihre Blusentasche zählte. Achtzehn Kronen. So viel bin ich also wert, dachte sie bitter.

Der Überfall

Die Kälte klebte an Rosa. Das Wetter wurde nur langsam wärmer, als wollte der Krieg den Winter nicht ziehen lassen. Aber Rosa war dankbar, dass es wenigstens früher hell wurde, dann musste sie nicht mehr in der Dunkelheit vor den Geschäften anstehen.

Das Einkaufen wurde jedoch immer schwieriger. Eine Zeitlang gab es keinen Zucker, beim Transport gab es Probleme. Dann ging die Butter aus, man bekam ein paar Tage lang nur die geschmacklose Kriegsmargarine. Der Holl verlangte für ein Ei plötzlich dreißig Heller und musste kurz zusperren, weil die erboste Menschenmenge ihn bedrohte.

In allen Auslagen klebte die Verordnung der Regierung, dass die Kaufleute die wohlhabenden Kunden nicht bevorzugen dürfen, aber nur der Müller, ein ängstlicher Mann, hielt sich manchmal dran. In den anderen Geschäften bekam Rosa alles, was sie verlangte, wenn sie genug Geld auf den Tisch legte.

Oft merkte sie, dass sie etwas bekam, das die Händler extra für Frau Gruber zurückgehalten hatten. Die Scham schnürte ihr den Hals zu, wenn sie an den anderen Wartenden vorbeiging, aber sie hätte sich nicht getraut, die Waren nicht anzunehmen. Rosa war sich mittlerweile sicher, dass Frau Gruber von ein paar ihrer Bekannten wie Frau Navratil über die Situation in den Geschäften informiert wurde.

Am widerwilligsten ging Rosa in die Fleischerei. Vor allem der junge Hans war ihr zuwider. Wenn er ihr die Sachen gab, schaffte er es oft, ihre Finger für ein paar Sekunden festzuhalten, ehe sie sich loswinden konnte. Und dauernd grinste er sie an. Rosa fragte sich, ob er nur zufällig noch nicht zum Militär eingezogen worden war, oder ob er sich irgendwie gedrückt hatte. Jeder Einkauf kostete Rosa Überwindung. Aber Frau Gruber liebte Fleisch, auch wenn sie ständig über die Preise schimpfte.

Rosa bemerkte, wie die Sorgen die Menschen immer nervöser machten. Wegen Kleinigkeiten brachen schnell Streitereien aus. Ins dreistöckige Haus schräg gegenüber kam mehrmals die Polizei. Flüchtlingsfamilien aus Ruthenien hatten zwei Wohnungen zugewiesen bekommen, die Nachbarn waren nicht damit einverstanden. Die Frauen beschimpften einander, die Männer beschuldigten die Flüchtlinge, Kleider gestohlen zu haben, und ein Gerangel brach aus.

Die Geschichte, wie die Wachmänner zwei der Ruthenen mit auf die Wache genommen hatten, weil sie die anderen Mieter mit einem Messer bedroht hatten, war kurz das wichtigste Gesprächsthema auf der Straße. Dabei war nicht mal klar, ob das Messer wirklich den Ruthenen gehörte.

»Derart dreckig kämpft doch nur so ein dreckiges Ostgesindel«, sagte Frau Gruber zu Frau Navratil, und die nickte heftig: »Ich hab gehört, dass zumindest eine der Flüchtlingsfamilien Juden waren«, erzählte sie. »Da wundert einen gar nichts mehr«, sagte sie und zog ihre Nase kraus, als würde sie etwas Ekelerregendes riechen.

Die Amerikaner hatten den Verbündeten im Deutschen Reich den Krieg erklärt und die Menschen fragten sich, was das für die österreichische Armee bedeutete. Die einen meinten, es mache keinen Unterschied, man kämpfe ohnehin meistens an verschiedenen Fronten. Aber andere sagten, es wäre sehr wohl schlecht für Österreich, schließlich war man von den Materiallieferungen der deutschen Freunde abhängig, und wenn die nun im Westen auch mit den Amerikanern beschäftigt waren, würden sie weniger für Österreich übrig haben.

So gingen die Diskussionen hin und her, auch über die Front im Süden, wo die eigenen Truppen sich gegen die anrennenden Italiener verteidigen mussten und mit der Härte des Wetters kämpften. Tausende Soldaten hatten sich in die Felsen gegraben und rangen tapfer um die Frontlinie. Nur im Osten sah es wirklich gut aus. Die Revolution hatte die russischen Truppen planlos zurückgelassen, scharenweise waren Soldaten übergelaufen. Hier würde man hoffentlich bald die verlorenen Gebiete zurückerobern.

Rosa stand in den Schlangen, hörte den Gesprächen zu und las Frau Grubers ausgelesene Zeitungen, ehe sie sie zu Klopapier zerschnitt, aber sie verstand nur die Hälfte. Dieser Krieg war so unübersichtlich geworden. Jeder schien gegen jeden zu kämpfen. So wie hier, dachte Rosa. Ob es Kohlen sind oder Brot, hier kämpft auch jeder nur mehr für sich selbst.

An einem Nachmittag im April klopfte Frau Navratil heftig an die Tür. Sie hatte rote Wangen, ihr Hut war verrutscht.

»Beim Farkas gibt es eine Lieferung«, schnaufte sie. »Die kommt morgen zur Verteilung. Man muss sich heut gleich anmelden und zahlen.« Der Farkas war der Kohlenhändler. Rosa musste sich nichts erklären lassen. Sie kochte gerade Bohnensuppe, sofort schob sie den Topf an den Rand vom Herd und wischte sich die Hände an der Schürze ab. Als sie die Weste überzog, hielt ihr Frau Gruber bereits die Geldbörse hin.

Rosa rannte die Straße hinunter, an der Kirche vorbei, um zwei Ecken. Die Menschenmenge war nicht zu übersehen. Rosa umrundete die Gruppe und stellte sich an der Seite an, damit man sie von der Tür des Kohlengeschäfts sehen konnte. Dort stand Herr Farkas mit einem seiner Burschen und versuchte, die Menge zu beruhigen.

»Herrschaften, bitte. Machen S' eine Reihe«, rief er. »Ich kann von keinem die Bestellung entgegennehmen, wenn Sie alle so drängen. Wir werden schon schauen, dass jeder was kriegt.«

Rosa wusste, dass das gelogen war. Immer mehr Leute kamen gelaufen. »Gibt's Petroleum?«, schrie eine Frau weiter drüben.

»Nein«, rief Herr Farkas. »Heute nur Kohle. Petroleum kommt angeblich am Freitag.«

Ein lautes Murren erhob sich, die Menge kam in Bewegung, es wurde geschoben und gezerrt. Die, die keine Kohlenöfen hatten und ganz auf Petroleum angewiesen waren, kämpften sich heraus, um schimpfend zu gehen.

Rosa versuchte, sich möglichst groß zu machen. Herr Farkas hatte den Burschen angewiesen, die Menge in eine Schlange zu ordnen. Er musterte die Menschen und holte einzelne nach vorn. Er kannte die Leute, die Geld hatten. Sie machte noch einen Schritt vor. Herr Farkas sah sie und winkte sie heran. Die Menschen rund um sie brummten, Rosa senkte den Kopf so tief wie möglich. Es war ihr so unangenehm, dass viele Leute mittlerweile wussten, dass sie wegen Frau Gruber oft bevorzugt wurde.

»Das Übliche?« Herr Farkas war über seine Kundenliste gebeugt und hakte ab, wer die Vorbestellung abgegeben hatte.

Rosa zog die Marke, einen Geldschein und eine Münze aus der Börse. »Ja, und ein bisschen was drauf, bittet die Frau Gruber recht herzlich.«

Der Farkas sah sie an, dann nahm er das Geld. »Meine Empfehlung an die gnä' Frau.«

Beim Hinausgehen kam Rosa gegen die durch die Tür drängende Menschenmenge kaum an. Sie stopfte die Geldbörse tief in die Schürzentasche und machte sich auf den Heimweg. Es war wärmer geworden, aber es wehte ein unangenehmer Wind. Rosa hielt den Kopf gesenkt.

Der Stoß erwischte sie ganz plötzlich. Sie stolperte nach rechts, verlor fast das Gleichgewicht, zog die Hände aus den Manteltaschen, um sich aufzufangen. Sie drehte sich um, um herauszufinden, woher der Stoß gekommen war, da wurde sie schon gegen eine Hauswand gedrückt.

Rosa erkannte helle und rote Flecken, eine schwarze Jacke, einen erhobenen Arm, eine Hand an ihrer Schulter. Die hellen Flecken waren blonde Haare, die roten Flecken auf seinen Wangen.

Hans. Er stand vor ihr, eigentlich über ihr, er war so viel größer als sie, sein bulliger Arm schob sie nach oben, dass sie auf den Zehenspitzen balancieren musste. Sie versuchte, sich aus seinem Griff zu winden, aber seine Finger waren wie eine Zange. Rosa konnte kaum atmen vor Angst und Panik.

»Ja grüß Sie, Fräulein«, zischte er. »Wohin sind wir denn unterwegs?«

»Nach Hause«, presste Rosa zwischen den Zähnen hervor.

»Soso, nach Hause«, äffte Hans sie nach. »Aber das ist doch gar nicht dein Zuhause, oder?«

Rosa roch seinen nach Zigarren stinkenden Atem und wollte ihren Kopf zur Seite drehen, aber da fasste er sie am Kinn, damit sie ihn anschauen musste.

»Glaubst du denn, ich seh nicht, was du machst?«, fragte er. »Wie du dir durch die Haare fährst, wennst ins Geschäft kommst? Wie du zu mir herschaust? Willst mich reizen, was, du kleine Schlampe?«

Rosa versuchte sich loszuwinden. Seine Finger taten so weh.

»Glaubst du, du kommst mir davon?« Seine Stimme zischte leise. »So eine Einladung lass ich mir nicht entgehen. Soll ich dich mal bei der Frau Gruber besuchen, Fräulein? Vielleicht, wenn sie mal nicht daheim hockt?«

Seine Hand ließ ihr Kinn los. Sie spürte seine Finger an der Bluse unterm Mantelkragen. Sie fuhren zwischen ihren Brüsten hin und her. In Rosa stieg die Übelkeit hoch. Sie stöhnte.

»Das gefällt dir, was?«, lachte er hämisch. »So kleine Schlampen wie dich kann ich schon leiden. Glauben, sie sind was Besseres. Gar nix bist du, nur ein armseliges Kostkind von einer alten Hex.«

Seine Hand wanderte tiefer, ihren Bauch entlang. Rosa wurde panisch. »Hilfe!«, hallte es in ihrem Kopf. Wie konnte es sein, dass niemand auf den Straßen war? Man musste sie doch sehen. Sie musste um Hilfe rufen, aber ihr Hals war zugeschnürt, ihr Körper war steif wie ein Stück Holz.

»Was ist da los?« Endlich! Eine Stimme. »Wer ist da?«

Eine Frau. Klappernde Schuhe auf den Pflastersteinen.

»Loslassen, hörst du, oder ich schrei um die Wache!«

Der Griff um ihre Schulter lockerte sich, die Hand verschwand. Hans trat einen Schritt zurück, drehte sich um. »Misch dich nicht ein, Weibsbild«, blaffte er. Dann war er weg.

Rosas Fersen rutschten langsam zurück auf die Erde. Ihr Körper rutschte hinterher. Sie lehnte an der Wand und merkte, wie sehr es sie schüttelte.

»Alles in Ordnung?« Die Frau hockte sich neben sie. Rosa starrte sie an. Sie trug ein verschlissenes dunkles Kleid und hölzerne Pantoffeln und hatte ein Baby auf dem Arm. Langsam wachte Rosas Gehirn aus der Schreckensstarre. Sie kannte die Frau.

»Hat er dir was getan?« Die Frau streckte ihr die Hand hin und half ihr hoch.

Bärbel. Barbara Glauninger. Frau Bärbel. So nannten die Leute sie. Sie stand oft in den Schlangen beim Holl und beim Meier. Ihr Kind hieß Sebastian. Ihr Mann war eingezogen, in Italien. Sie nähte daheim Hemden für die Armee.

»N-nein«, stammelte Rosa. »Also, nicht – nicht so wirklich.«

Sie griff an ihre linke Schulter. Wo Hans sie umklammert hatte, tat es noch weh.

»Es geht schon.« Noch zitterten ihre Knie, aber es gelang ihr stehenzubleiben.

»Der Hans ist so ein grauslicher Kerl«, sagte Frau Bärbel. »Wegen dem bin ich froh, dass ich kein Geld hab, um was beim Hader zu kaufen.«

Der Scherz sollte Rosa wohl aufmuntern. Rosa lächelte ein wenig. Frau Bärbel war hübsch, sie hatte grüne Augen und kleine blonde Locken. Sebastian, eingewickelt in eine alte Decke, nuckelte an seinem Daumen und musterte Rosa skeptisch, dann lachte er sie mit seinem süßen Babygrinsen an.

»Geht's wieder?«

Rosa nickte. Es musste gehen.

»Danke«, sagte sie leise.

Frau Bärbel winkte ab. »Bin grad durch den Hausflur gegangen, als ich ihn gehört hab. Man muss sich ja helfen. Wir Frauen sind eh die armen Schweine in diesen Zeiten, oder?«

Rosa nickte. Noch nie hatte jemand sie als »Frau« bezeichnet.

»Traust dich allein zur Gruber zurück?«, fragte Frau Bärbel.

Rosa nickte. »Ja. Danke nochmal.«

»Ist schon gut. Bis bald einmal beim Anstehen.«

Rosa winkte Sebastian kurz nach. Es war nicht mehr weit bis zu Frau Grubers Haus, aber der Weg kam ihr endlos vor. Jetzt, am frühen Abend, waren nur mehr wenige Leute auf der Straße. Je näher sie zum Haus kam, desto mehr wuchs ihre Angst, Hans könnte im letzten Moment doch noch einmal aus irgendeiner Nische springen. Auf den letzten Metern rannte sie beinahe.

Frau Gruber und Frau Navratil standen noch in der Tür und tratschten. Rosa hetzte an ihnen vorbei, spürte ihre fragenden Blicke im Rücken.

»Alles erledigt?«, fragte Frau Gruber.

»Ja«, sagte Rosa, riss sich die Weste herunter und warf sie auf die Sitzbank. Die Geldbörse schmiss sie auf den Tisch.

»Bist übergeschnappt?«, fragte Frau Gruber. »Geh kochen.«

»Gleich.« Rosa wollte eigentlich zum Abort, dann lief sie aber in den Innenhof hinaus. Sie hatte das Gefühl, in den niedrigen Räumen keine Luft zu bekommen. Sie brauchte ein paar Minuten für sich.

Sie rang nach Luft, ließ sie sich auf einen Ziegelstein fallen, der in einer Ecke des Hofs lag. Sie schlang die Arme um die Knie und wiegte sich hin und her, um sich zu beruhigen.

Sie versuchte, Hans' Gesicht vor ihren Augen loszuwerden. Sie wusste, was er mit ihr tun hatte wollen. Sie war vielleicht jung und dumm, aber ihre Mutter hatte damals offen mit ihr gesprochen. Dass sie ihn nicht hatte abwehren können, dass er so groß und stark über ihr gestanden war, drückte ihr schwer auf die Brust. An der Schulter schob sie das Kleid zur Seite. Wo Hans' Finger gewesen waren, bildeten sich schon blaue Flecken.

Wieso konnten Männer wie Hans so etwas tun? Wieso war sie so schwach? So machtlos? Wieso – ? Ein Schluchzen kam in ihrer Kehle hoch, sie drückte es hinunter, presste die Hände gegen die Schläfen und starrte geradeaus. Sie musste sich beruhigen.

Da fiel ihr Blick auf einen gelbgrünen Fleck. Sie kniff die Augen zusammen. Eine Rosenknospe.

Rosa beugte sich vor. Vor ihr war das Gittertor zum benachbarten Hof. Direkt neben dem Tor wuchs ein Rosenbusch. Kahl und blattlos war er ihr den ganzen Winter über nicht aufgefallen, aber jetzt hatten seine Zweige erste Blätter und Knospen angesetzt, und zwei Zweige reichten bis zum Gittertor.

Rosa streckte die Hand aus und strich mit dem Finger über die kleine pelzige Schutzhülle der Knospe. Wenn sie aufging, würde sie wunderschön gelb blühen.

Die Mutter hatte Rosen geliebt. Aus dem Grund hatte Rosa auch ihren Namen. Der Vater hatte ihr erstes Kind nach seiner Großmutter Theresa nennen wollen, aber die Mutter hatte sich durchgesetzt.

Rosa hockte sich vors Gittertor. Sie spähte hinüber in den Hof. Das niedrige Haus lag einsam da. Die beiden Bäume in der Mitte des Hofes bekamen auch schon erste Blätter. Eine Kastanie und eine Buche. Dann entdeckte Rosa weitere Rosenbüsche, einen mit roten Knospen, hinten einen, der gerade erst ein paar Blätter hatte, und etwas, das wie eine riesige Heckenrose aussah, die sich an der Ziegelwand ausbreitete.

Rosa ließ ihren Blick über das Grundstück und das heruntergekommene Haus schweifen, und da begriff sie. Darum war ihr das Foto auf der Kommode von Frau Gruber so bekannt vorgekommen. Das hier war das alte Wirtshaus. Es war naheliegend, dass die Wirtsleute nebenan wohnen würden, mit einem Durchgang über den Hof zwischen ihrem Haus und dem Gasthof. Das also war das »Rosengartl«.

Rosa drückte an die Gittertür. Sie war versperrt. Rosa betrachtete das große alte Schloss. Ein Gedanke formte sich in ihrem Kopf, dann schob sie ihn jedoch beiseite. Frau Gruber wartete aufs Essen. Sie strich noch einmal über die Rosenknospe, dankbar, dass sie die hässlichen Gedanken an Hans aus ihrem Kopf vertrieben hatte.

Der Rosengarten

Rosa war froh, am nächsten Tag nicht zum Fleischer gehen zu müssen. Sie konnte Hans nicht ewig entgehen, aber sie war dankbar für jeden Tag, um ihre Fassung wiederzufinden. Und solange sie früh am Morgen und am Vormittag unterwegs war, während er im Geschäft stehen musste, fühlte sie sich etwas sicherer.

Am Nachmittag klopfte das Hausmädchen von Frau Lang, es gäbe Zwetschkenmarmelade und Kekse von den Verwandten aus Oberösterreich, ob Frau Gruber sich Frau Navratil für einen Besuch anschließen wollte? Natürlich wollte Frau Gruber. Zu Frau Lang musste man etwas länger gehen, vor allem mit kranken Beinen. Aber die Aussicht auf Kekse ließ Frau Gruber über sich hinauswachsen. Sie ließ sich von Rosa eine Flasche Wein als Gastgeschenk bringen, und weg war sie.

Als Rosa kurz darauf die im Innenhof auf einer Leine getrocknete Wäsche zusammenlegte, fiel ihr Blick auf die Rosenknospe. Ihr wurde bewusst, dass dies die Gelegenheit war.

Sie schlich in Frau Grubers Zimmer. Nach einigem Überlegen klaubte Rosa zwei größere, altmodisch aussehende Schlüssel aus der Schale auf der Kommode.

Der erste passte nicht, aber der zweite glitt tatsächlich ins Schloss. Vorsichtig stieß Rosa das Gittertor auf. Es quietschte. Mit angehaltenem Atmen lauschte Rosa. In den umliegenden Häusern rührte sich nichts. Mit klopfendem Herzen drückte sie sich durch den Spalt im Tor. Der längere Rosenzweig kratzte sie am Unterarm.

Sie sah sich vorsichtig um. Auf der Hinterseite ihres Blocks war sie noch nie gewesen, dort gab es keine Geschäfte, die sie hätte aufsuchen müssen. Alle Häuser rundherum waren ebenerdig, keines überragte das Wirtshaus. Erst zwei Häuser weiter stand ein zweistöckiges neueres Gebäude, aber ein großer Baum und die Kante des Nachbarhauses schirmten es vom Innenhof des Gasthauses ab. Es war also sehr unwahrscheinlich, dass sie jemand sehen würde.

Trotzdem schlich sie knapp an der Mauer weiter. Sie kam an der roten Rose vorbei. Der Kies unter ihren Füßen knirschte. Vermutlich konnte man es wenige Meter weiter schon nicht mehr hören, aber für sie klang es erschreckend laut. Sie hätte nicht mitten am Tag herkommen sollen.

Sie erreichte das Haus. Rechts davon war wohl die Einfahrt gewesen. Zur Straße hin gab es ein brüchiges Holztor, das einmal grün gestrichen war. Es war mit einer dicken Eisenkette versperrt und von mächtigen alten Weinranken überwuchert, die sich gemeinsam mit wilden Holunderbüschen selbstständig gemacht hatten. Früher hatten sie vermutlich einen schön umkränzten Eingang gebildet.

Das Haus selbst war noch niedriger als das von Frau Gruber und hatte ein schräges Dach. Der dreckig graue Verputz blätterte in großen Stücken ab, die auf dem Kies liegen blieben. Die kleinen Doppelfenster waren blind, einige der Scheiben gesprungen. Es war richtig alt. Rosa wusste, dass das Wirtshaus von Frau Grubers Großeltern begründet worden war.

Rosa wanderte an der Fassade entlang. Was drinnen lag, war kaum zu erkennen, verschwommen glaubte sie einige Tische und eine Schank zu sehen.

Dann stand sie vor einer Tür. Rosas Herz machte einen Sprung, als sie die Klinke hinunterdrückte und die Tür sich bewegte. Konnte es wahr sein, dass Frau Gruber hier nicht abgeschlossen hatte? Dann merkte sie, dass der Griff wackelte. Das Schloss war durchgerostet.

Rosa betrat die Gaststube. Der langgestreckte Raum war staubig und verwahrlost. An einigen Fenstern hingen von Motten zerfressene dunkelrote Vorhänge. Rund um ein paar große schwere Holztische waren lange Bänke und ein paar Sessel angeordnet. An der Decke hingen altmodische Kerzenleuchter ohne Kerzen. Schade. Das wäre praktisch gewesen bei diesem Kerzenmangel. Auf den Tischen an der Wand lagen Stapel von Papier. Alte Zeitungen.

Dann gab es noch eine riesige gebogene Schank. Sie nahm die ganze hintere linke Ecke des Raumes ein. Davor lagen drei umgestürzte Barhocker mit abgebrochenen Stuhlbeinen.

Rosa umkreiste die Schank und schaute sich dahinter um. Zwei Zapfhähne ragten von der Ablage hoch, einer war gebrochen, die Kästen darunter standen leer. Da waren keine Bierfässer mehr. Außerdem gab es eine große Abwasch, aber das Bassin war abgerissen und hing schief heraus.

Weiter hinten lagen Glasscherben. Rosa stieg vorsichtig drüber. Sie ging durch eine Schwingtür und kam in die alte Küche. Auf den zwei riesigen Kohleöfen mit den großen Herdplatten und den breiten Backrohren wurde früher sicherlich für eine große Menge Gäste gekocht. Wenn man gern kochte, musste es eine Freude sein, damit zu arbeiten. Dann entdeckte Rosa neben einigen Regalen einen wuchtigen Holzkasten. Ein Eisschrank! Rosa kannte so etwas aus der Schule, in der sie Kochstunden gehabt hatte. Man konnte so einen Schrank mit Eis befüllen, dann hielt er Nahrungsmittel tagelang frisch. Sie zog die Tür auf, der Schrank war leer. Hatte Frau Gruber alles Wertvolle verkauft? Oder hatten Diebe alles geholt?

Durch eine weitere Tür gelangte Rosa in den Eingangsbereich des Gasthauses, viele rostige Kleiderhaken waren hier an der Wand. Das breite Haustor, das ebenso einmal grün gewesen war, führte wohl zur Straße hinaus. Gegenüber kam man zu den Klos, mehrere Kabinen mit Abtritten nebeneinander. Auch nach Jahren roch es hier unangenehm.

Der letzte Durchgang führte Rosa zurück in den Gastraum. Links von ihr raschelte es. Mäuse. Vielleicht auch Ratten. Sie wusste selbst nicht, wieso sie sich nicht fürchtete.

Von hier sah sie, dass zwischen der Schank und dem ersten Tisch noch etwas stand. Rosa ging näher. Der große Gegenstand war mit einer groben Plane bedeckt. Rosa zog daran. Eine Staubwolke stieg hoch. Rosa hielt die Luft an.

Ein Schaukelstuhl. Da stand mitten in diesem verdreckten Gasthaus ein schöner alter Schaukelstuhl aus Holz. Dass den keiner mitgenommen hatte? Er war von der Plane geschützt gewesen und fast nicht schmutzig. Rosa setzte sich. Er knarzte leise, aber er schaukelte sofort leicht.

Rosa zog die Beine an und stellte sie auf die Kante der Sitzfläche. Der Sessel schaukelte sie. Es fühlte sich gut an. Es war nur ein Sessel, aber er war nett zu ihr. Rosa lächelte. Sie musste wieder hinüber, Frau Gruber würde bald daheim sein. Aber sie würde zurückkommen.

Rosa legte den falschen Schlüssel wieder in die Schale, den für das Gittertor behielt sie und versteckte ihn in einem Paar Socken ganz hinten in einer Lade der kleinen Kommode. Frau Gruber nutzte ihn ohnehin nicht. Und selbst wenn die Witwe den Kleinkram in der Schale durchschauen und diesen Schlüssel vermissen würde, woher sollte sie wissen, dass er bei Rosa war?

Rosa nützte ihre Besorgungswege, um zum ersten Mal um den Block herumzugehen. Auch auf der Straßenseite stand das Gasthaus als heruntergekommene Ruine abweisend da. Das große Schild »Wirtshaus zum Rosengartl« war verblichen. Einmal mehr wurde deutlich, dass seit Langem niemand das Haus betreten hatte. Das würde sich wohl nicht ändern, hier war Rosa gut versteckt.

Als sie zurückging, fiel ihr auf, dass die steinerne Mauer, die neben dem großen Tor der Einfahrt zum Nachbarhaus führte, zerfallen war.

Im Garten hatte sie es hinter den Holunderbüschen nicht gesehen. Mit ein bisschen Geschick könnte man problemlos über die übereinanderliegenden Mauersteine klettern. Aber es wäre auffällig und würde vielleicht Lärm verursachen. Der Weg über den Hof war besser, den betrat nicht einmal mehr Frau Gruber, seit Rosa das Wasser holte und die Wäsche machte.

Sobald die alte Frau an den nächsten Abenden eingeschlafen war, schleppte Rosa Besen, Wischfetzen und Putzkübel ins Wirtshaus hinüber. Küche und Vorraum interessierten sie nicht, aber den Gastraum richtete sie her. Sie machte die Tische und die Schank sauber, kehrte die Glasscherben und den ärgsten Staub in eine Ecke in der Küche und holte sich schließlich heimlich aus dem hinteren Schrank in Frau Grubers Zimmer zwei der vielen alten Decken für den Schaukelstuhl. Kurz spürte Rosa ihr schlechtes Gewissen und fühlte sich wie eine Diebin, aber dann beruhigte sie sich selbst mit dem Gedanken, dass die Decken im Kasten ohnehin nur ungenutzt herumlagen.

Am Ende ihrer Putzarbeiten war sie jedes Mal von oben bis unten verdreckt. Dann musste sie sich mitten in der Nacht beim Brunnen waschen, jedes Mal voll Sorge, dass Frau Gruber das Plätschern durch das Fenster hören und aufwachen würde. Zum Glück passierte das nie. Ganz konnte es sich Rosa selbst nicht erklären, wieso sie dieses Risiko einging. Es war einfach schön, dass sie einen Ort gefunden hatte, der nur ihr gehörte.

Wann immer sie abends sicher war, dass Frau Gruber tief genug schlief, schlich Rosa ins Gasthaus. Sie schmierte die Gelenke vom Gittertor mit Margarine ein, damit es nicht mehr quietschte. Sie schaukelte in ihrem Stuhl, blätterte in den alten Zeitungen. Die harmlosen Nachrichten, die damals die Leute beschäftigt hatten, amüsierten sie. Kleine Diebstähle, Streitigkeiten von Bezirkspolitikern, Tratsch über die Kaiserfamilie. Ein Bild des alten Kaisers. Dass er gestorben war, fühlte sich an, als wäre es hundert Jahre her.

Der verlassene Gastraum wurde ihr schnell vertraut, anders als das Haus von Frau Gruber. Rosa nahm das »Rosengartl« in Besitz. So fühlte es sich jedenfalls an. Sie genoss jede Minute dort, es war ein schönes Gefühl. Und am schönsten war es, wenn sie es schon in der Abenddämmerung herschaffte. Dann saß sie oft nur da und beobachtete durch die Fenster die Blüte der Blumenstöcke. Sie hatte den Rosengarten wiederentdeckt, jetzt gehörte er ihr.

Teil II
1917–1918

Zucker und Milch

Rosa hetzte die Straße entlang, beinah wäre sie in drei Leute hineingerannt. Sie schlug einen Haken um einen schimpfenden Mann, überholte eine alte Frau, die sich mit ihrem Stock auf dem eisigen Pflaster abmühte, und sah, wie vorne schon die Menschen zusammenliefen. Rosa hörte den Pfiff des Wachmanns. Als sie die Greißlerei erreichte, hatten sich die Leute brav aufgereiht. Man wusste nie, ob man etwas abbekommen würde, aber wenn einen der Wachmann herausfischte, weil man drängte, bekam man sicher nichts, also rissen sich alle zusammen.

Rosa stellte sich an. Sie zählte die Leute vor ihr. Zwölf … fünfzehn … achtzehn … Sie war die dreiundzwanzigste. Das könnte sich ausgehen.

Jetzt konnte sie das Halstuch festziehen und den Mantel zumachen. Die unteren Knöpfe waren beim Laufen aufgesprungen. Rosa hatte Seitenstechen. Sie griff sich an die Hüfte und atmete tief durch.

Ganz bald in der Früh war sie schon beim Holl angestanden, für gerade mal vier Eier, Milchpulver und einen Würfel der bröckeligen Kriegsmargarine, und sie war schon fast wieder bei Frau Gruber gewesen, als einige Frauen an ihr vorbeieilten und sie die Worte »Kerzen« und »Meier« aufschnappte.

Rosa war sich zwar nicht sicher, ob der Greißler wirklich eine Lieferung bekommen hatte, dennoch lief sie sofort wieder los. Schon zu lange waren weder Petroleum noch Kerzen zu bekommen gewesen. Seit zwei Monaten gab es dafür Bezugskarten. Die zugeteilten Rationen waren erbärmlich. Jetzt, wo es abends wieder früh dunkel wurde, konnte man kaum lang genug die Küche ausleuchten, um sauber zu machen. Die kargen Lieferungen reichten aber meistens nicht mal für die Karten. In den letzten Wochen hatten sie im Haus nur deswegen Licht gehabt, weil Frau Gruber dem Farkas zwei Flaschen Petroleum abgeschwatzt hatte.

Ein Mann verließ das Geschäft mit einigen in Papier eingewickelten Kerzen. Rosa war erleichtert. Es stimmte also. Wenn sie Kerzen mitbrachte, würde das Frau Grubers momentan besonders schlechte Laune hoffentlich heben.

Rosa bewegte die klammen Zehen in den Stiefeln. Ein Schuster hatte sie gestreckt. Jetzt passten sie in der Länge wieder, dafür waren sie so ausgeleiert, dass Rosa sie fast verlor. Aber was sollte sie machen? Schon die Kosten für das Dehnen hatte Frau Gruber stirnrunzelnd in ihr Heft eingetragen, zu den sieben Kronen vom Frühjahr und den drei Kronen, die Rosa im Sommer für neue Strümpfe gebraucht hatte, weil ihr die zu kleinen vom letzten Jahr beim Hochziehen zerrissen waren.

Nur langsam rückte die Schlange weiter. Rosa drückte ihren Korb an sich. Ständig kam es vor, dass Taschendiebe die Drängeleien ausnützten. Ein Stück vor sich entdeckte Rosa Frau Lang, die sich mit einer anderen Frau unterhielt und dabei ihr Gesicht verzog. Sie beklagte sich wohl wieder einmal, dass sie keine Bezugsmarken bekam, weil ihr Mann als Beamter bei der Stadt zu viel verdiente. Nur für Fett und Erdäpfel hatte man ihnen Marken bewilligt, ansonsten mussten sie alles teuer bezahlen.

Endlich war Rosa dran. Sie legte die Marken auf den Tisch und fragte: »Haben Sie auch Äpfel?«

»Nix Äpfel«, antwortete Frau Meier. Sie hustete und sah müde aus. Dass es schon im November so kalt geworden war, hatte vielen die ersten Erkältungen beschert. »Auch keine Birnen. Es sind lang keine Züge gekommen, hat's geheißen. Ich weiß nicht, wann das anders wird, bald sicher nicht.«

»Dann nur die Kerzen bitte«, antwortete Rosa.

Während Frau Meier die Karte lochte, steckte Rosa die Kerzen schnell ein. Sie wusste, dass sich Frau Gruber die Marken erschlichen hatte. Rosa konnte sich nicht daran gewöhnen, wie gierig Frau Gruber war. Sie musste daran denken, wie sie den Mann von der Behörde vollgejammert hatte, was für eine arme kranke Witwe sie sei. Dass sie sogar ein Waisenkind aufgenommen hatte. Sie sah ihn vor sich, wie er den fast leeren Speiseschrank begutachtet hatte, nichts ahnend, dass sich dahinter prall gefüllte Regale versteckten. Und wie er in die fast leere Kohlenkiste geblickt hatte, da war erst für morgen eine Lieferung angekündigt. Sie hatte sich auf die Lippen beißen müssen, als Frau Gruber tatsächlich die Kerzenmarken ausgehändigt bekommen hatte.

Dabei waren die Marken doch für die, die wirklich nichts hatten. Wie für Frau Bärbel, die vor ein paar Tagen weinend vor dem Haus gestanden hatte, in dem der Armenarzt Doktor Weidmann seine Praxis hatte. In hölzernen Pantoffeln, obwohl es geschneit hatte. Immer wenn Rosa Frau Bärbel sah oder die Ruthenen im dreistöckigen Haus, denen ein Kind an der Tuberkulose gestorben war, bekam sie so eine Wut, dass Frau Gruber alle betrog, und hielt es fast nicht aus, dass sie dabei mitspielen musste.

Rosa trug ihre Errungenschaften zurück zum Haus. Noch immer weigerte sich etwas in ihr, es »Zuhause« zu nennen, obwohl sie nun schon fast ein Jahr hier war.

Frau Navratil saß bei Frau Gruber. Die beiden alten Frauen spielten Rommé und redeten, wie meistens in letzter Zeit, über Russland. Dort hatte ein Mann namens Lenin die Macht an sich gerissen. Rosa verstand nicht viel davon, sie konnte Begriffe wie »Bolschewiken« oder »Sowjets« kaum aussprechen. Aber irgendwie waren sie für Frau Gruber und Frau Navratil etwas Schlechtes.

»Da hat er mir immer seine gescheiten Reden gehalten über diese neumodischen Ideen, den Kampf des Arbeiters und diesen ganzen Unsinn von den Russen, der Herr Student, aber jetzt hat er sich geschlichen, schön die Nase am Boden statt in der Luft.« Frau Navratil grinste zufrieden und sagte Fünfunddreißig an.

Frau Navratils Untermieter war ausgezogen, weil er sich das Studieren nicht mehr leisten konnte und zur Familie nach Tulln zurückgehen musste. Sie hatte oft mit ihm über Politik diskutiert. Eigentlich war sein Auszug schlecht für Frau Navratil, weil sie sein Mietgeld gebraucht hätte, aber dass der junge Mann mit der anderen politischen Meinung fortziehen musste, schien sie als ihren persönlichen Sieg zu sehen. Rosa konnte es schon nicht mehr hören.

»Kerzen hat der Meier gehabt«, sagte sie und legte das Papier auf den Tisch.

»Fein«, sagte Frau Gruber. »Dann hast genug Licht, um meine Weste zu stopfen.«

Kein »Gut gemacht«. Kein »Danke«. Wie immer.

»Kerzen?!« Frau Navratil sprang sofort auf. »Ja, wieso sagt mir das denn keiner?«

»Ich hab es nur zufällig auf der Straße mitbekommen«, sagte Rosa.

Mit einem schnellen »Wiedersehn« war Frau Navratil, den Mantel in der Hand, durch die Tür.

»Als ob sie jetzt noch was kriegert«, murmelte Frau Gruber. »Hast du die Eier?«

»Ja, und die Margarine auch«, antwortete Rosa.

Sie brauchte sich gar nicht umzudrehen, um zu wissen, dass Frau Gruber das Gesicht verzog. Der alten Frau fehlte die richtige Butter noch mehr als Rosa.

»Äpfel?«

Rosa schüttelte den Kopf. »Es kommen keine Züge mit Obst mehr an. Soll auch so bald nicht anders werden.«

Frau Gruber schnaufte. »Na, dann werden halt alle bald noch den Scharbock kriegen fürs Vaterland. Räum das weg.« Sie hielt die Spielkarten hoch. Rosa verstaute sie in der obersten Lade der Kredenz.

Alle Züge waren seit Wochen für den Süden eingesetzt. In den Zeitungen war gestanden, dass wohl keiner zu Weihnachten einen Platz für eine Reise zu Verwandten erwischen würde. Die Eisenbahn brachte Soldaten und Material an die Front, an den Isonzo. An diesem Fluss hatten die Truppen gerade mit einem großen Angriff die Italiener zurückgedrängt. Jetzt musste man alles dort konzentrieren, um zu den Gebieten vorzustoßen, die Österreich vor Jahrzehnten an Italien verloren hatte. Die wollte man sich zurückholen. Darum beförderten die Züge kaum noch Kohle oder Nahrungsmittel.

Hungern für den Sieg. Frieren für den Sieg. So stand es in den Zeitungen.

Und krepieren für den Sieg, die Soldaten dort und wir hier, dachte Rosa dann immer.

Am nächsten Tag reihte sich Rosa am frühen Morgen in der Schlange beim Meier ein und zählte siebenundzwanzig Leute vor ihr. Ein Windstoß riss ihr den Mantel hoch. Sie drehte sich zur Wand, um vor den Böen geschützt zu sein.

Dann hörte sie Frau Lang und Frau Navratil vor ihr miteinander reden: »Versteht man ja, das Elend, aber dieses ständige Geplärre durch die Wand, da darf man doch mal was sagen, oder!?«

Rosa sah auf. Frau Lang fuhr mit der Hand durch die Luft. »Jetzt geht das so seit fast einem Monat. Tagsüber rennt man selber durch die Gegend für ein Batzerl Schmalz, da braucht man seine Ruh in der eigenen Wohnung und seinen Schlaf, oder!?«

Frau Navratil nickte: »Wenn der Husten vom Gschropp so schlimm ist, wird's wohl eh bald ein Ende haben.«

»Ein schlimmes Ende«, ergänzte Frau Lang. »Die Frau Bärbel hat sich eh entschuldigt, der Doktor Weidmann hätt sogar eine Dose vom Kindernährmehl dagelassen, aber das ist aufgebraucht.«

»Furchtbar, furchtbar«, murmelte Frau Navratil.

»Ja, furchtbar«, wiederholte Frau Lang. »Wenigstens hat der Vater den Buben noch mal gesehen beim Heimaturlaub. Wer weiß, ob der Bub noch lebt, wenn er wiederkommt.«

Der nächste Windstoß fuhr in die Gruppe. Rosa trat von einem Bein auf das andere und dachte an Sebastian. Wenn Frau Lang den Kleinen durch die dicke Wand husten hörte, wie schlecht musste es ihm dann gehen?

Endlich stand Rosa im Geschäft, der Verkaufsraum war kalt, weil nicht eingeheizt war, aber zumindest kam der Wind nicht herein. Der Meier füllte hektisch einen Sack mit Grieß und schlug ein winziges Stück Margarine in Papier ein.

»Ich hab aber zwei Marken«, sagte Rosa.

»Und ich hab nicht mal die Hälfte von der Lieferung gekriegt«, murrte der Greißler und lochte nur eine Marke.

Rosa packte die Sachen und verließ schnell das Geschäft. Auf dem Heimweg kam sie an der Gasse vorbei, in der Frau Bärbel wohnte. Sie blieb kurz stehen, aber man konnte nur eine Ecke vom Haus sehen. Sie grub ihr Gesicht tiefer in den Mantel und lief gegen den böigen Wind nach Hause.

Rosa ging der kleine Sebastian nicht aus dem Kopf. Sie saß auf der Küchenbank und stopfte ein Loch in Frau Grubers Weste. Sie sah ständig den kleinen Jungen vor sich, ganz mager, mit seiner rotzigen Nase, wie er sie trotzdem fröhlich anlachte.

Da hatte sie heute das ganze Essen in die Speisekammer geräumt, so vieles davon stand Frau Gruber gar nicht zu. Und Sebastian musste derweil hungern. Es war so ungerecht.

Rosa stopfte ein zweites Loch. In ihrem Kopf schwirrten Gedanken umher. Man müsste etwas tun können. Rosa überlegte. Sie dachte an Sebastian … an das Kindernährmehl … und an den Grieß. Als die Weste fertig war, war auch eine Idee in ihrem Kopf gewachsen. Eine verrückte Idee. Konnte sie das wirklich …?

Rosa stand auf und horchte. Die Witwe war im Schlafzimmer, leise hörte man ein Murmeln. Frau Gruber zählte ihr Geld. Eine günstige Gelegenheit. Im Bruchteil einer Sekunde entschied sich Rosa, es zu versuchen.

Sie zog die Vorhänge an den Fenstern zu. Nur zur Sicherheit. Sie nahm den Grieß und öffnete die Geheimtür. Wenn Frau Gruber sie erwischte, konnte sie immer noch behaupten, dass sie den Grieß nach hinten räumen wollte. Das würde ihr eine Schelte und vielleicht einen Schubs mit dem Stock einbringen, aber nicht mehr.

Rosa griff nach einem Vorratsglas mit Grieß und nahm das Glas mit dem Zucker vom vorderen Regal. Ihre Finger zitterten. Schnell leerte sie alles so um, wie sie es sich überlegt hatte, versteckte das nun mit Zucker gefüllte Papiersackerl zwischen den Mehlsäcken, wischte sich die Hände ab und machte beide Türen fest zu.

Als sie wieder in der Küche stand, hörte sie Frau Gruber ächzend aufstehen und schon öffnete sich die Tür. Die Witwe humpelte zu ihrem Sessel. Rosa hatte bemerkt, dass es ihr seit einiger Zeit schlechter ging. Manchmal, wenn sie lang auf der niedrigen Sitzbank gesessen war, kam sie kaum mehr hoch.

»Stell ein Wasser auf, ich brauch ein Fußbad«, herrschte sie Rosa an.

Zum Abendessen hatte sich Frau Gruber Knödel mit Zwetschken aus einem Kompottglas gewünscht. Sie fand, das sei ein würdiges Menü für den Rest vom Topfen, den es tatsächlich vor ein paar Tagen beim Holl gegeben hatte, natürlich nur unter dem Ladentisch, für einen Wucherpreis. Rosa freute sich. Sie liebte Topfenknödel.

Wie Rosa erhofft hatte, wollte Frau Gruber zu den Knödeln das Zuckerglas aus der Speisekammer haben und verlangte sogar, dass sie einen Weißwein aus dem Lager holte. Da freute sich Rosa noch mehr. Wenn die Witwe sich Wein geben ließ, trank sie gleich zwei oder drei Gläser und wurde dann so schnell müde, dass sie bald ins Bett ging.

Rosa musterte während des Essens nervös den Zucker. Mittlerweile hatte die Witwe so viel herausgeschöpft, dass sie bald zu dem Bereich kommen würde, den sie nicht entdecken durfte. Rosa hatte sicherheitshalber nichts genommen. Sie beobachtete Frau Gruber und hielt bei jedem Löffel den Atem an.

»So, das ist genug«, nuschelte Frau Gruber kauend. »Räum den Rest weg, der geht noch für morgen.«

Rosa räumte das Geschirr in die Abwasch und legte die übrig gebliebenen Knödel in eine kleine Schüssel. Als sie die Schüssel zur Speis trug, griff sie nach dem Zuckerglas. Sie musste sich gar nicht bemühen, so zu tun, als würde es ihr aus der Hand rutschen. Ihre Finger zitterten genug.

Klirrend fiel das Gefäß auf die Schwelle zur Speis. Das dicke Glas hielt stand, aber der Deckel fiel ab. Rosa hielt die Luft an. Wie sie gehofft hatte, spritzte nur der letzte obere Teil Zucker an der halb geschlossenen Tür vorbei in die Küche. Der große Rest, in dem sie den Grieß versteckt hatte, landete bei ihr.

»Was war das?«, rief die Witwe.

»Mir ist das Zuckerglas hinuntergefallen, ich bitt um Entschuldigung, ich räum es gleich auf«, antwortete Rosa stammelnd.

Eine gute Lügnerin bist du, dachte sie, halb beschämt, halb stolz.

»Ach du Trampel«, rief Frau Gruber. »Als ob der Zucker auf den Bäumen wachsen tät. Jetzt schau aber zu, dass du so viel wie möglich retten kannst.«

»Ja, Entschuldigung.« Rosa achtete darauf, dass die Tür weit genug geschlossen blieb, als sie Besen und Schaufel holte. Aber die Witwe saß ohnehin weiter am Esstisch und aß ihren letzten Knödel.

Rosa kehrte die Zucker-Grieß-Mischung auf, bemühte sich, dass der meiste Zucker zurück ins Glas kam, klaubte vorsichtig jedes Fitzelchen Schmutz heraus. Die Grießreste landeten auf der Schaufel, obendrauf eine dünne Schicht Zucker. Als sie fertig war, fehlte im Zuckerglas ungefähr so viel, wie sie zu Mittag ins Papiersackerl gefüllt hatte. Auf der Schaufel lag ungefähr dieselbe Menge.

»Bist fertig?«, rief Frau Gruber. »Zeig her, was du angestellt hast.«

Rosas Herz schlug bis zum Hals, als sie Frau Gruber die Schaufel hinstreckte. Wenn die Witwe den Finger in das Häufchen stecken würde, würde sie merken, dass sich unter der dünnen Zuckerschicht nur Grieß befand. Aber die alte Frau musterte nur böse die Schaufel und schimpfte los. Dabei hob sie den Stock und schlug Rosa gegen die Beine. Rosa bemühte sich, nicht zu zucken, dann drehte sie sich um und leerte alles schnell in den Ofen.

»Zucker verheizen, heutzutag, so eine Gans!« Die Witwe hievte sich hoch und humpelte zum Abort. Rosa bemühte sich, ein schuldbewusstes Gesicht zu machen.

Am nächsten Morgen zitterten Rosas Finger, als sie den Sack mit dem Zucker schnell in ihrem Korb verschwinden ließ. Sie hatte vor Aufregung kaum geschlafen. Dann beeilte sie sich loszukommen.

Man konnte nie wissen, wie lang man sich anstellen musste, aber Rosa hatte Glück und war recht schnell mit den Einkäufen fertig. An der Ecke stand der Kohlenwagen vom Levy. Rosa streichelte das große Pferd. Sie mochte den Levy, er lachte viel und zog immer so lustig den Hut vor ihr. Sie hatte nun genug Zeit, bis sie für das Mittagessen wieder bei Frau Gruber sein musste.

Sie ging los, Richtung Hernals. Sie konnte ja schlecht in die Apotheke neben Doktor Weidmanns Haus gehen, in der sie Frau Grubers Medikamente besorgte. Das wäre zu auffällig.

Rosa lief durch die Gassen, vorbei an Menschenschlangen vor Geschäften, an Fremden, die mit traurigen Mienen durch die Straßen eilten. Endlich sah sie an einer Ecke das Zeichen einer Apotheke. Sie kannte die Gegend nicht, also würde wohl hoffentlich niemand hier sie kennen. Rosa betrat das Geschäft und atmete tief durch. Sie mochte diesen Geruch: Kräuter, medizinischer Alkohol, irgendwie gesund.

Die Apothekergehilfin erklärte gerade einem alten Mann so laut wie möglich, wie er das Fußbad für seine wunden Beine zubereiten müsse. Rosa wartete, bis der Mann an ihr vorbeigeschlurft war und die Tür zufiel.

»Sie wünschen?«, fragte die Apothekergehilfin.

»Kindernährmehl«, antwortete Rosa leise.

»Das ist teuer«, sagte die junge Frau. »Wie viel?«

»Was krieg ich dafür?« Rosa zog das Papiersackerl mit dem Zucker aus dem Korb. Die Apothekergehilfin starrte es an.

»Zucker. Mehr als ein halbes Kilo«, sagte Rosa, dabei spürte sie ihr Herz laut klopfen. Was, wenn die Frau wissen wollte, woher sie so viel Zucker hatte?

Die Frau räusperte sich, zog das Sackerl näher zu sich und schaute hinein.

»Das ist viel …«, sagte sie.

»Wir haben zusammengelegt«, erklärte Rosa schnell. »Die ganze Familie. Mein Neffe ist krank. Der Doktor meint, sonst schafft er es nicht bis zum Frühjahr.«

Es klang so nach Lüge. Rosas Wangen wurden heiß, sie senkte den Kopf. Sie log nie gerne, auch wenn es für eine gute Sache war. Die Frau räusperte sich wieder. Dann drehte sie sich um und ging nach hinten ins Lager. Jetzt holt sie den Apotheker, dachte Rosa. Soll ich weglaufen? Wenn ich mich gleich umdrehe, bin ich um die nächste Ecke, ehe sie bei der Tür sind. Aber sie blieb. Unruhig wippte sie auf den Zehenspitzen hin und her. Da kam die Apothekergehilfin zurück, in ihren Händen hielt sie eine große und eine kleine Dose. Rosa starrte sie an und freute sich über die Menge.

»Das reicht ungefähr einen Monat. Mehr geht nicht.« Sie schaute Rosa an und hob die Schultern. Es klang fast entschuldigend.

Rosa musste die Lippen mit der Zunge befeuchten, ehe sie antworten konnte: »Vielen Dank, das reicht bestimmt.«

Hastig legte sie die beiden Dosen in ihren Korb und zog das Tuch darüber. Draußen auf der Straße atmete sie tief durch. Auf dem Rückweg beeilte sie sich. Vor dem großen Haus vergewisserte sie sich kurz, ob auch niemand, der sie kannte, in der Nähe war. Im Stiegenhaus roch es nach faulem Gemüse. Rosa schleppte den Korb die drei Stockwerke hinauf. Vor der Tür, die die richtige sein musste, richtete sie sich kurz die Haare, ehe sie klopfte.

Sie wollte schon wieder gehen, so lange dauerte es, bis die Tür geöffnet wurde. Frau Bärbel stand vor ihr, mit müdem Gesicht und einem schniefenden kleinen Sebastian auf dem Arm. Sie erkannte Rosa und machte ein erstauntes Gesicht. »Was brauchst du denn?«

Rosa sah, wie verklebt Sebastians Augen waren, die Nase voller Rotz. Sein Atmen klang belegt und rau.

»Ich hab das für Sie«, sagte sie, hob die größere der beiden Dosen aus dem Korb und hielt sie Frau Bärbel hin.

Die Augen der Frau wurden groß. »Wo hast du das her?«

»Aus einer Apotheke.«

»Aber wie hast du das denn bezahlt?«, fragte Frau Bärbel entgeistert.

Rosa konnte nicht antworten. Der ausgestreckte Arm mit der Dose in der Hand wurde schwer, sie ließ ihn sinken.

»Sie haben mir geholfen, wegen dem Hans«, sagte sie. »Wissen Sie noch?«

»Sicher. Aber das –?« Frau Bärbel zeigte auf die Dose. »Hast du das gestohlen?«

Rosa schüttelte heftig den Kopf. »Ich hab's getauscht. Gegen Zucker. Weil es dem Sebastian schlecht geht, weil der Doktor Weidmann gesagt hat, er braucht so was.«

Rosa hob die Dose wieder hoch und endlich griff Frau Bärbel zu. Rosa holte auch die kleinere Dose aus dem Korb. »Die Frau in der Apotheke hat gesagt, das reicht für einen Monat.«

Frau Bärbel starrte abwechselnd auf Rosa und die Dosen. Rosa spürte, wie ihr abermals die Röte ins Gesicht stieg. »Damit der Husten besser wird.«

Frau Bärbel nickte langsam, mehr für sich selbst. »Ich versteh noch immer nicht, wieso du mir das bringst«, sagte sie.

»Weil sie mir doch geholfen haben«, erklärte Rosa. Ihre Stimme klang komisch, gar nicht wie ihre eigene. »Sie haben ja gesagt, wir müssen einander helfen.«

»Hast du den Zucker von der Frau Gruber?«, fragte Frau Bärbel.

Rosa wusste keine Antwort. Schnell stellte sie die kleine Dose neben Frau Bärbel auf den Boden vom Stiegenhaus.

»Wenn Sie nur –«, stotterte sie. »Sagen Sie bitte keinem, von wem Sie's haben.«

Wieder nickte Frau Bärbel langsam. »Vergelt's Gott«, sagte sie leise.

Rosa lächelte dem unruhigen Sebastian noch einmal zu, dann lief sie schnell die Stiege hinunter, hinaus auf die Straße, und ließ sich vom heftigen Wind bis zum Haus von Frau Gruber schieben. Sie fühlte sich seltsam leicht.

Die Alte saß auf der Sitzbank. »Bist ja bis Mödling gerannt für die paar Sachen, was?«, keifte sie. »Hast wenigstens alles?«

»Ja, hab ich«, antwortete Rosa. Sie trug ihre Einkäufe in den Speiseschrank und bemühte sich, sich ihre Freude über den gelungenen Plan nicht anmerken zu lassen. Als sie das Glas mit dem Zucker sah, fragte sie sich, ob sie sich nicht schämen sollte. Wenn man es genau nahm, war das mit dem Zucker Diebstahl gewesen. Aber da war keine Scham in ihr, das warme Gefühl der Zufriedenheit war zu stark.

Winter

Es waren die letzten Tage des Jahres. Das kühle Wetter setzte den Leuten zu. Wieder ein Kriegsjahr vorbei. Rosa feierte nun schon das zweite Weihnachten ohne Familie. Sie holte abends oft die Bilder heraus, betrachtete die Gesichter ihrer Eltern und vermisste sie.

Am Weihnachtsabend gab es Karpfen, gedünstete Rüben und Röstkartoffeln. Rosa sah zu, wie Frau Gruber das Filet von den Gräten löste. Sie musste zugeben, dass die Witwe ihr Handwerk verstand. Der Fisch schmeckte ihr trotzdem nicht. Karpfen hatte sie nie leiden können. Aber er war mittlerweile billiger als Rindfleisch. Und ein warmes Essen war viel wert.

Rosa dachte manchmal ans Kinderheim. Wenigstens musste sie nicht mehr dort Weihnachten verbringen. Wie es Gisela und Alma und den anderen wohl ging, ob es bei ihnen noch Fleisch gab?

Am Christtag kam der Pfarrer zum Kaffee und erteilte Frau Gruber und Rosa den Segen fürs neue Jahr. Rosa mochte gar nicht an 1918 denken. Noch ein Jahr im Krieg. Wenn es so weiterging, wie 1917 gewesen war, brauchte sie keinen Segen.

Die nächsten Tage schneite und stürmte es. Wieder schien der Winter den Krieg in die Stadt zu wehen. In den Zeitungen standen Berichte über die Züge voller Verwundeter, die aus dem Osten und aus Italien in die Stadt gebracht wurden. Die Amerikaner hatten die Deutschen im Westen schwer getroffen, und dass der amerikanische Präsident nun auch Österreich den Krieg erklärt hatte, verunsicherte selbst Frau Gruber, die über ihre Zeitung gebeugt die Stirn runzelte und etwas murmelte über »die dreckigen Amis, die sich gefälligst um ihren eigenen Dreck kümmern sollten«.

Und wirklich war 1918 noch keine zwei Wochen alt, da gab es vor der Tür vom Holl einen Tumult. Leute warfen Steine gegen die Scheibe, die Polizei kam. Rosa eilte möglichst schnell vorbei und sah im Fenster vom Holl eine neue Verordnung hängen: Die Mehlzuweisung wurde reduziert. Rosa konnte es kaum glauben, dass sie noch mehr beschränkt werden sollte. Es war ohnehin schon so wenig.

Beim Fleischhauer waren kaum Leute. Rosa stellte sich bei Herrn Hader an, um Hans auszuweichen.

»Zu wünschen?«

Herr Hader schaute sie ungeduldig an.

»Ich hätt ein Rindsschnitzel gebraucht«, antwortete Rosa.

Herr Hader deutete auf das Stück in der Vitrine. Es färbte sich schon leicht grau.

»Haben Sie sonst noch eins?«, fragte sie.

»Wenn du Rindsschnitzel willst, gibt's das und aus«, brummte Herr Hader. »Schweinernes ist noch da.«

Rosa blickte suchend in die Vitrine.

»Hans, hol das Schweinerne vor, für das Fräulein«, rief Herr Hader nach hinten.

Nicht der Hans, dachte Rosa. Aber jetzt kam sie nicht mehr aus. Mit einem schönen Hüftstück kam er vor.

Rosa nickte. »Für zwei bitte«, sagte sie. Ihre Stimme hatte wieder diesen rauen Klang.

»Hast gehört, ordentlich für zwei«, brummte Herr Hader Hans zu und wandte sich zur nächsten Kundin.

Rosa starrte auf die Vitrine, während Hans das Fleisch schnitt und einpackte.

»Fünf Kronen«, sagte er und hielt ihr das Paket genau so hin, dass sie sich vorbeugen musste, um es zu erwischen. Sie riss es ihm beinahe aus der Hand und schaute ihm dabei kurz in die blitzenden Augen.

»Denken S' an mich beim Essen, Fräulein«, sagte er grinsend.

Als Rosa zum Haus zurückkam, war gerade Herr Farkas mit dem Kohlewagen vorgefahren. Frau Gruber lehnte am Türstock und beobachtete ganz genau, dass der humpelnde Bursche vom Farkas die richtige Menge Kohlen in die große Kiste leerte.

Rosa blieb auf dem Weg stehen, um ihn vorbeizulassen. Er grinste sie auch so blöd an wie der Hans. Frau Gruber drückte dem Farkas eine Münze in die Hand.

»Für Sie, die Kohlen selbst hat Ihnen die Rosa eh schon am Dienstag bezahlt«, sagte sie.

»Natürlich, gnä' Frau«, antwortete Herr Farkas und ließ die Münze in die Jackentasche gleiten. »Ist eine Freude, mit Leuten Geschäfte zu machen, die noch wissen, dass man ordentlich bezahlen muss.«

»Als ob das nicht selbstverständlich wär«, antwortete Frau Gruber.

Rosa verzog das Gesicht. Am Dienstag, als ihr die Frau Gruber die Kronen für die Kohle in die Hand gezählt hatte, hatte sie den Farkas noch einen »Halsabschneider« und »Kriegsgewinnler« genannt.

»Leider denken viele nicht mehr so«, antwortete der Farkas. Er deutete hinter sich und da sah Rosa die beiden Polizisten mit Säbeln und Knüppeln an den Gürteln, die beim Wagen standen.

»Als ob unsere Polizei nichts Wichtigeres zu tun hätt«, murmelte Frau Gruber.

»Was soll man machen, gnä' Frau?«, sagte der Farkas. »Nicht, dass ich mir viel aus dem Levy mache, aber man will ja nicht dasselbe Schicksal erleiden.«

Er packte zusammen, verabschiedete sich und zuckelte mit dem Wagen davon. In einigem Abstand folgten ein paar magere Kinder, die darauf warteten, dass ein paar Kohlestücke hinunterfielen. Aber weil die Polizisten hinter dem Wagen hergingen, wagten sie sich nicht näher ran.

»Schlägst wieder Wurzeln?«, kam die Stimme von Frau Gruber. »Hast das Rindfleisch?«

»Das Rindfleisch hat schlecht ausgeschaut. Ich hab ein Schweinernes gekriegt.« Rosa ging schnell an ihr vorbei ins Haus.

»Schwein? Ich hab gesagt, ein Rindsschnitzel will ich«, schimpfte Frau Gruber.

»Ich nehm kein schlechtes Fleisch«, sagte Rosa. »Der Hader hätt's ja auch nicht billiger hergegeben, und wenn's nimmer gut ist –«

»Jaja, in Gott's Namen«, schnitt ihr Frau Gruber das Wort ab. »Eine Schand ist das, was sich die Kaufleut erlauben können.«

Sie ließ sich auf ihren Sessel fallen und streckte die Füße durch. Rosa sah, wie ihre Knie zitterten. Nur weil sie beim Herrn Farkas länger gestanden war.

»Was ist mit dem Levy?«, fragte sie.

»Verdroschen haben's ihn«, erzählte Frau Gruber. »Weil sie ihn erwischt haben, wie er den Ruthenen was gratis gegeben hat von den Kohlen. Hat behauptet, er hätt's eh nur von der eigenen Ration abgezweigt, aber was weiß man schon, was so ein gieriger Jud alles zurückhält.«

»Und deshalb hat ihn die Polizei geschlagen?«, fragte Rosa fassungslos.

»Aber geh, Polizei«, sagte Frau Gruber verächtlich. »Ein Nachbar hat's geseh'n, und hat's sofort dem Karl und dem Hans erzählt. Die sind dann mit ein paar anderen hin und haben den Levy auf frischer Tat ertappt, und da haben sie's ihm gleich gegeben. Einer von den Ruthenengfrastern, der wollt dazwischengehen, der hat auch ein paar gekriegt.«

Rosa wurde übel bei dieser Geschichte. Dass der Hans bei so was dabei war, war ja klar. Dem hatte das sicher Spaß gemacht, einen kleinen dicken Mann zu verprügeln, der sich nicht wehren konnte. Ganz viele auf einen allein.

»Braucht einen gar nicht wundern«, fuhr Frau Gruber fort und klopfte mit dem Zeigefinger auf die Titelseite der Reichspost, die vor ihr lag. »Überall drehen's durch, die Leut. Kennen ihren Platz im Leben nimmer. Das wird noch arg ausgehen. Mit dem ganzen Gsindel, das sie in die Stadt lassen.«

Rosa starrte auf die Zeitung. Nach dem Jahreswechsel hatten fast überall in Wien die Arbeiter in den Fabriken die Arbeit niedergelegt. Sie wollten mehr Geld und mehr Pausen. Ein paar Streiks waren gewalttätig geworden, Polizisten hatten eingreifen müssen. Jetzt standen ein paar Anführer vor Gericht.

»Vor Weihnachten sind ein paar Damen von so einem Hilfskomitee herumgegangen und haben für die armen Kinder Geschenke gebracht«, fuhr Frau Gruber erregt fort. »Bei dem Gsindel da drüben haben sie auch geklopft. Und die Frau Bachmann, die grad die Stiege aufgewaschen hat, hat gehört, wie so ein Ruthenenweib das Geschenk doch glatt abgelehnt hat. Weil's Zinnsoldaten waren. Ihr Bub hätt schon zu viele Soldaten sehen müssen, und dann hätt sie die Tür zugeschlagen. Undankbares Pack. Kein Wunder, dass es an der Front so schwierig ist, wenn die Leut so sind. Aber die Kohle stehlen, die den anderen zusteht.«

Frau Gruber hatte sich so in Rage geredet, dass ein paar Spucketropfen die Zeitung getroffen hatten. Sie wischte drüber.

»Und was ist jetzt mit dem Levy?«, fragte Rosa leise.

»Was weiß denn ich«, sagte Frau Gruber. »Das Ruthenengsindel hat ihm anscheinend heimgeholfen. So ein Heimatverräter. Anzeigen hätten's ihn sollen.« Frau Gruber schob die Zeitung weg. »Mach jetzt die Schnitzel.«

Rosas Hände zitterten, als sie das Fleisch auspackte. Hans hatte das angegriffen, mit denselben Händen, mit denen er den Levy niedergeprügelt hatte. Mit denen er auch sie angefasst hatte. Sie hatten seit mehr als einer Woche kein Fleisch mehr gehabt, aber am liebsten hätte sie die Schnitzel ins Ofenloch geschmissen.

Ein paar Wochen später stand Rosa am frühen Morgen in der Schlange vor der Apotheke. Frau Gruber brauchte eine Salbe, mit der sie ihre offenen Beine einschmieren konnte. Immer öfter bluteten sie an den kleinen Rissen.

»Nur noch der Februar«, dachte Rosa, während sie die Hände so tief wie möglich in die Manteltaschen grub. »Dann ist dieser Winter auch geschafft.«

Während sie wartete, wurde es vorne in der Schlange laut. »Kommt ja gar nicht in Frage, hören Sie!«, schimpfte jemand.

Die Leute streckten die Hälse. Zwei Frauen standen einander gegenüber. Die eine zeigte auf das Kind, das die andere an den Schultern an sich drückte, und rief: »Was erlauben Sie sich!«

Worte schossen hin und her. Rosa brauchte eine Weile, bis sie verstand.

»Die Lisi hat reserviert für mich. Das ist nicht verboten, hören Sie. Ob sie da steht oder ich, ist doch egal«, schrie die eine.

»Aber gar nicht«, schrie die andere zurück. »Das wär ja noch schöner. Die mit den Kindern richten sich's und können so in zwei oder drei Schlangen auf einmal anstehen, und dann kommen's einfach daher und drängen sich vor.«

»Die mit den Kindern müssen auch mehr Mäuler stopfen«, konterte die erste.

Rosa betrachtete das Mädchen. Wenn sie als kleines Kind von einer Fremden derart angeschrien worden wäre, hätte sie bestimmt geweint. Aber das Kind lehnte ruhig an seiner Mutter und schaute interessiert der schimpfenden Frau zu. Dabei kratzte es sich mit beiden Händen an den Unterarmen. Wahrscheinlich hatte es die Krätze. Fast alle armen Leute hatten das momentan. Rosa wusste, sie konnten nichts dafür, aber sie ekelte sich furchtbar. Jeden Abend holte sie sich Wasser und schrubbte sich mit einem Waschlappen ordentlich von oben bis unten ab.

Mittlerweile versuchte ein Mann, die beiden Frauen zu beruhigen. »Aber, aber, lassen S' das doch«, rief er und hob beschwichtigend die Arme. Die Leute rundherum murmelten zufrieden. Keiner hatte sich einmischen wollen, aber sie waren froh, dass ein anderer es tat.

Rosa erkannte den Mann. Es war Doktor Weidmann, der Armenarzt, zu dem jeder gehen durfte, auch wenn man nicht zahlen konnte.

»Was meinen Sie, Frau Liessmann, Sie stellen sich jetzt an und es ist eine Ruh, und derweil nehm ich die Elisabeth mit und geb ihr eine Salbe zum Schmieren, ja?« Doktor Weidmann lächelte die Mutter an. Die genierte sich sichtlich für die Szene und nickte nur.

»Na, lauf rein zu mir, ich komm gleich nach«, sagte der Arzt zum Kind.

Das Mädchen lief los. Doktor Weidmann warf den Frauen noch einen tadelnden Blick zu, dann trat er zu einem älteren Mann in der Schlange.

»Herr Dvorak, haben wir nicht vereinbart, dass Sie nochmal zum Abhören kommen?«, fragte er streng.

»Weiß schon, Herr Doktor«, antwortete der Mann mit einem starken böhmischen Akzent. »Aber die Arbeit, da hab ich nicht früher wegkönnen. Und dann war die Frau krank. Ich kauf ihr grad was.«

»Der Frau können Sie nicht helfen, wenn Sie selber nicht gescheit Luft kriegen«, sagte der Arzt. »Ich bin in der Ordination bis mindestens um sieben. Wenn Sie in der Apotheke fertig sind, will ich Sie dort sehen, ja?«

Der ältere Mann nickte schnell. »Ist gut, Herr Doktor, ist gut.«

»Sonst komm ich bei Ihnen daheim vorbei, ich sag's Ihnen«, drohte ihm der Arzt. »Gestern, wie ich bei den Glauningers gewesen bin, hab ich bei Ihnen angeklopft, aber keiner hat aufgemacht.«

»War ich noch in der Schicht«, sagte der Mann. »Aber ist eine Tragödie mit den Glauningers, was? So schlimm, die arme Frau Bärbel. Hab ich zur Frau gesagt, jetzt hat es der Kleine wenigstens hinter sich, aber für eine Mutter ist so was das Ärgste.«

»Das stimmt wohl«, antwortete der Arzt und schüttelte mit traurigem Gesicht den Kopf. »Da war nichts zu machen, der Bub hat gekämpft seit dem Herbst.«

»Hab ihr mal Tee gebracht«, sagte der Mann. »Hat die Frau extra rausgesucht. Aber hat auch nicht geholfen. Und die arme Frau Bärbel, jetzt wo das nächste unterwegs ist, da muss sie das erste begraben.«

»Ja, sehr tragisch ist das«, sagte der Arzt. »Aber Herr Dvorak, wir sehen uns nachher?«

Der Mann nickte noch einmal und der Arzt verabschiedete sich. Die Schlange rückte etwas vor. Rosa machte einen Schritt und spürte ihre zitternden Knie. Eine Frau Bärbel … der Bub, der es »hinter sich hatte«?

Zwei Tage lang redete sich Rosa ein, dass es noch eine andere Frau in der Gegend geben musste, die Barbara Glauninger hieß und einen kranken Buben hatte. Aber dann sah sie Frau Bärbel auf der Straße. Unter ihrem Kleid zeichnete sich ein kleiner runder Babybauch ab. Ihr Gesicht war grau und hart. Sie hatte keinen Sebastian im Arm. Und ihre Miene sagte alles.

Beim nächsten Besuch von Frau Weißgerber gab es für Rosa eine Überraschung. Wie immer erkundigte sich die Fürsorgerin, ob alles in Ordnung war, wie immer log Rosa, dass alles passte, und wie immer bekam Frau Gruber dann das Kostgeld. Aber anstatt sich danach zu verabschieden wie sonst, zog Frau Weißgerber ein Kuvert aus der Tasche.

»Das ist für dich, Rosa«, sagte sie.

Ein Brief. Auf dem Kuvert stand ihr Name und die Adresse des Kinderhauses.

Rosa schaute zwischen Frau Weißgerber, Frau Gruber und dem Kuvert hin und her. Die Fürsorgerin lächelte. Die Witwe beobachtete sie misstrauisch.

Rosa öffnete das Kuvert. Die Schrift war schief und schwer zu lesen, erst nach und nach konnte Rosa sie entziffern: »Meine liebe Rosa. Nachdem nun mit den Ämtern endlich alles geklärt ist, kann ich ein paar Worte an dich richten. Zuerst einmal muss ich sagen, wie bestürzt ich über den Tod deines Papas bin. Er war der Mitzi ein guter Mann. Dass du so lange auf Nachricht warten musstest, tut mir leid. Man wird dir das sicher erklären. Ich möchte dir nur sagen, was ich schon dem Amt gesagt habe: Ich habe nicht viel und es wäre gewiss nicht leicht, aber wenn du möchtest, dann schaue ich gerne nach dir, im Andenken an die Mitzi. Aber wenn du es dort, wo du jetzt bist, schön hast, freue ich mich auf eine Nachricht von dir. Dein Onkel Jakob.«

Rosa musste den Brief zweimal lesen. Onkel Jakob! Konnte das wahr sein?

»Sie haben ihn gefunden?«, fragte sie Frau Weißgerber.

Die Fürsorgerin blinzelte ihr zu. »Ja, am Ende doch. Kurz nach Weihnachten. Dein Onkel war an der Ostfront, dort wurde er verwundet. Er kann jetzt nicht mehr Soldat sein. Er war lange im Lazarett. Als uns die Armeeleitung Auskunft erteilt hat, war er schon entlassen, und dann musste das Amt erst recht weitersuchen. Er wohnt jetzt in Mürzzuschlag und arbeitet wieder bei der Eisenbahn. Er würde dich nehmen und das Amt hat nichts dagegen. Es liegt an dir. Du bist jetzt schon lang bei der Frau Gruber, und es funktioniert ja gut. Darum kannst du entscheiden.«

Rosas Finger krallten sich in den Brief von Onkel Jakob. Sie spürte die Augen von Frau Gruber auf sich. Sie hätte gern gewusst, ob sie vielleicht Angst zeigten. Angst, dass Rosa, ihre billige Dienstmagd, fortgehen würde. Aber sie wagte es nicht hinüberzuschauen. Alles, woran sie denken konnte, waren Frau Grubers Worte: »Glaub bloß nicht, dass du mir davonkommst.« Das hatte sie damals gesagt. Und Rosa wusste, dass es stimmte. Mit ihren Schulden konnte sie gar nicht einfach gehen.

»Nein, danke«, würgte sie heraus. »Ich bleib lieber da.«

Frau Weißgerber hob die Augenbrauen. Sie war sichtlich überrascht. »Wirklich?«, fragte sie. »Du hast so auf eine Nachricht von deinem Onkel gewartet.«

»Hab ich auch«, presste Rosa heraus. »Im Heim … Aber hier passt das jetzt schon. Und … und die Frau Gruber braucht mich.«

Nun blickte sie zur Witwe. Natürlich war da keine Angst, und jetzt auch keine Erleichterung. Nur das Funkeln in ihren Augen und ein ganz leichtes Nicken, so als würde sie sagen: »Gut gemacht.«

»Darf ich den behalten?«, fragte Rosa und hob den Brief hoch.

»Natürlich«, sagte Frau Weißgerber. »Das ist dein Brief. Da ist auch eine Adresse drauf, du kannst ihm ja antworten.«

Rosa nickte. »Das mach ich«, sagte sie.

Frau Weißgerber verabschiedete sich, und vorbei war sie. Die Möglichkeit, doch »Ja« zu sagen und mitzugehen, am besten gleich. Die Tür fiel zu. Kurz war es still. Dann erhob sich Frau Gruber ächzend. »Machst heut noch die Wäsche, ja?«, sagte sie und verschwand in ihrem Zimmer.

Als Rosa den Brief von Onkel Jakob noch einmal las, konnte sie die letzten Worte kaum entziffern, weil ihr die Tränen in die Augen stiegen.

Rosa schrieb ihm sofort zurück. Wie schön, dass er gesund war. Und wie dankbar sie über sein Angebot war. Aber dass sie vorerst hierbleiben wollte. Weil sie sich um eine alte Frau kümmerte. Dass sie sich über einen neuen Brief freuen und ihm bald wieder schreiben würde. Während sie schrieb, wurde ihr fast übel wegen all der Lügen.

Beim ihrer nächsten Einkaufsrunde ging Rosa auch zur Post, kaufte ein kleines Kuvert und ein Porto nach Mürzzuschlag. Als die Witwe wie immer das Geld nachzählte, brummte sie: »Da fehlt was.«

»Ich war auf der Post. Ich hab meinem Onkel geschrieben«, antwortete Rosa.

»Das war aber so nicht ausgemacht«, sagte Frau Gruber.

»Schreiben Sie's halt auf meine Liste«, sagte Rosa und ging Wasser holen.

Der Fremde

Anfang März hatte die Sonne endlich wieder ein bisschen Kraft. Wenn Rosa im Morgengrauen aus dem Haus ging, war sie nicht schon an der ersten Ecke durchgefroren. Dafür versuchte sie, nicht zu tief durchzuatmen, um dem beißenden Geruch zu entkommen. Wochenlang war die Müllabfuhr nicht gekommen, die Leute hatten den Abfall einfach auf die Schneehaufen in den Ecken geworfen, und jetzt wo es taute, stank es erbärmlich. Rosa war froh, als sie eines Tages auf dem Heimweg vom Fischhändler sah, dass sich das änderte.

»Der Mist wird weggeräumt«, berichtete Rosa, als sie Frau Gruber das Abendessen servierte.

»Haben die Mistbauern endlich den Weg zu uns gefunden«, brummte die Witwe und verzog das Gesicht. »Keine Erdäpfel?«

»Nirgends zu kriegen«, sagte Rosa.

»Fisch und Rüben«, murmelte Frau Gruber. »Da braucht sich keiner wundern, wenn einem die Freud am Leben vergeht.«

Während Rosa aufräumte, schlief Frau Gruber wieder einmal auf der Sitzbank über ihrer Reichspost ein. Rosa sah, dass sie auf derselben Seite war wie beim Frühstück. Frau Gruber hatte sich bei Doktor Stifter beklagt, dass ihr beim Lesen der Kopf wehtat, aber den dringenden Rat des Arztes, sich beim Essen und Trinken zurückzuhalten, lehnte sie weiterhin ab.

Frau Gruber zuckte im Schlaf, die Reichspost fiel zu Boden. Das Geräusch weckte die alte Frau, sie schaute sich kurz verwirrt um.

»Dann geh ich wohl ins Bett«, murmelte sie.

»Soll ich Ihnen Wasser bringen?«, fragte Rosa, aber Frau Gruber schüttelte den Kopf.

»Zu viel waschen macht krank, hat mein Seliger immer gesagt.« Sie wankte langsam in ihr Zimmer.

Rosa richtete ihr eigenes Bett, zog die Vorhänge zu und löschte die Lampe. Als es eine Weile still im Haus war, schlich sie leise zur Hoftür hinaus. Die paar Schritte zur Mauer waren schnell gemacht, und schon stand sie im Rosengarten.

Noch war der Garten kahl, aber bald würden auf den Rosenbüschen die ersten Blätter wachsen. Rosa freute sich darauf. Im Haus setzte sie sich auf ihren Schaukelstuhl, zog die Beine an und genoss für ein paar Minuten einfach die Ruhe. Kühl war es. Sie hätte ihre Weste mitnehmen sollen. Sie zog den neuen Brief von Onkel Jakob aus der Schürzentasche.

»Meine liebe Rosa, deine Nachricht hat mich sehr gefreut. Zuerst lass dir sagen, dass ich es schön finde, wenn du einen guten Platz gefunden hast. Es ist fein, dass du dich um diese Dame kümmerst. Du sollst wissen, dass mein Haus für dich immer offensteht. Ich kann dir berichten, dass ich eine gute Frau gefunden habe, sie ist aus Mürzzuschlag gebürtig und arbeitet im Krankenhaus. Ihr Name ist Marianne und bald werden wir heiraten. Auch sie lässt dir sagen, dass du willkommen bist. Wenn du weiter schreiben möchtest, das würde uns sehr freuen. Dein Onkel Jakob.«

Wütend knüllte Rosa das Papier zusammen und warf es auf den Boden. Dann hob sie es wieder auf, strich es glatt und faltete es sauber zusammen. Sie steckte es ein und dachte bitter über die Worte nach. »… einen guten Platz gefunden …« Und dass er Frau Gruber eine »Dame« nannte.

Wenn sie nur zu ihm gehen könnte. Ohne dass Frau Gruber sie wegen der Schulden anzeigen konnte. Rosa schaukelte ein wenig und stellte sich vor, wie es wäre, mit Onkel Jakob und seiner Frau zu leben.

Auf einmal riss sie ein Geräusch aus ihren Gedanken. Rosa zuckte zusammen. Sie horchte. Da war ein Knarzen hinter der Schank. Rosa kannte das kleine Trippeln der Mäusefüße auf dem Holzboden. Aber das hier klang anders. Es war ein neues Geräusch, das hier noch nie gewesen war.

Rosa sprang auf. Sie lauschte angestrengt in den Raum hinein. Kurz war es still. Aber da war es wieder, nach ein paar Sekunden, so als würde etwas über den Boden geschoben werden, langsam und vorsichtig.

Rosa ballte die Fäuste zusammen und machte ein paar Schritte zur Schank. Ihr schossen Gedanken durch den Kopf. Was war das nur? Eine Katze vielleicht? Oder ein Waschbär? Die Tiere waren aus dem Wienerwald gekommen und hatten sich über die Müllberge hergemacht. Oder vielleicht eine große Ratte? Vielleicht sollte sie weglaufen, vielleicht war das ein Dieb. Doch ihre Neugier war stärker. Sie musste näher gehen, um nachzuschauen.

Und da sah sie ihn. Er lag auf dem Boden, eng an das Holz der Schank gepresst, unter der Ablagefläche kaum zu sehen. In der Dunkelheit hätte man ihn mit einem Haufen Lumpen verwechseln können.

Da war ein Bein in einem schweren Stiefel. Halb lag er, halb kniete er. Er starrte sie an, Rosa starrte fassungslos zurück, und für einen Moment trafen sich ihre Blicke.

Bevor Rosa einen Gedanken fassen konnte, was sie tun sollte, bewegte er sich. Würde er auf sie losstürzen? Der Schreck fuhr ihr in die Knochen, sie hastete fort, durch den Garten zurück in Frau Grubers Haus. Sie versperrte die Gartentür dreimal, schlüpfte aus den Schuhen und vergrub sich unter ihrer Decke, ohne das Kleid auszuziehen.

Würde er ihr nachkommen? War er ein Dieb, würde er jetzt hierherkommen? Wer war er, und was machte er dort drüben?

Die halbe Nacht lag Rosa mit klopfendem Herzen unter ihrer Decke, bis sie irgendwann in einen unruhigen Schlaf fiel.

Als sie am Morgen erwachte, galt ihr erster Gedanke wieder diesem Mann im Haus. Nun sah sie die Sache aber etwas klarer.

Der Mann hätte sie leicht angreifen können, während sie im Schaukelstuhl gesessen war. Wer war er? Einer der Flüchtlinge aus dem Osten? Oder ein Landstreicher? Und was machte er da? Er hatte krank gewirkt. Rosa dachte an das komisch weggestreckte Bein. Aber vielleicht war auch nichts und er war schon wieder verschwunden, hatte nur einen Unterschlupf für eine Nacht gesucht …

Was aber, wenn er doch noch da war? Was sollte sie tun? Den Wachmann rufen? Wie sollte sie dem erklären, was sie da drüben machte?

Rosa grübelte vor sich hin, bis sie Frau Gruber aufstehen hörte. Schnell sprang sie aus dem Bett, schlüpfte in die Schuhe und strich sich das zerknitterte Kleid glatt, da rief die alte Frau schon barsch nach Wasser.

Rosa eilte zum Brunnen hinaus. Ehe sie das Wasser herunterließ, lugte sie durch die Gittertür. Das Wirtshaus und der Garten lagen ruhig und einsam da wie immer. Während sie Kaffee aufstellte und Frau Grubers schlechte Laune über sich ergehen ließ, waren ihre Gedanken nur im Nachbarhaus. Beim Frühstück trug ihr dies einen Rüffel ein, weil sie die Marmelade im Wandschrank vergessen hatte.

Je mehr Stunden verstrichen, desto mehr wollte Rosa wissen, ob der Mann noch da war. Aber unter Frau Grubers misstrauischen Augen ging das nicht. Sie ließ Rosa ihr Bett frisch beziehen, die Wäsche auskochen und im Innenhof aufhängen, und schickte sie dann fort, um Seife zu kaufen.

»Jetzt hab ich seit sechs Tagen keine Seife gekriegt«, wagte Rosa aufzubegehren.

»Dann bemühst dich halt mehr«, keifte Frau Gruber zurück.

Doch in allen Läden erntete sie nur Kopfschütteln, Frau Holl lachte sogar laut. Seife. Sicher nicht. Also ging Rosa zurück.

Auf dem Rückweg hatte sie eine Idee. Sollte sie es bei Tageslicht wagen? Sie hatte Zeit, sie konnte ja sagen, dass sie länger nach der Seife gesucht hatte. Kurzerhand bog sie an der Hausecke ab. Noch einmal links, dann war sie am Tor des »Rosengartls«. Sie sah sich um, die Straße war leer und in den Fenstern niemand zu sehen. So schnell es ging, stieg sie über die Steine, drückte sich am Holunderbusch vorbei, und schon stand sie im Garten des Gasthauses.

Rosa spähte vorsichtig durch das Fenster ganz links, durch das man bis zur Schank sehen konnte, suchte den Raum mit den Augen ab. Niemand zu sehen.

»Er ist weg!« Rosa war erleichtert.

Sie zog die Tür auf und schlüpfte hinein. Wie immer hallten ihre Schritte in dem großen Raum ein wenig. Alles wirkte still und friedlich. Wenn der Mann weg war, konnte sie ja etwas hierbleiben.

Doch da hörte sie wieder dieses schleifende Geräusch. Rosa zuckte zurück. Er war doch noch da!

Rosa verharrte und wartete. Aber nichts passierte. In ihrem Kopf wirbelten die Gedanken. Sie hätte nicht sagen können, wieso sie nicht gleich wieder weglief.

»Hallo?«, sagte sie leise und wunderte sich über sich selbst. »Wer ist da?«

Zuerst war es still, aber dann vernahm sie ein leises Stöhnen.

»Ist da jemand?«, fragte sie.

Als keine Antwort kam, trat Rosa näher. »Ich … ich hab Sie gesehen, letzte Nacht.«

Rosa glaubte, ein angestrengtes Atmen zu hören.

»Ich komme jetzt zu Ihnen«, sagte sie. Wohl, um den Menschen hinter der Schank zu beruhigen, aber eigentlich, um sich selbst zu beruhigen.

Langsam bog sie um die Ecke. Auf dem Boden hinter der Schank war es zwar auch tagsüber dunkel, aber das Tageslicht reichte, damit Rosa den Mann sehen konnte.

Er drängte sich wieder an die Holzwand unter dem abgebrochenen Zapfhahn. Dort, wo man ihn von draußen ganz sicher nicht sehen konnte. Zusammengerollt wie ein Tier lag er dort. Rosa musste sich vorbeugen, um erkennen zu können, wo sein Gesicht war, aber er drehte es weg. Wieder fiel ihr das eigenartig weggestreckte Bein auf.

»Brauchen Sie Hilfe?«, fragte sie vorsichtig.

Da endlich kam eine Antwort. Er sprach leise, mit einer rauen, müden Stimme: »Bitte nicht … nicht die Polizei rufen, bitte!« Seine Hände krallten sich an einem kleinen Beutel aus Stoff fest, wahrscheinlich seine Habseligkeiten.

»Die Polizei?«, fragte Rosa erstaunt. »Weil Sie hier im Gasthaus sind?« Sie beugte sich weiter vor. »Das gehört mir gar nicht. Das Gasthaus steht seit Langem leer. Keiner merkt, dass Sie da sind.«

Jetzt drehte der Mann den Kopf ein Stück zu ihr. Sein Gesicht war schmutzig, das Weiß seiner Augen leuchtete.

»Trotzdem …«, flehte er, »bitte keine Polizei.«

»Ich werde nicht die Polizei –«, begann Rosa. Dann stockte sie. Sie erkannte die Kleidung des Mannes. Der graubraune Stoff. Das Hemd mit den gemusterten Knöpfen, die Stiefel. Neben ihm lag eine Kappe mit einem Abzeichen. Rosa hatte schon viele Männer mit solchen Kleidern herumlaufen sehen. Ein Soldat, dachte sie erschrocken. Keine Polizei, hatte er gesagt.

Ein Deserteur! Ein Soldat, der von der Armee weggelaufen war!

Rosa zögerte. Fahnenflucht war ein Verbrechen. Unehrenhaft. Feig. Bestraft mit dem Tod. Jeder, der einen Deserteur entdeckte, sollte sofort die Wache rufen.

Rosa musterte ihn abermals. Er war jung, sehr jung, kaum älter als sie selbst. Sie sah in seine Augen und erkannte an seinem Blick, dass er wusste, was sie über ihn dachte.

»Bitte«, stammelte er erneut. »Bitte keine Polizei.«

Rosa atmete tief durch. Dann hockte sie sich vor ihm hin.

»Nein«, sagte sie sanft. »Keine Polizei.«

Der Gesichtsausdruck des Mannes verriet in einer Sekunde, wie erleichtert er war.

»Danke«, murmelte er leise. Und dann noch ein paar Mal: »Danke!«

»Wo kommen Sie her?«, fragte Rosa.

Das Weiße in den Augen des Mannes leuchtete auf, sie zuckten. »Vom Isonzo.«

Rosa dachte an die Artikel in Frau Grubers Zeitung. Sie wusste nichts zu sagen, nickte nur langsam.

»Ich bin die Rosa«, erklärte sie dann. Ihr gelang nur ein schiefes Lächeln, aber das reichte, damit der junge Mann ein kleines bisschen zurücklächelte.

»Simon«, antwortete er.

Da ihr vom Hocken die Beine allmählich schmerzten, kniete sich Rosa vor ihn hin. Wieder zuckte er zurück. Jetzt erschien es ihr absurd, dass sie vor wenigen Minuten noch vor ihm gefürchtet hatte.

»Kann ich Ihnen irgendwie helfen?«, wiederholte sie.

Kurz blickte Simon erstaunt, dann sah es so aus, als würde er gleich alles aufzählen, was er brauchte, aber letztlich schüttelte er den Kopf.

»Geh lieber«, sagte er leise. »Damit dich keiner mit mir sieht.«

Rosa wusste, was er meinte. Wenn man einem Deserteur half, konnte man selbst große Probleme bekommen. »Beihilfe zur Feigheit vor dem Feind«, so stand es in der Zeitung, wenn jemand deswegen angeklagt wurde.

»Feigheit vor dem Feind.« Rosa musterte Simon. Er sah nicht wie ein Feigling aus. Wie sah ein Feigling überhaupt aus? Sah man einem Mann das an?

»Hier sieht uns keiner«, sagte sie. »Das Haus steht seit Jahren leer. Von den anderen Häusern sieht man nicht rein.«

»Wie kommst du dann her?«, fragte Simon.

»Vom Nachbarhaus«, antwortete Rosa. »Da ist ein Tor in der Mauer. Das benutzt aber niemand außer mir.«

»Wohnst du dort?«, fragte Simon.

Rosa nickte.

»Mit deiner Familie?«

Rosa biss sich auf die Unterlippe und schüttelte den Kopf.

»Nein. Bei einer alten Frau. Frau Gruber. In … als Kostkind.«

Obwohl Rosa auf den Boden starrte, spürte sie, wie nun Simon sie musterte.

Rosa sprach schnell weiter: »Das Gasthaus gehört Frau Gruber. Das hat sie früher mit ihrem Mann betrieben. Aber der ist seit Jahren tot. Jetzt kommt niemand mehr her.«

»Die Frau Gruber auch nicht?«, fragte Simon zweifelnd.

Rosa schüttelte den Kopf: »Nein, die kann kaum gehen. Weil ihre Füße so wehtun. Die geht höchstens zur Nachbarin oder auf eine Bank vor ihrem Haus. Mehr nicht. Da drüben«, Rosa deutete Richtung Nachbarhaus, »da wohnt sie. Und von da geht's in einen kleinen Hof, und da ist das Tor in der Mauer. Den Schlüssel hab nur ich.«

»Und wieso kommst du her?«, fragte Simon.

Rosa schaute auf. Sie spürte, dass ihr eine leichte Röte über die Wangen zog.

»Weil's ruhig ist«, antwortete sie. »Und … später im Jahr, da blühen die Rosen so schön.« Sie schaute Simon an. Dann fragte sie: »Wie bist du reingekommen?«

»Von der Straße. Da bin ich entlanggelaufen, gestern am Abend. Ich hab gedacht, in der Dämmerung komm ich gut vorwärts, aber … ich konnte dann nicht weiter. Ich wollt eigentlich weiter drinnen schon abbiegen, bei der Wattgasse. Da hat früher ein Freund gewohnt. Aber an der Kreuzung war eine Wache. Drum bin ich weiter stadtauswärts. Und dann hab ich gesehen, dass da ein leeres Haus ist. Da bin ich halt schnell durchgeschlüpft, bei der Einfahrt.«

Rosa nickte: »Den Weg kenn ich. Aber sonst komme ich immer über den Hof.«

»Ich war so froh, dass die Tür offen war«, sagte Simon. »Hier drin ist es wärmer. Ich will mich auch nur kurz ausruhen. In der Nacht geh ich weiter, versprochen.«

»Wohin denn?«, fragte Rosa.

Simon zögerte mit der Antwort. »Ich … ich weiß nicht.« Nach einer kurzen Pause ergänzte er: »Und wenn du nix weißt, musst du auch nichts verraten, wenn dich wer fragt.«

Rosa wusste, was er meinte. Sie zuckte mit den Schultern und versuchte, gelassen zu klingen: »Wer soll mich denn schon fragen. Weiß ja niemand, dass ich hierherkomme.«

»Auch nicht deine Frau Gruber?«, fragte Simon.

Rosa schüttelte den Kopf: »Na, die erst recht nicht. Sonst würd sie es mir verbieten.«

»Wieso denn?«, fragte Simon.

»So halt«, sagte Rosa. »Weil sie es kann.«

Sie wollte nicht weiter über Frau Gruber sprechen. »Kann ich dir wirklich nicht helfen?«, wiederholte sie daher schnell. »Ich kann dir ja irgendwas bringen.«

Simon schüttelte den Kopf. »Nein, lass nur. Ich bin eh bald wieder weg.«

»Wann hast du zuletzt was gegessen?«, fragte sie weiter. Sie sah ihm an, dass er großen Hunger haben musste.

Simon zuckte mit den Schultern. »Ist nicht wichtig. Ich find schon was. Morgen oder so. Du musst mir nichts abgeben. Hat eh jeder so wenig.«

»Wir haben genug«, sagte Rosa. »Frau Gruber mein ich. Der fällt das gar nicht auf.«

»Aber nein, ist nicht nötig«, sagte Simon wieder schnell.

»Weißt du was«, ignorierte Rosa seine Einwände. »Ich muss jetzt zurück nach Hau… – zur Frau Gruber. Aber am Abend, wenn sie schläft, komme ich nochmal. Dann bring ich dir was. Und danach kannst du ja weitergehn. Wenn du was zu essen hast, kommst du besser voran.«

»Das musst du nicht.« Simon senkte den Blick. »Du solltest gar nicht wissen, dass ich da bin.«

»Jetzt weiß ich's aber«, sagte Rosa. »Jetzt kann ich's auch machen.« Sie stand wieder auf. »Versprochen. Geh nicht los, bevor ich da war, ja?«

Immer noch, ohne sie anzusehen, nickte Simon. »Ja gut«, antwortete er.

Als Rosa schon bei der Tür war, hörte sie ihn noch leise: »Danke.«

Seltsam beschwingt kehrte Rosa zu Frau Gruber zurück. Als die alte Frau wegen der Seife ein Theater machte, berührte sie das kaum.

»Es gibt halt keine«, sagte sie nur mehrmals, während sie sich daran machte, das Abendessen zu kochen.

Beim Gedanken an Simon hatte sie zum ersten Mal seit Langem das Gefühl, dass es etwas Gutes für sie zu tun gab. Etwas, das jemand anderem wichtig war.

Dass er ein Fahnenflüchtiger war, war ihr egal. Was sie über den Krieg wusste, kam ihr furchtbar vor, mochten Frau Gruber oder Frau Navratil sonst was über die »Helden an der Front« sagen. Davor wegzurennen, konnte nicht feig sein.

Sie überlegte, was sie ihm mitbringen konnte. Klar, etwas zu essen, aber er brauchte sicher mehr. Wasser, zum Beispiel. Und nicht nur für heute, auch für die nächsten Tage, wenn er unterwegs war. Was konnte sie nehmen, das Frau Gruber nicht auffallen würde?

»Hörst du mir überhaupt zu?«, riss die Stimme von Frau Gruber sie aus ihren Gedanken.

Rosa schaute auf. »Was?«, fragte sie.

»Ich hab gesagt, du kannst abräumen. Und du sollst mir mit der Schüssel Wasser ins Schlafzimmer bringen. Ich will mich ordentlich waschen heut, auch ohne Seife.«

Das war gut. Wenn Frau Gruber sich ordentlich wusch, war das immer anstrengend für sie, dann ging sie meistens gleich ins Bett. Rosa musste ihr aus dem Schürzenkleid helfen. In letzter Zeit hatte sich das ein paar Mal ergeben. Diese Nähe war Rosa ziemlich unangenehm. Aber sie erkannte es auch als ein deutliches Zeichen, wie schlecht es der alten Frau ging.

Dann saß Rosa auf der Sitzbank und lauschte den Geräuschen aus dem Schlafzimmer: das pritschelnde Wasser, Frau Grubers Ächzen, die quietschenden Bettfedern. Irgendwann dann das »Rosa, tu die Schüssel weg!«

Rosa betrat das Schlafzimmer. »Brauchen Sie noch etwas?«

Frau Gruber saß im Nachthemd auf dem Bett und schüttelte den Kopf: »Nein, nimm's weg, ich geh schlafen.«

Rosa leerte die Schüssel im Innenhof aus. Sie bemühte sich, nicht hinzusehen, als sie den Waschlappen im Brunnen auswusch. Das Wasser war rosafarben. Frau Grubers Füße mussten wieder geblutet haben.

Es dämmerte. Sie schaute zum Gittertor. Am besten suchte sie gleich alles zusammen. Sie bemühte sich, in der Küche leise zu sein.

Sie holte die kleine Schüssel mit den Resten. Frau Gruber schaute nicht mehr in die Töpfe, so war ihr nicht aufgefallen, dass Rosa den ganzen halben Kohl verkocht hatte. Jetzt war eine Portion übrig für Simon. Dazu noch etwas Pferdewurst. Rosa hatte fürs Abendessen schmale Stücke abgeschnitten und würde morgen ihre Portion weglassen und nur Frau Gruber etwas zur Jause anrichten. Dann ein Brot und dazu die Kanne und das Glas mit den eingelegten Gurken, das nur mehr ein Viertel voll war. So oft aß Frau Gruber nicht davon, wenn sie danach fragte, konnte Rosa ein neues aufmachen und behaupten, dass das alte schon leer sei.

Rosa schlich leise durch den Rosengarten. Mittlerweile war es sehr dunkel geworden. Die letzten Male hatte sie dieser Weg nicht mehr nervös gemacht, aber heute war sie es. Heute war etwas Besonderes.

Sie schob sich durch den Türspalt in den Gastraum.

»Simon?«, flüsterte sie. Für einen Moment hatte sie richtig Angst, er wäre schon weg. Dann hörte sie ein leises: »Hier.« Er hockte noch am selben Platz wie am Nachmittag, nur hatte er sich eine der Decken vom Schaukelstuhl geholt und sich damit zugedeckt.

»Komm vor zu den Tischen«, sagte Rosa. »Hier sieht man ja gar nichts.«

»Lieber nicht«, flüsterte Simon.

»Ich sitz auch immer da«, beruhigte Rosa ihn. »Ganz hinten an der Wand. Außer ein paar Vögeln und Mäusen hat mich da noch nie einer gesehen, wirklich.«

Es war albern, aber sie wollte, dass Simon sich an einen Tisch setzen und ordentlich essen konnte. Als sie das Einmachglas hinstellte, hörte sie, wie er sich aufrappelte.

Als Rosa sich zu ihm drehte, sah sie, wie er sich mit beiden Händen an der Schank abstütze und schwer atmete.

»Ist alles in Ordnung?«, fragte sie.

»Aber ja«, murmelte Simon. »Bin nur so lang gelegen. Da fällt das Aufstehen schwer.«

Er ging langsam los, nein, er humpelte. Ganz eindeutig zog er das rechte Bein nach.

»Ist was mit deinem …?«, wollte Rosa fragen, aber da sah Simon das Essen.

»Ist das alles für mich?« Seine Augen wurden groß.

»Ja«, sagte sie. »Es ist nicht viel, aber –«

Da saß Simon schon auf dem Sessel, die Gabel in der Hand, und schaufelte den Kohl in sich hinein. Dann schenkte er sich ein volles Glas Wasser ein und trank es gierig in einem Zug aus.

Rosa musste lächeln. Für einen Moment erinnerte sie das an den Vater, wie er sich immer abends hungrig über das von ihr gekochte Essen hergemacht hatte.

»Ist gut … danke«, murmelte Simon mit vollem Mund.

Als die Schüssel und das Gurkenglas leer waren und er nach dem zweiten Stück Brot griff, sagte Rosa: »Der Rest ist als Proviant gedacht.«

Simon legte das Brot zurück. »Stimmt ja.« Er klang enttäuscht.

»Wegen dem Wasser«, erklärte Rosa und griff nach der Kanne. »Wir haben keine Flasche, die ich dir mitgeben könnt.«

»Ich hab eine Feldflasche«, sagte Simon. »Hinten bei meinem Zeug. Die füll ich an.«

Rosa sah zu, wie er die Wurst und die Brotstücke in ein großes Taschentuch einschlug, das er aus seiner Hosentasche zog. Es sah genauso schmutzig aus wie der Rest seiner Sachen. Als er aufstand, sackte ihm das Bein weg. Gerade noch konnte er sich auffangen und auf den Sessel zurücksinken.

»So, was ist mit deinem Fuß?«, fragte Rosa wieder.

»Ach nichts«, wollte Simon abermals abwinken, aber er biss dabei die Zähne derart fest zusammen, dass Rosa ihn kaum verstand.

»Du bist doch verletzt«, hakte sie nach.

»Ist nicht schlimm«, stieß er hervor.

»Schaut aber so aus«, beharrte Rosa.

»Ist es aber nicht!« Simon war ziemlich laut geworden. Rosa erschrak kurz über seine Wut. Dann fasste sie sich wieder und sagte bestimmt: »So kannst du heute nicht weitergehen.«

»Das stimmt nicht«, rief Simon. »Ich war nur müde. Jetzt geht es wieder. So schlimm ist das mit meinem Bein nicht. Ich geh halt langsam.«

»Du weißt ja gar nicht, wohin«, entgegnete Rosa leise.

»Doch, weiß ich! Ich …« Simon stockte.

Rosa kam der Gedanke, dass er es wohl nicht verraten wollte.

»Ist ja gut«, sagte sie. »Wir sollten leiser sein.«

Simons Augen weiteten sich erschrocken. Nervös spähte er zu den Fenstern hinaus.

»Hat schon keiner gehört«, sagte Rosa beruhigend. Sie trat einen Schritt auf ihn zu. »Du kannst nicht weitergehen, oder?«

Da gab Simon auf. »Ich hätt's versucht. Ein Stück wär bestimmt gegangen.« Rosa setzte sich neben ihn.

»Bleib doch da«, sagte sie. »Ein paar Tage, bis es dir besser geht. Das merkt keiner. Ich bring dir Essen.«

Simon schüttelte den Kopf. »Das kann ich nicht verlangen von dir.« Seine Stimme klang zittrig. Fast als würde er ein Weinen unterdrücken.

»Tust du ja nicht. Ich schlag es vor«, sagte Rosa.

Simon sah sie an. Tatsächlich, seine Augen glänzten. Sie kannte ihn gar nicht, aber er tat Rosa leid. »Viel kann ich eh nicht machen. Sonst merkt es Frau Gruber. Ich könnt dir immer am Abend was bringen.«

»Das fällt doch auf«, sagte Simon. »Wenn immer was vom Essen fehlt.«

»Das fällt nicht auf«, erklärte Rosa. »So genau schaut sie nicht. Das krieg ich schon hin. Wird halt nicht viel sein, was ich bring, aber besser als nichts, oder?«

Rosa wunderte sich, aber sie fühlte sich stark. Nun hätte sie etwas anderes zu tun, als nur Frau Gruber zu bedienen. Sie hätte ein Geheimnis. Etwas, das nur ihr gehörte.

»Aber … du kennst mich doch gar nicht«, sagte Simon.

»Wenn ich öfter komm, werd ich dich schon kennenlernen«, antwortete Rosa. Und als sie Simons verwunderten Blick sah, fügte sie leise hinzu: »Wenn du mir was tun hättest wollen, hättest du's schon längst getan.«

»Das tät ich nie«, sagte Simon schnell. Dann, er flüsterte fast: »Nie mehr tu ich irgendwem was. Da müssen sie mich schon erschießen, bevor ich nochmal wem was tu.«

Wundbrand

Den ganzen nächsten Tag konnte Rosa nur an Simon denken. Es war ein schöner Gedanke. Er gab ihrem Tun einen Sinn. Und sie hatte einen Plan.

Während Frau Gruber nach dem Mittagessen auf der Bank vorm Haus mit einigen Nachbarn tratschte, huschte Rosa im Haus hin und her und staubte ab. Sie ließ eine Bandage von Frau Grubers Verbandszeug in ihrer Schürzentasche verschwinden. Sicherheitshalber. Sie hatte den Eindruck, dass Simons Bein ärger verletzt war.

Von ihren eigenen Portionen zu Mittag und am Abend legte sie etwas beiseite und verkniff sich den Hunger. Frau Gruber fiel gar nicht auf, dass etwas im Topf zurückblieb.

Rosa konnte es kaum erwarten, bis die alte Witwe schlief und sie hinüberschleichen konnte. Sie fand Simon in seinem Versteck hinter der Schank. Er hob nur langsam den Kopf, als sie ihn ansprach. Sie wollte eine der mitgebrachten Kerzen anzünden.

»Nicht«, murmelte er. »Sonst sieht wer das Licht.« Seine Stimme klang merkwürdig dumpf und leiernd, als wäre er betrunken.

»Das sieht hier hinten keiner«, sagte Rosa. »Ich hab dir doch gesagt, von den Nachbarhäusern sieht man hier nicht rein.«

Sie erschrak, als sie Simons Gesicht im Kerzenlicht sah. Es wirkte, als wäre es aus Wachs. Aus Wachs, das schmolz. Aber es waren nur Schweißtropfen, die von der Haut abperlten. Seine Augen waren glasig, seine Lippen zitterten.

»Was ist mit dir?«, fragte Rosa.

»Weiß nicht«, murmelte Simon. »War so müd … hab geschlafen … und dann … ich weiß nicht, es dreht sich alles.«

Er schloss die Augen, als hätten diese Worte ihn unheimlich angestrengt. Rosa streckte die Hand aus, berührte seine Stirn und zuckte zurück. Er glühte.

»Du hast Fieber«, sagte sie.

»Fieber?«, fragte Simon, ohne die Augen zu öffnen. »Oh Mist …« Er leckte sich mit der Zunge über die Lippen. Jetzt bemerkte Rosa seinen schweren Atem.

In ihr stieg Panik hoch. Was sollte sie tun? Wieso war er plötzlich krank? Gestern war er doch in Ordnung gewesen, nur hungrig und sein Bein … Sein Bein!

»Vielleicht ist das die Verletzung«, sagte sie. »Darf ich mir das anschauen?«

Simon murmelte etwas Unverständliches. Rosa zögerte. Sie konnte kochen und nähen, sie wusste jedoch nichts über Krankenpflege. Aber sonst war niemand hier. Sie griff nach dem Bein. Simon gab ein jammerndes Geräusch von sich.

»Entschuldige«, flüsterte Rosa. Mit zitternden Fingern zog sie ihm den schweren Stiefel aus. Simon krampfte sich zusammen. Rosa dachte mit Schrecken daran, wie das Bein aussehen musste, wenn diese Berührung ihm schon so wehtat. Die Uniformhose endete unterm Knie. Rosa löste die Knöpfe, sie brauchte ewig, weil ihre Finger immer vom glatten Metall abrutschten. So vorsichtig wie möglich schob sie den Strumpf hinunter, Simon stöhnte wieder.

Als sie einen alten Fetzen, der irgendwann einmal ein Verband gewesen sein musste, abgewickelt hatte, sah Rosa die Bescherung. Der Geruch der Wunde ließ sofort Übelkeit in ihr aufsteigen. Die Wunde selbst war nicht groß, ein Riss, der wohl schon von Ärzten genäht worden war, vielleicht so lang wie ihre Handfläche. Aber rundherum hatte sich ein roter Fleck gebildet, deutlich größer als Rosas Hand, und als sie das Bein bewegte, um die Wunde zum Licht zu drehen, sickerte ein gelbes Rinnsal heraus. Rosa schluckte, das Abendesse kroch ihr im Hals hoch.

Sie überlegte. Was konnte sie machen? Einen Arzt zu rufen, war unmöglich. Im Lazarett hätten sie den Fuß wohl abgeschnitten. Aber hier …

»Wasser«, drang es langsam in Rosas Gehirn. Sie hatte ohnehin heißes Wasser mitgebracht und hatte die Wunde auswaschen und frisch verbinden wollen. Das würde weiterhin nicht so falsch sein. Und mehr war momentan nicht möglich.

Sie holte die Kanne, das Wasser war abgekühlt, aber es dampfte noch ein wenig. In der Küche fand sie eine längliche Backform. Sie ging damit in den Garten hinaus und säuberte mit dem Schnee, der in der schattigen Hausecke lag, so gut wie möglich den Rand. Dann schlich sie zu Simon zurück. Rosa schob die Backform unter sein Bein, er stöhnte leise. Jetzt konnte das Wasser, das sie übers Bein gießen wollte, dort hineinfließen.

»Simon«, flüsterte sie, »ich wasch das jetzt aus, ja?«

Als sie das erste Wasser über das Bein goss, gab Simon ein furchtbares Geräusch von sich. Er jaulte wie ein verwundetes Tier. Vor Schreck wäre ihr fast die Kanne aus der Hand gefallen.

»Es geht nichts anders«, sagte sie leise und hielt das zitternde Bein. »Dieser Dreck muss da raus.«

Sie staunte über ihren Mut. Aber wann immer ihr bisher eine Wunde untergekommen war, ihre eigenen zerschürften Knie als Kind, die Kratzer an ihrem Vater nach einem harten Arbeitstag – immer hatte es geheißen, dass man es sauber auswaschen musste.

»Ich mach jetzt weiter«, sagte sie, mehr zu sich selbst als zu ihm. Langsam leerte Rosa die Kanne über der Wunde aus. Sie zog ihr Stofftaschentuch aus der Schürze, wischte Eiter und Blut weg, wusch wieder mit Wasser nach, machte so weiter, bis die Kanne leer war. Sie war unsicher, ob das reichen würde. Aber Simon wirkte, als würde er die Tortur nicht länger aushalten. Er hatte es irgendwie geschafft, beide Arme zu seinem Kopf zu ziehen und auf sein Gesicht zu pressen. Rosa sah, dass er sich in den Hemdsärmeln verbissen hatte. Er zitterte am ganzen Körper.

»Entschuldige«, murmelte Rosa, während sie den Verband von Frau Gruber um sein Bein wickelte. »Bitte entschuldige.«

»Bloß nicht«, krächzte Simon. »Entschuldige dich bloß nicht!«

»Du musst was trinken«, sagte Rosa, doch dann fiel ihr ein, dass sie ja das ganze Wasser verbraucht hatte. Neben Simon lag seine Feldflasche. Rosa hob sie hoch. Ein Glück, sie war fast voll.

Sie musste seinen Kopf stützen, damit er trinken konnte. Die Hälfte rann an seinen Lippen vorbei in seinen Kragen. Als er den Kopf zurück auf den Boden sinken ließ, sagte er leise ein hässliches Schimpfwort. Rosa wusste, dass nicht sie gemeint war, sondern die furchtbare Situation, in der er steckte.

»Ich …« Rosa überlegte. Wie ging es weiter? Eigentlich konnte sie ihn nicht allein lassen. Aber es war sonst niemand da. Nur sie.

Simon zitterte. Rosa stand auf, ihre Beine waren wie Gummi und trugen sie kaum. Sie leerte das schmutzige Wasser aus der Backform an der Tür in den Kies, holte die zweite Decke vom Schaukelstuhl, schob sie irgendwie unter Simon, damit er nicht auf dem kalten Boden lag, deckte ihn mit der anderen fest zu und stopfte seinen Beutel als Polster unter seinen Kopf.

»Hast du Hunger?«, fragte sie leise.

»Echt nicht«, nuschelte Simon.

»Ich … ich komm morgen wieder. Gleich in der Früh. Irgendwie …«, sagte Rosa. »Und ich bleib jetzt noch kurz.«

Simon antwortete nicht mehr. Aber er zitterte nicht mehr so stark. Er dämmerte weg. Rosa griff nach seiner Stirn. Er glühte immer noch.

Sie blieb neben ihm sitzen, so lange es ging. Sie hatte furchtbare Angst. Was mach ich nur, wenn er mir stirbt, dachte sie. Jetzt ist er dem Krieg entkommen, da kann ich ihn doch nicht hier sterben lassen.

Der Mond stand schon hoch am Himmel, als Rosa einsah, dass sie zurückgehen musste. Sie konnte nicht riskieren, hier an die Wand gelehnt wegzudösen. Simon atmete ruhiger. Rosa packte ihre Sachen und huschte zurück ins Haus.

Sie räumte so leise wie möglich auf. Danach probierte sie zu schlafen, aber erfolglos. Sie wickelte sich in ihre Decke und setzte sich auf die Sitzbank. So blieb sie die restliche Nacht und betete, dass Simon im Nebenhaus hoffentlich am Leben blieb.

Mit dem ersten Morgengrauen stand Rosa auf. Sie heizte den Ofen nach, holte Wasser und machte es warm. Weil sie ja nicht ins Zimmer von Frau Gruber gehen konnte, um mehr Verbandsmaterial zu holen, nahm sie eines der Geschirrtücher und ihr gelbes Handtuch. Da sah sie die Ringelblumensalbe auf der Kredenz, Frau Gruber schmierte sich damit die rissigen Hände ein. Schnell ließ sie die Dose in der Schürze verschwinden.

Das Brot und das Essen von gestern waren noch im Korb. Rosa schickte ein Stoßgebet in den Himmel, dass Frau Gruber sich heute mit dem Aufwachen Zeit ließ. Es war sehr riskant, jetzt schon hinüberzuschleichen. Aber sie konnte nicht warten.

Draußen war es noch düster, in der Gaststube beinahe so dunkel wie nachts. Kurz blieb Rosa fast das Herz stehen. Was sollte sie nur tun, wenn Simon …

Er schlief. Sein Atem ging stoßweise, aber er atmete. Rosa beugte sich über ihn. Das Fieber war nicht besser. Aber noch lebte er wenigstens. Sie musste die Kerze anzünden. Als sie die Sachen ausbreitete und mit der Kanne klapperte, regte sich Simon. Seine Augen sahen Rosa trüb und verschlafen an. »Ist es Nacht?«, fragte er.

»Nein, ganz früh am Morgen«, flüsterte Rosa. »Simon, ich muss mich beeilen, Frau Gruber schläft nie lange. Ich muss dein Bein nochmal waschen.«

»Was ...?« Simon schien nicht zu verstehen. Dann kam die Erinnerung zurück, er verzog das Gesicht. »Lass doch«, murmelte er.

»Das wird sonst schlimmer«, sagte Rosa.

»Ist egal«, nuschelte Simon. »Lass es.«

»Das geht nicht«, flüsterte Rosa. Sie zog die Decke hoch. Wieder kam ihr der Gestank entgegen. Ein Teil des Verbands war gelbbraun verfärbt.

»Wundbrand«, nuschelte Simon. »Ich kenn das. Von anderen. Da hilft nix, Rosa.«

»Soll ich dich sterben lassen?!« Rosa wunderte sich über diese Schärfe in ihrer Stimme. »Sicher nicht. Wenn's nicht hilft, kann ich ... eh nichts machen, aber ich lass dich sicher nicht so einfach im Stich.«

»Gegen Wundbrand hilft nichts«, murmelte Simon. »Nur abschneiden. Aber das braucht einen Arzt, und wenn sie mich kriegen, erschießen sie mich sowieso.«

»Ich hol niemanden«, sagte Rosa. »Lass es mich probieren. Bitte.«

Simon zögerte. Schließlich legte er den Kopf zurück und verschränkte wieder die Arme über dem Gesicht. Rosa nahm das als Zustimmung. Sie wickelte den Verband ab und machte sich an die Arbeit. Dieses Mal wusste sie, was auf sie zukam. Sie wagte es, ein wenig Druck auf die Wunde auszuüben. Aus dem gelbbraunen Rinnsal wurde ein kleiner Schwall. Simon keuchte in seine Unterarme und begann zu zucken.

»Entschuldige«, murmelte Rosa. »Entschuldige, entschuldige, entschuldige ...«

Aber sie machte weiter. Der Eiter musste aus der Wunde. Sie spürte, wie eine dicke Gänsehaut über ihren ganzen Körper kroch. Sie beeilte sich, und als sie das ganze Wasser verbraucht hatte, zitterte Simon wieder von Kopf bis Fuß und nahm die Hände nicht vom Gesicht.

»Ich hab keinen Verband«, erklärte sie, während sie vorsichtig Ringelblumensalbe auf dem Bein verteilte. »Ich konnte nicht zur Frau Gruber ins Zimmer, da liegt das alles.«

Sie wickelte das Geschirrtuch um Simons Unterschenkel und ihr gelbes Handtuch darüber. Sie steckte es fest, so gut sie konnte. Erst als der schlimme Geruch abgedeckt war, wagte sie es, tiefer durchzuatmen.

»Ich werd erst am Abend wieder herkommen können«, sagte Rosa. »Aber ich hab dir Essen mitgebracht. Und was zu trinken. Meinst du, das geht?«

»Wird schon«, presste Simon zwischen zusammengebissenen Zähnen hervor.

Rosa deckte ihn zu, stellte das Essen hin und half ihm, sich bequemer hinzulegen. »Ich komm am Abend zurück«, sagte sie.

Als sie aufstehen wollte, griff Simon nach ihrem Arm und hielt sie fest. »Danke«, murmelte er. »Ehrlich, ich bin dir so dankbar.«

Rosa lächelte verlegen.

Als sie in die Küche huschte, hörte sie Frau Gruber im Zimmer rumoren. Mittlerweile war es draußen hell geworden. Rosa konnte kaum die paar Handgriffe machen, um alles wegzuräumen, da öffnete sich schon die Tür und Frau Gruber kam heraus. Rosa bemühte sich, so normal wie möglich auszusehen.

»Warst du schon im Hof?«, fragte Frau Gruber.

»Ja«, stieß Rosa hervor. »Also … mich waschen.«

»Und hast du ein Wasser geholt?«

»Ja … äh, nein«, stammelte Rosa. Die Kanne war ja leer.

»Und wieso steht der Topf auf dem Tisch?«, fragte Frau Gruber misstrauisch.

»Ach, der …« In Rosas Kopf hämmerte jemand heftig gegen die Schädeldecke. »Den hab ich hingestellt. Wegen dem Wasser. Aber dann hab ich – dann hab ich die Kanne hier vergessen.«

Schnell packte Rosa die Kanne. »Ich hol eins.« Sie stürzte aus der Stube zum Hof. Sie hörte noch, wie Frau Gruber »dumme Gans«, murmelte, aber es war ihr erstaunlich egal. Solange der alten Frau sonst nichts auffiel.

Rosa war froh, als Frau Gruber sie losschickte, um ein Natronpulver gegen ihre Magenschmerzen aus der Apotheke zu holen. Außerdem war keine Margarine mehr im Haus, also ging Rosa zuerst zum Holl. Dort stand sie bereits lange in der Schlange, ehe sie hörte, dass die Margarine aus war. Also weiter zum Meier. Heute störten sie die Umwege nicht. So verging wenigstens der Tag. Beim Nichtstun wäre sie vor Sorge verrückt geworden.

Auf dem Weg begegnete ihr Hans, aber sie war so damit beschäftigt, darüber nachzudenken, wie sie Simons Bein retten konnte, und beachtete ihn gar nicht.

Auf dem Weg zur Apotheke hatte Rosa ein kaum zu beherrschendes Bedürfnis, an der Ecke nach rechts zu gehen, um den Block herum zum Gasthaus. Aber sie hielt sich zurück. Es waren Leute unterwegs, es war viel zu gefährlich.

Rosa stand schon eine Weile in der Schlange bei der Apotheke, als Doktor Weidmann vorbeikam. Er begrüßte einige, plauderte eine Weile mit einem Mann, bevor er in seinem Hauseingang verschwand. Rosa kam eine Idee.

Als sie in der Apotheke das Natronpulver bezahlte, fragte sie möglichst beiläufig: »Haben Sie auch Verbandssachen?«

»Verbandsmaterial gibt's in der Drogerie und beim Doktor«, antwortete der Apothekergehilfe muffig.

»Ja natürlich, danke«, sagte Rosa. Sie ging nicht gleich zu Frau Gruber zurück, sondern in das Haus gegenüber. Ein Schild verriet, dass sich die Praxis von Doktor Weidmann im ersten Stock befand. Während Rosa die ausgetretenen Stufen hinaufstieg, legte sie sich im Kopf zurecht, was sie sagen würde.

In der Ordination waren alle Sessel besetzt. Ein Mann am Fenster hustete furchtbar. Rosa ging zum Schalter, an dem man sich bei einem jungen Fräulein anmelden musste. Sie räusperte sich.

»Ich brauch bitte Verbandsmaterial«, sagte sie.

Das Fräulein sah von den Papieren auf, musterte Rosa und zog die Augenbrauen hoch. »Für wen denn?«, fragte sie.

»Für … für die Frau Aloisia Gruber«, antwortete Rosa.

»Frau Gruber?«, fragte das Fräulein. »Das ist keine Patientin von uns. Die gehört dem Doktor Stifter. So geht das eigentlich nicht …«

Rosa biss sich auf die Lippen. Es hieß doch, Doktor Weidmann würde jedem helfen.

»Ich … ich hab nur gedacht, weil …«, stammelte sie.

Da ging die Tür zum Arztzimmer auf und Doktor Weidmann begleitete eine alte Frau heraus, von der er sich freundlich verabschiedete. Als er sein Fräulein fragen wollte, wer als nächster an der Reihe sei, sah er Rosa. Er lächelte sie an.

»Herr Doktor, das Mädchen da will Verbandsmaterial für die Frau Gruber«, sagte das Fräulein.

»Hat denn der Medizinalrat Stifter keines dagelassen?«, wunderte sich der Arzt.

»Doch schon«, sagte Rosa schnell. »Ich hab nur gedacht, weil ich grad unten bei der Apotheke war. Und weil … weil die Füße von Frau Gruber geblutet haben –«

Es war eine dumme Ausrede. Doktor Stifter kümmerte sich um Frau Gruber, und er würde das auch bei so einem Problem machen. Doktor Weidmann sah sie immer noch fragend an.

»Der Kollege Stifter hat heute keine Ordination, oder?«, fragte er.

Rosa überlegte schnell. Donnerstag … da war Doktor Stifter im Spital. Sie nickte.

»Na, Fräulein Mählich, da können wir doch aushelfen«, sagte Doktor Weidmann.

Rosa spürte die Erleichterung wie eine Welle durch ihren Körper fahren.

»Komm doch mal mit rein«, sagte Doktor Weidmann da plötzlich und wies auf die Tür zu seinem Behandlungszimmer.

»Aber Herr Doktor«, rief Fräulein Mählich. »Der Herr Marek wär dran.«

»Es dauert ja nicht lang«, sagte Doktor Weidmann und drehte sich zu einem Mann um, der gerade aufstehen wollte. »Herr Marek, ich bin gleich bei Ihnen.«

Rosa folgte ihm. Was wollte er von ihr? Hatte er sie durchschaut?

Doktor Weidmann schloss die Tür. Rosa hatte das Gefühl, er konnte sehen, wie sie innerlich zitterte. Er ging an ihr vorbei, lehnte sich an seinen Schreibtisch und nahm seine Brille ab, um sie am Mantel zu putzen.

»Wie geht es der Frau Gruber?«, fragte er. »Sind ihre Beine schlimmer geworden?«

Rosa nickte. Das war immerhin keine Lüge.

»Blutet sie häufig?«

Rosa nickte wieder.

»Wie oft kommt denn der Medizinalrat Stifter?«

»Er kommt eh«, sagte Rosa hastig. »Er ist nur oft im Spital. Die Armee setzt ihn dort ein.«

»Natürlich«, nickte Doktor Weidmann.

Wieder sah er Rosa lange an.

»Ich finde es gut, dass du an Frau Grubers Beine denkst«, sagte er dann. »Es ist schön von dir, dass du dich kümmert.«

»Drum bin ich bei ihr«, sagte Rosa leise. »Muss ich ja.«

»Aber die Frau Gruber weiß nicht, dass du da bist, oder?«

Rosa atmete tief durch. Sie schüttelte den Kopf.

Doktor Weidmann sah sie noch einmal lange an. Dann ging er zu einem hohen Wandschrank und holte eine Handvoll Bandagen heraus.

Sie waren dicker, breiter und fester als die, die sich Rosa bei Frau Gruber zu nehmen getraut hatte.

Doktor Weidmann hielt ihr die Bandagen hin. Es waren fünf. Rosa nahm sie, legte sie in den Korb und zog die Geldbörse heraus.

»Danke! Wie viel –«, begann sie, aber Doktor Weidmann winkte ab.

»Ich will dein Geld nicht«, sagte er.

»Aber bitte«, sagte Rosa. »Das muss ich doch bezahlen.«

Doktor Weidmann lächelte. »Das passt schon. Ich kenne die Frau Gruber. Wenn du Geld ausgibst für etwas, das sie dir nicht angeschafft hat, wird sie schimpfen, auch wenn es ein guter Gedanke von dir war. Ich weiß ja, wie die Frau ist.«

Rosa nickte verlegen. Er hatte recht. Aber es war ihr trotzdem peinlich. »Danke sehr«, sagte sie. »Vielen Dank.«

Beim Hinausgehen hielt sie noch einmal inne. In einem kurzen Augenblick hatte sie beschlossen, diesem Arzt zu vertrauen.

»Herr Doktor, darf ich Sie noch was fragen?«, sagte sie vorsichtig.

»Alles, mein Kind.« Doktor Weidmann und setzte sich freundlich lächelnd in den Stuhl hinter seinem Schreibtisch.

»Was … was macht man gegen Wundbrand?«

Die Frage hing in der Luft.

»Haben sich die Wunden von Frau Grubers Beinen entzündet?«, erkundigte sich der Arzt.

Rosa schüttelte den Kopf. Auf keinen Fall durfte er nachsehen wollen. »Nein«, sagte sie schnell. »Ich glaube nicht.«

»Warum fragst du dann nach Wundbrand?«, wollte Doktor Weidmann wissen.

»Nur so«, murmelte Rosa. »Damit ich halt weiß, auf was ich achten muss, wenn es mal soweit ist.«

Es war still. Doktor Weidmann musterte Rosa über seine Brillengläser hinweg und sie hatte das Gefühl, er würde direkt in ihren Kopf hineinsehen.

»Wir reden hier nicht von Frau Gruber?«

Rosa starrte auf ihre abgetretenen Schuhe und wusste nichts zu sagen. Doktor Weidmann schien nachzudenken, dann lehnte er sich zurück und legte die Finger aneinander.

»Man behandelt Wundbrand mit der Amputation des betroffenen Körperteils«, sagte er. »Siehst du, wir wissen nicht, was in der Wunde vorgeht, wenn sie sich entzündet, aber wir wissen, dass es sich ausbreitet. Wir nennen das Blutvergiftung. Das wird verhindert, indem man die Wunde rasch vom Rest des Körpers abtrennt.«

»Aber was tut man, wenn das nicht möglich ist?« Rosa sah langsam wieder hoch.

»Wieso wäre es denn nicht möglich?« Doktor Weidmann blickte sie neugierig an.

»Weil …«, Rosa überlegte. »Sagen wir, die Wunde ist auf der Brust oder so. Die kann man ja nicht wegschneiden.«

Sie hatte den Eindruck, Doktor Weidmann musste ein Schmunzeln unterdrücken.

»Nun ja, in diesem Fall versucht man es mit Spülungen.«

Rosa fiel ein Stein vom Herzen. Also hatte sie nichts falsch gemacht.

»Mit Wasser?«, fragte sie nach.

»Das wäre das Mindeste«, sagte Doktor Weidmann. »Man kann es auch mit Essig versuchen. Da habe ich schon gelegentlich Erfolge gesehen. Und wir haben verschiedene Tinkturen, Kräuter und derartiges, das hilft auch mitunter.«

»Und haben Sie so etwas?«, fragte Rosa.

Das Schmunzeln verschwand aus dem Gesicht des Arztes. »Gibt es etwas, das du mir sagen möchtest?«, fragte er.

Wieder schüttelte Rosa den Kopf. Obwohl sie wirklich merkte, dass der Arzt ein guter Mensch war. Aber das konnte sie ihm nicht sagen. Wieder spürte sie seinen Blick. Dann, nach einer kurzen Weile stand Doktor Weidmann auf und holte aus einem Wandschrank ein Glasgefäß mit einem weißen Pulver heraus. Behutsam löffelte er etwas davon in ein kleines Papiersackerl, rollte es zusammen und hielt es Rosa hin.

»Essigwasser, eins zu eins Essig und Wasser. Ein Löffel davon auf etwa einen Liter. Gut wäre, wenn man es wirklich in die Wunde hineinbekommt.«

Rosa wagte kaum, ihn anzusehen, als sie das Säckchen im Korb verstaute. »Danke«, wollte sie sagen, aber es kam nur ein Hauchen aus ihrem Mund.

»Ich verstehe, dass du mir etwas verschweigst«, sagte der Doktor. »Ich akzeptiere das. Aber sei vorsichtig. Wenn du infizierte Wunden berührst, musst du dich sehr gut waschen, vorher und nachher. Und – gib Acht, ja?«

Rosa nickte heftig. »Ja, ich – danke! Es tut mir leid, dass ich – Sie so belästigt habe.«

»Du wirst deine Gründe haben«, sagte Doktor Weidmann. »Pass nur gut auf, in Ordnung?«

Rosa machte so etwas wie einen schiefen Knicks, bedankte sich noch einmal und verließ das Behandlungszimmer. Als sie den Warteraum durchquerte, sah sie den verwunderten Blick von Fräulein Mählich. So schnell es ging, schlüpfte sie aus der Ordination.

Zurück auf der Straße rannte Rosa zum Holl, wo gerade die Fensterläden hinuntergezogen wurden.

»Bitte, ich brauch noch Essig«, sagte sie keuchend.

Herr Holl sah genervt aus. Aber er dachte natürlich, Frau Gruber habe sie noch einmal geschickt, und er wollte keinen Ärger mit der alten Witwe. Also verschwand er kurz im Geschäft und kam mit einer Flasche Essig zurück. Rosa kramte in ihrer Geldbörse. Irgendwie würde sie Frau Gruber das fehlende Geld erklären.

Zuhause tat sie so, als hätte sie es eilig, aufs Klo zu kommen, dabei versteckte sie alles schnell im Hof. Der Trick gelang. Frau Gruber war auf der Sitzbank eingedöst und wurde erst wach, als Rosa schon an ihr vorbeigeeilt war. Sie keppelte, dass Rosa eine alte Frau nicht so aus dem Schlaf reißen solle, aber bekam von den Einkäufen, die sie nicht beauftragt hatte, nichts mit. Sogar Rosas Behauptung, dass das Magenmittel teurer geworden war, nahm sie ihr zunächst ohne große Aufregung ab.

Erst später, beim Abendessen und dem zweiten Glas Wein, das ihr Rosa nachgeschenkt hatte, schimpfte sie über den Wucher der Apotheke. Rosa merkte verwundert, wie wenig sie das gerade berührte. Viel zu sehr war sie damit beschäftigt, sich ihre Nervosität nicht anmerken zu lassen. Dabei konnte sie es kaum erwarten, hinüber in den Rosengarten laufen zu können.

Als sie später am Abend Frau Gruber beim Versorgen der Füße half, musste sie sich richtig zusammenreißen, um in ihren Bewegungen nicht fahrig zu werden. Endlich war die alte Frau zufrieden und machte sich bettfertig.

Die Minuten, bis sie das gleichmäßige Schnarchen hörte, kamen Rosa unendlich lang vor. Sobald es möglich war, eilte sie in den Rosengarten.

Simon lag immer noch fiebernd hinter der Schank. Auch das Bein war weiterhin in einem üblen Zustand, aber es war zumindest nicht schlimmer geworden. Rosa mischte das Essigwasser mit zwei Löffeln Pulver in der Kanne an, wie der Doktor es gesagt hatte. Simon sah ihr aus glasigen Augen zu.

»Was hast du da?«, fragte er mit kratziger Stimme. Er nuschelte immer noch.

»Essigwasser. Und ein Medikament«, antwortete Rosa.

»Wo hast du das her?«, murmelte Simon.

»Ist nicht wichtig«, sagte Rosa. »Ich hab's.«

Simon ließ den Kopf nach hinten fallen, er rummste auf den Boden. »Du spinnst«, sagte er und lachte dabei heiser.

»Simon, ich muss die Wunde jetzt damit auswaschen«, flüsterte sie, während sie die zweite Kerze anzündete. »Und du musst stillhalten, verstehst du? Kannst du das?«

Er hob noch einmal kurz den Kopf, starrte sie an, als würden ihre Worte nur langsam in sein Gehirn dringen.

Der Arzt hatte gesagt, das Medikament müsse in die Wunde hineinkommen, also wollte Rosa sie mit einer Hand aufspreizen und mit der anderen aus einem in der Lösung getränkten Waschlappen das Essigwasser hineindrücken.

Beim ersten Versuch stöhnte Simon so laut, dass er beinahe schrie. Er zog das Bein weg und hätte fast eine Kerze umgestoßen. Rosa ließ den Waschlappen in die Kanne fallen und hielt sein Bein fest.

»Entschuldige«, raunte sie. »Aber der Doktor hat gesagt, das Mittel hilft manchmal.«

»Du warst bei einem Doktor?!«, herrschte Simon sie an. »Spinnst du?«

»Ich hab nichts gesagt«, fauchte Rosa zurück. »Glaubst du, ich bin blöd?«

Sie starrten einander an. Es schüttelte Simon am ganzen Leib. Rosa atmete ein paar Mal tief durch und versuchte, ihr eigenes Zittern loszuwerden.

»Jetzt horch mal«, sagte sie langsam. »Wenn ich niemanden holen soll und du hier nicht … du nicht dran sterben willst, dann lass mich das probieren.«

Beim Wort »sterben« zuckte Simon zusammen. Er musterte die Kanne und nickte.

Rosa legte eine Hand auf Simons Bein und nahm mit der anderen den Waschlappen. Kaum dass die Flüssigkeit seine Haut berührte, zuckte er wieder. Rosa versuchte, seine verzweifelten Geräusche zu überhören. Sie lehnte sich mit ihrem ganzen Gewicht auf ihren Arm, der Simons Bein fixierte, und drückte einen vollgesogenen Waschlappen nach dem anderen in die Wunde. Dazwischen wischte sie den Eiter weg, der sich in immer größeren Stücken löste. Wieder rebellierte ihr Magen. Als die Kanne leer war, war sie ebenso verschwitzt wie Simon. Sie wickelte eine der Bandagen um die Wunde und lehnte sich erschöpft zurück.

»Morgen Früh wieder«, sagte sie.

Simon hatte sich die Decke über den Kopf gezogen und die Arme darauf gepresst.

»Tut mir leid«, sagte sie. »Ich hab nicht gewusst, dass es so schlimm wird.«

Er reagierte nicht. Rosa hievte sich langsam hoch. Alles tat ihr weh. Trotz allem war sie zufrieden.

Bei den Tischen war die Luft etwas besser. Rosa lehnte sich an die Schank, atmete tief durch und schaute in die Nacht hinaus.

»In Italien«, sagte Simon plötzlich leise, »da hatten wir ein Lazarett oben auf der Stellung. Weil's zu schwierig gewesen wär, die Verletzten gleich den Berg runter zu bringen, wenn's einen erwischt hat. Drum haben sie im Stollen ein Lazarett gebaut. Da haben wir die Kameraden reingeschleppt.«

Rosa krallte die Hände ins Holz der Schank.

»Da drinnen hat's gerochen, ich … ich find kein Wort dafür. Und da war so ein Lärm. Da haben sie ständig geschrien. Der Doktor, der hat nicht so ein Mittel gehabt. Nur eine Säge. Und wenn seine Assistenten Pause hatten, mussten wir ihm helfen. Den Mann halten, dem er – … die – die Beine und Arme, also, die musste man in ein Feuer schmeißen. Wohin hätt' man die sonst auch geben sollen. Ich – diesen Geruch, wenn das verbrannt ist, den … den hab ich ständig in der Nase.«

Rosa musste sich zwingen, Luft zu holen. Sie rieb ihre eiskalten Hände aneinander.

»Waren das viele?«, fragte sie mit rauer Stimme. »Arme und Beine?«

»Ich hab's irgendwann nimmer gezählt«, sagte Simon.

Neue Hosen

Über eine Woche hatte Rosa jeden Abend Herzklopfen, wenn sie zum Gasthaus hinüberschlich. Und jeden Abend war sie erleichtert, wenn sie Simon lebend antraf.

Sie zwang Wasser und ein paar Bissen Brot in ihn hinein und blieb bei ihm, bis er schlief.

Simon hatte sich in sein Schicksal ergeben. Er sprach kaum und ließ sie sein Bein behandeln. Wenn Rosa beobachtete, wie er danach erschöpft eindämmerte, fürchtete sie, dass er ihr im Schlaf wegsterben würde, nur damit er seine Ruhe hätte.

Doch als sich der Frühling Mitte März mit den ersten Knospen auf den Rosen bemerkbar machte, traute sich Rosa allmählich zu hoffen, dass Simon es schaffen würde. Die Wunde eiterte nicht mehr. Ganz langsam begann sie zu heilen.

Als sie eines Abends gerade den Verband befestigt hatte und nach Simons Hosenbein griff, fuhr er mit seiner Hand dazwischen.

»Lass nur, ich mach schon«, murmelte er.

Er zog den Strumpf hoch und befestigte die Knöpfe der Hose unterm Knie. Rosa lehnte sich zurück und betrachtete ihn. Sein Gesicht war schmal und bleich, seine Finger zitterten. Aber seit gestern saß er aufrecht an die Schank gelehnt, während sie die Wunde versorgte. Er aß und trank, und er hatte wohl schon allein auf seinen Beinen gestanden, denn er hatte bei einer Runde durchs Gasthaus alte Zeitungen gefunden. Eine davon lag neben ihm.

Rosa spürte eine Wärme in ihr aufsteigen. »Ich glaub, du bist übern Berg«, sagte sie und musste lächeln.

Simon nickte verlegen. »Ich weiß nur nicht, wie ich's dir jemals vergelten kann«, sagte er leise.

»Denk doch nicht so«, sagte Rosa schnell. »Hab ich gern gemacht.«

Er schaute sie an. »Ich glaub, ich muss dich um noch was bitten.«

»Sicher!« Rosa freute sich. Wie gut, dass er sogar schon Wünsche hatte.

»Ich brauch noch mehr Wasser«, sagte er. »Ich möcht mich so dringend waschen, ich halt das nimmer aus, so verdreckt wie ich bin.«

»Aber ja«, sagte Rosa. »Das ist kein Problem. Weißt du was, ich hol dir gleich jetzt noch was, nicht erst morgen Früh.«

»Du brauchst morgen Früh nicht kommen«, antwortete Simon.

Rosa, schon halb aufgestanden, sank wieder zurück auf die Knie. »Was meinst du?«, fragte sie besorgt. »Jetzt kommst du aber nicht auf die Idee, dass du weiterwandern willst? Das schaffst du nicht!«

»Nein, eh nicht«, sagte Simon schnell. »Ich weiß, dass das noch nicht geht. Ich mein nur, du musst nicht mehr zweimal kommen. Du warst so viel da, du kannst ja kaum geschlafen haben. Du musst auch gar nimmer kommen, du hast eh genug getan.«

»Unsinn«, sagte Rosa. »Sicher komm ich. Du brauchst ja was zu essen. Ich komm weiter jeden Abend. Und das Wasser hol ich dir gleich.«

Sie ließ ihn nicht noch einmal widersprechen, sie stand schnell auf, räumte die Verbandssachen weg und stellte ihm Brot und Wurst hin. Dann schlich sie sich zurück ins Haus.

Während sie in Frau Grubers Küche darauf wartete, dass das Wasser heiß wurde, fiel Rosa etwas ein. Konnte sie das tun? Rosa überlegte. Wenn Simon sich gewaschen hatte, musste er wieder seine zerrissenen schmutzigen Uniformkleider anziehen. Natürlich, Rosa könnte sie waschen und stopfen, aber der Stoff der Jacke war so durchgescheuert, das würde sie nur mit Nadel und Faden nicht einmal beheben können. Da wäre ihre Idee doch besser, aber auch sehr schwierig …

Die Gelegenheit ergab sich rascher als erhofft. Frau Navratil hatte Geburtstag und Frau Gruber war bei ihr eingeladen. Es gab sogar echten Bohnenkaffee und Kuchen. Natürlich schlug Frau Gruber dieses Angebot nicht aus und ließ sich von Rosa bis zu Frau Navratils Haus begleiten.

»Heim find ich selber«, sagte sie zum Abschied. Rosa freute sich, die Witwe würde sicher bis zum Abendessen bleiben.

Zurück im Haus saß Rosa eine Weile auf der Sitzbank und starrte Frau Grubers Tür an. Dann beschloss sie, es zu wagen.

Kaum war sie im Schlafzimmer, zog sie die Tür schnell hinter sich zu. Mit zitternden Fingern fischte sie den kleinen Messingschlüssel aus der Schale, huschte zum Kasten und sperrte ihn auf. Sie zog zwei Handtücher und eine weitere Wolldecke heraus. Bisher war Frau Gruber nicht aufgefallen, dass eine fehlte. Daher hatte Rosa Hoffnung, dass sie den neuerlichen Schwund ebenso nicht bemerken würde. Nachdem sie den ersten Kasten wieder verschlossen hatte, legte sie den Messingschlüssel zurück in die Schale.

Nun der andere Kasten. Rosa stand für einige Minuten nur davor und ließ ihren Blick über die Kleider wandern. Sie zögerte. Auch wenn der Herr Gruber schon vor Jahren gestorben war, hatte sie ja nicht das Recht, von seinen Sachen etwas zu nehmen.

Rosas Blick fiel auf das Fenster. Ein Stück der Hofmauer war zu sehen. Dahinter war das Gasthaus. Und Simon. Der nicht tot war, wie Herr Gruber. Der nicht genug zum Anziehen hatte. Rosa atmete tief durch. Dann griff sie zu.

Danach schloss Rosa die Kastentüren wieder ordentlich. Sie blickte auf das Hochzeitsfoto. »Sie werden mir das hoffentlich nicht übelnehmen«, flüsterte sie dem Gesicht von Herrn Gruber zu.

In der Küche legte sie die Sachen in den Korb. Am besten brachte sie alles sofort ins Gasthaus, damit die Witwe nichts davon mehr finden konnte. Sie durfte nicht trödeln, aber ein wenig Zeit war noch, ehe Frau Gruber heimkommen würde.

Bei Tageslicht über den Hof des Gasthauses zu schleichen, machte Rosa viel nervöser als im Schutz der Dunkelheit. Sie schlüpfte durch die Tür in den Gastraum. »Simon?«, flüsterte sie.

»Was denn?«, kam seine Stimme erschrocken von hinter der Schank. Dann tauchte er dahinter auf. »Was kommst du denn schon, ist was passiert?«

»Nein«, sagte Rosa schnell. »Ich hab nur was für dich, das wollt ich gleich bringen, während die Frau Gruber bei der Nachbarin ist.«

Simon sah ihr verwundert zu, wie sie alles aus dem Korb holte.

»Was ist denn das?«, fragte er.

»Handtücher. Und noch eine Decke«, sagte Rosa. »Und Gewand.«

»Gewand?« Simon starrte sie überrascht an. »Wo hast du das her?«

»Von der Frau Gruber«, antwortete Rosa. »Also eigentlich von ihrem Mann. Das hat sie alles noch. Ich hab's aus ihrem Kasten geholt.«

»Du spinnst ja«, sagte Simon lachend. »Aber das kann ich nicht nehmen. Das fällt der Frau doch auf, wenn das weg ist.«

»Ich glaub nicht«, sagte Rosa. »Bei der Frau Gruber geht's nur drum, ganz viel zu haben. Damit's nicht wer anderer hat. Egal, ob sie es brauchen kann.«

Simon musterte die Jacke, das Hemd, die Hose und die zwei Paar Socken schweigend. Rosa merkte, wie unangenehm es ihm war. Darum sagte sie schnell: »Ich weiß nicht, ob dir das überhaupt passt. Der Herr Gruber war dicker. Aber ich hab mir gedacht, du probierst es, und sonst kann ich es ja enger machen.«

Simon nickte. »Danke«, sagte er leise.

»Ich bring später das Essen«, sagte Rosa. »Wenn es dunkel ist.«

»Ist gut«, antwortete Simon. Er schaute immer noch die Kleider an.

Am Abend saß er auf dem Schaukelstuhl. Er hatte nicht nur die Reste der Vorhänge zugezogen, sondern die Plane, mit der der Schaukelstuhl zugedeckt gewesen war, zerrissen und damit alle Scheiben verhängt.

Simon bemerkte Rosas Blick. »Ich würd auch lieber rausschauen«, erklärte er. »Aber ich hab mich nicht getraut, mich zu bewegen, wenn die Fenster so offen sind.«

»Man sieht wirklich nicht rein«, sagte Rosa. »Die anderen Häuser sind zu niedrig.«

»Wenn ich weg bin, kannst du es eh wieder runtergeben«, meinte Simon.

Rosa schluckte. *Wenn ich weg bin …*

»Ich hab Erdäpfel«, wechselte sie das Thema.

Simons Gesicht hellte sich auf. Sie hatte die Schüssel kaum auf den Tisch gestellt, da saß er schon dabei. Wie gut, dass er wieder Appetit hatte. Jetzt sah sie, dass er Herrn Grubers Hemd trug. Es hing ausgebeult an ihm herunter.

»Das ist viel zu groß«, sagte sie und deutete auf seine Brust.

»Nicht so schlimm«, sagte Simon mit vollem Mund. »Wenn du mich weiter so fütterst, wird's bald passen. Nur in die Hose pass ich zweimal rein.«

Rosa nickte. »Das hab ich mir gedacht. Ich hab mein Nähzeug mit. Wenn du reinschlüpfst, kann ich sie abstecken und enger machen. Wird wahrscheinlich nicht sehr elegant ausschauen, aber so, dass es geht, auf jeden Fall.«

»Wie, abstecken?«, murmelte Simon, mit den letzten Erdäpfeln beschäftigt.

»Na, wo sie dir zu weit ist«, sagte Rosa. »Warst du noch nie bei einem Schneider?«

»Doch, ist ein Zeiterl her, aber das war ein Mann«, sagte er und schob die Schüssel weg.

»Hättest du gern, dass ich einen Mann hol?«, fragte Rosa schmunzelnd.

»Nein, das –«, Simon blickte erschrocken hoch. Dann sah er ihr Gesicht und verstand den Witz. »Ich mein nur, du willst, dass ich die jetzt anzieh?«

»Wenn du den Fetzen loswerden willst, wär es gut«, antwortete Rosa und zeigte auf Simons Uniform.

»Ich kann nicht lang bleiben«, erklärte sie und hielt ihm die alte Hose von Herrn Gruber hin. »Ich werd heut eh nicht fertig. Aber ich kann mal anfangen, also komm schon.«

Simon nahm die Hose, sah sich überfordert um, dann verschwand er in der Küche. Rosa setzte sich auf den Schaukelstuhl. Sie musste grinsen. Da hatte sie sich so lange um ihn gekümmert, und jetzt war es ihm peinlich, dass er sich umziehen sollte.

Simon kam zurück. Er hatte den Gürtel aus seiner Uniformhose genommen und durch die neue Hose gezogen, damit sie ihm nicht hinunterrutschte.

»Du schaust aus wie ein Dschinni«, sagte sie und verkniff sich ein Lächeln.

»Ein was?«, fragte Simon.

»Ein Dschinni«, sagte Rosa. »Ein Lampengeist. Eine Freundin von mir hatte ein Buch mit Märchen aus Tausendundeiner Nacht. Das sind Geister, die erfüllen dir drei Wünsche. Da war eine Zeichnung drin, der hatte so eine weite Pluderhose an. Und so schaust du grad aus.«

»Na danke schön«, sagte Simon, aber er lachte ein bisschen.

»Komm her da«, sagte Rosa und zeigte auf die Sitzbank an der Wand. »Stell dich drauf, dann kann ich die Länge abstecken.«

Simon kletterte langsam auf die Bank, ganz vorsichtig belastete er das rechte Bein.

»Geht das eh mit deinem Fuß?«, fragte Rosa.

»Aber ja«, antwortete er. »Nicht ewig, aber ein bisschen schon.«

So schnell sie konnte, steckte Rosa im trüben Licht der Kerze die Länge der Hose ab. Sie musste nur ein Stück abschneiden. Herr Gruber war groß gewesen, Simon war es auch. Aber in der Weite würde sie viel Stoff wegnehmen müssen.

»Wo hast du denn so Nähen gelernt?«, fragte Simon.

»Von meiner Mutter«, nuschelte Rosa mit den Stecknadeln im Mund. »Und von meiner Tante, die war Weißnäherin.«

»Praktisch«, meinte Simon. »Warst du bei ihr in der Lehre?«

»Nein.« Rosa nahm eine Nadel aus dem Mund. »Sie ist gestorben. Und sie hätt eh kein Mädel genommen, so viel Arbeit hatte sie nicht. Aber sie hätt mich empfohlen. Nur dann hat der Krieg angefangen ...«

Simon schwieg. Rosa hatte schon mitbekommen, dass das Wort »Krieg« diesen Effekt hatte.

»Zappel nicht so«, sagte sie und steckte die letzten Nadeln fest. »So, jetzt machen wir oben weiter.«

»Oben?« Er zappelte schon wieder.

»Komm runter«, sagte Rosa. »Stell dich da hin. Stütz die Arme in die Hüften.«

»Was wird das?«, fragte Simon, aber er tat, was sie gesagt hatte.

»Die Taille«, sagte Rosa. Sie ließ sich nicht beirren. Nähen konnte sie, da fühlte sie sich sicher. »Kannst du den Gürtel aufmachen?«

»Was?! Wieso?«

»Weil ich die Weite sonst nicht ändern kann«, erklärte Rosa geduldig. »Ich muss ja wissen, wie viel auf jeder Seite wegmuss. Oder willst du ein Hosenbein haben, das doppelt so breit ist wie das andere?«

Simon schaute Rosa an, als würde er abwägen, ob das nicht die bessere Wahl sei. Dann machte er den Gürtel auf und zog ihn aus den Schlaufen.

»Halt die Hose links und rechts«, sagte Rosa. »Dann kann ich das, was wegsteht, abstecken. Ich mach es nicht zu eng, du wirst ja wahrscheinlich wieder zunehmen.«

Zitterten Simons Hände? Wurde ihm das Stehen zu viel?

»Brauchst du eine Pause?«, fragte sie.

»Nein, geht schon«, murmelte Simon mit zusammengekniffenem Mund. Rosa grinste und beugte sich vor, damit er ihre roten Wangen nicht sah. Mit schnellen Handgriffen steckte sie die Hose ab. Das machte Spaß. Sie hatte es so vermisst. Die kleinen Flickarbeiten bei Frau Gruber konnten eine richtige Nähaufgabe nicht ersetzen.

»Jetzt brauch ich die Hose«, sagte sie. »Du musst vorsichtig raussteigen.«

»Was, hier?«

»Wenn du damit bis in die Küche humpelst, fallen die halben Nadeln raus«, antwortete Rosa.

Sie drehte sich um und sagte: »Leg sie auf den Tisch.«

Sie hörte Simon hinter sich aus der Hose steigen. Hoffentlich verheddert er sich nicht und fällt noch um, dachte Rosa halb besorgt, halb belustigt.

Dann hörte sie seine Schritte, und schon war er in der Küche verschwunden. Als Rosa sich wieder auf die Bank gesetzt und die Kerze zu sich geschoben hatte, kam er in seiner kaputten Uniformhose zurück.

»Ich kann die Hose drüben nicht nähen«, sagte Rosa und fädelte Zwirn in die Nadel. »Heut Nacht werde ich sicher nicht fertig, aber vielleicht morgen.«

»Morgen ist eh gut«, sagte Simon. Er setzte sich in den Schaukelstuhl. Rosa richtete sich den Stoff. Gut, dass sie eine schwarze Hose erwischt hatte, vom schwarzen Zwirn hatte sie noch recht viel.

»Wie alt bist du eigentlich?«, fragte Simon.

»Ich werd bald sechzehn«, antwortete Rosa. Dass er das auf einmal wissen wollte. Aber vielleicht fragte er sich das schon länger. Sie wusste ja auch nichts über ihn. Sie waren noch nie dazu gekommen, über solche Dinge zu reden. »Und du?«, fragte sie.

»Achtzehn«, sagte Simon. Dann schwieg er.

Achtzehn. Seit wann er wohl bei der Armee gewesen war? Sie wollte nicht fragen. Sie wusste, wie die jungen Männer, die überall eingezogen wurden, genannt wurden: Kanonenfutter. Weil sie keine Ahnung vom Kämpfen hatten. Nur kurz ausbildet wurden sie in Massen an die Front geschickt, wo sie ganz schnell starben. »Wie die Fliegen«, hieß es.

»Und wo kommst du her?«, fragte sie.

»Aus der Josefstadt«, sagte er.

Also auch aus Wien. Die Josefstadt, der achte Bezirk, war gleich neben Ottakring und Hernals. Früher hatte der Vater dort oft zu tun gehabt. Einige Händler aus dieser Gegend hatten ihn gern mit Fuhren beauftragt.

»Und du?«, wollte Simon jetzt wissen.

»Aus Hernals.« Rosa musste schlucken. Die Erinnerung tat weh. Schon länger hatte sie nicht mehr an ihr altes Zuhause gedacht. Sie zog sich die Hose zurecht und versuchte, den Gedanken an ihre Eltern wegzuschieben.

»Ottakringer Bier, Wein aus Hernals, Gott erhalt's«, murmelte Simon.

»Was?«, fragte Rosa.

Simon schaute auf. »Das ist so ein Spruch, den haben wir als Kinder gerufen. Mein Vater hat das manchmal gesagt.«

»Den kenn ich gar nicht«, sagte Rosa.

»Ich glaub, den hatten nur wir uns ausgedacht«, sagte Simon.

»Was macht dein Vater?«, fragte Rosa.

»Tot sein.«

Sie ließ fast die Nadel fallen und stach sich dabei in den Daumen.

»Entschuldige«, flüsterte sie. »Ich hab nur … also weil du ihn vorhin erwähnt …«

»Ist schon gut«, fiel ihr Simon ins Wort. »Macht nix. Er – er war nicht so wichtig, weißt du. Und er ist schon seit fast zehn Jahren tot.«

Für eine Weile waren beide still. Rosa nähte weiter und bereute es, überhaupt gefragt zu haben.

»Seit wann ist dein Vater tot?«, fragte Simon schließlich.

»Seit November Sechzehn«, sagte Rosa leise. Sie wollte eigentlich nicht darüber reden. Aber er hatte auf ihre Frage auch geantwortet.

»Und deine Mutter?«

Rosa zögerte und kaute auf ihrer Lippe herum. Simon bemerkte es.

»Ich mein, ich hab mir das halt zusammengereimt, dass deine Eltern tot sind, sonst wärst du ja nicht bei dieser Frau Gruber, oder?«, sagte er entschuldigend.

»Stimmt eh«, sagte Rosa mit belegter Stimme. »Meine Mama ist Vierzehn gestorben, im Sommer vor dem Krieg.«

»Und du hast keine Geschwister?«, wollte er wissen.

»Nein«, sagte Rosa. »Meine Mama hätt noch ein Kind bekommen, da war ich ganz klein, aber das hat sie verloren, und dann hat sie keins mehr kriegen können.«

Rosa schloss kurz die Augen. Wieso erzählte sie das? Sie hätte einfach »Nein« sagen können, das hätte gereicht. Sie hatte das noch nie wem erzählt, hatte es auch selbst lange nicht gewusst, bis sie eines Tages einmal zufällig die Eltern im Nebenzimmer darüber sprechen gehört hatte.

»Hast du Geschwister?«, fragte sie schnell.

»Nein, nicht mehr«, sagte Simon. »Ich hab eine ältere Schwester gehabt, die Hanni. Aber im Jänner ist sie gestorben. An Tuberkulose. Sie hatte einen Buben, den Peter, der hat's gekriegt, und sie hat sich angesteckt. Ich hab Fronturlaub gehabt, aber wie ich hergekommen bin, waren sie beide schon unter der Erd'.«

Jetzt schwieg er, so als würde er sich wundern, wieso er nicht einfach »Nein« geantwortet und stattdessen so viel erzählt hatte.

»Das tut mir leid.« Mehr wusste Rosa nicht zu sagen. Es klang hohl.

Dann war es lange still, ehe Simon leise fortfuhr: »Weißt du, wie du mich hier gefunden hast, da war ich unterwegs nach Hause. Ich wollt zu meiner Mutter. Die haben mich drüben beim Wilhelminenspital ins Lazarett gelegt. Ich hab gedacht, das ist nicht weit in die Josefstadt. Ich wollt … sie besuchen. Aber man darf ja nicht vom Spital weg. Und dann waren Polizisten auf der Straße. Drum bin ich hier rein.«

»Dann war die Geschichte, dass du zu einem Freund wolltest, gelogen?«, fragte Rosa überrascht.

»Ich wusste nicht, was ich sonst hätte sagen sollen«, murmelte Simon leise. »Entschuldige.«

Rosa dachte nach. Simon hätte seiner Mutter ja schreiben können, oder jemanden schicken. Sie hätte ihn besuchen können. Sie hielt im Nähen kurz inne. Weglaufen wegen eines Besuchs bei der Mutter?

Sie schaute zu Simon. Er saß auf dem Schaukelstuhl, wie sie es auch gern tat, mit angezogenen Beinen, die Arme um die Knie geschlungen. Er schien nichts mehr dazu sagen zu wollen.

Die Verkürzung vom linken Hosenbein war fertig. Rosa schnitt den Faden durch und steckte mit den frei gewordenen Nadeln die Naht für die Außenseite genauer ab.

»Wo wohnt deine Mutter?«, fragte sie Simon.

»In der Feldgasse. Nummer sieben«, antwortete er. »Sie ist die Hausmeisterin dort.«

Rosa überlegte, ob sie heute noch mit dem rechten Hosenbein weitermachen sollte, doch die Hände wurden ihr schwer.

»Ich muss jetzt rüber«, sagte sie. »Ich bin müde, da vernäh ich mich nur.«

»Was ist denn das?«, fragte er lächelnd.

»Was?«

»Na, sich vernähen«, wiederholte Simon. »Verschreiben kenn ich, und verrechnen auch. Aber dass man sich vernäht, das hab ich so noch nie gehört.«

Rosa musste leise lachen. »Das heißt eigentlich, dass man den restlichen Faden einnäht, damit er nicht wegsteht. Aber meine Mama hat das immer gesagt, wenn sie einen Fehler gemacht hat. Drum hab ich's mir angewöhnt.«

Sie legte die Hose zusammen und verstaute sie gemeinsam mit ihren Nähsachen auf der Bank.

»Simon?«

»Ja?« Er sah aus dem Schaukelstuhl zu ihr herüber.

»Soll ich … soll ich zu deiner Mutter gehen und ihr sagen, dass du da bist?«

Seine Augen wurden groß.

»Ich muss morgen zur Drogerie«, erklärte Rosa. »Die ist direkt neben der Thaliastraße, wo die Straßenbahn fährt. Mit der bin ich schnell im Achten. Keine Ahnung, wann eine fährt. Aber die Frau Gruber weiß ja nie, wie lang ich wo anstehen muss. Der fällt das nicht auf. Ich könnt deiner Mutter was ausrichten.«

»Ja, aber was denn?«, fragte Simon fassungslos.

»Ich weiß nicht«, sagte Rosa. »Was du halt willst.«

Simon stand auf, als könnte er beim Gedanken daran nicht ruhig sitzen bleiben. Er zupfte am zu großen Hemd herum. »Nein, das geht nicht … das kann ich nicht verlangen.« Er sprach mehr mit sich selbst als mit ihr.

»Und – sie darf auf keinen Fall wissen, dass ich – dass ich weggerannt bin!«, rief er plötzlich.

»Dann sag ich es ihr nicht«, meinte Rosa.

»Du – ich könnte –« Er dachte nach. »Du musst das nicht machen«, sagte er.

»Weiß ich«, sagte Rosa. »Aber es ist vielleicht ganz nett, wenn ich mal woanders hinfahren kann.«

»Du könntest ihr nur sagen, dass du mich getroffen hast«, sagte er. »Im Lazarett oder so. Dass ich ihr nicht mehr schreiben konnte, weil ich weitergeschickt worden bin, aber dass es mir gut geht. Nur damit sie beruhigt ist.«

»Sicher«, sagte Rosa.

Simon nickte, schüttelte den Kopf, nickte wieder.

»Weißt du«, sagte er, »ich hab vielleicht die Hose von diesem Dschinni, aber eigentlich bist du die, die alle meine Wünsche erfüllt.«

Rosa lächelte. Seine Worte taten ihr gut. »Ich schau einfach, ob es sich ausgeht«, sagte sie, und dann wünschte sie ihm eine gute Nacht.

Das Lazarett

Bevor Rosa am nächsten Tag zur Drogerie ging, kaufte sie beim Hader Pferdewurst. Zum Glück wurde sie von Frau Hader bedient, Hans stand daneben und verzog das Gesicht zu einer gemeinen Grimasse, als er sie sah. Rosa versuchte, ihn zu ignorieren. Er schaffte es immer noch, dass sie sich unwohl fühlte, aber es war nicht mehr so schlimm wie früher.

Beim Klarmüller standen sie bis an die Ecke. Das war gut, weil Rosa dann ohne zu lügen behaupten konnte, dass viel los gewesen war. Obwohl es dann erstaunlich schnell ging. Sie war bald dran und konnte tatsächlich Seife bekommen.

»Bitte noch ein kleines Stück extra«, sagte sie. Das Mädchen, das ihr damals so nett mit dem Leibgürtel geholfen hatte, fragte gar nicht, sondern legte ein Stück dazu.

Als Rosa die Drogerie verließ, war es erst mitten am Vormittag. Das war gut. Jetzt durfte sie nur niemandem begegnen, der sie kannte und Frau Gruber erzählen würde, dass er ihr Mädchen bei der Tram gesehen hatte. Gut, dass es heute windig war, sie konnte ihr Schultertuch über den Kopf legen und sich etwas verstecken.

Sie stand bei der Station beinahe so lange wie vorher beim Klarmüller. Sie hatte schon gehört, dass die Stadt den Tramverkehr eingeschränkt hatte. Für die Leute, die fürs Mittagessen von der Arbeit heimfahren mussten, war das besonders schwierig. Frau Lang hatte sich mehrmals bei Frau Gruber darüber beschwert, was für eine Zumutung es für ihren Mann sei, eine kalte Jause ins Büro mitnehmen zu müssen.

Endlich kam eine Straßenbahn. Rosa drängte sich hinein und stellte sich in eine Ecke. Die Schaffnerin ging durch und kassierte. Rosa gab ihr die verlangten vierzig Heller und sah ihr nach. Immer mehr Frauen übernahmen die Arbeitsplätze der Männer, die an der Front waren. Die Schaffnerin gefiel ihr. Es war eine junge selbstbewusste Frau, sie scherzte mit den Fahrgästen, und was für eine schöne Uniform sie trug. Eine gute Arbeit hatte sie.

Beim Gürtel, der großen Kreisstraße, stieg Rosa aus. Sie wusste nicht, wohin diese Straßenbahn weiterfahren würde, und gleich hier begann der achte Bezirk. Es konnte zu Fuß nicht weit sein. Sie fragte nach der Feldgasse und jemand wies ihr den Weg. Sie ging eine große Straße entlang, dann musste sie nach rechts abbiegen, schon war sie da. Sie suchte Nummer sieben und fand ein hellgraues Haus. Ein Flügel des hölzernen Tors stand offen. Rosa ging hinein. Da stand eine Frau und kehrte auf. Konnte das –?

»Entschuldigung«, sagte Rosa. »Ich such die Hausmeisterin.«

Die Frau drehte sich zu ihr. »Das bin ich.«

Rosa freute sich. Das war ja einfach gewesen. »Sind Sie die –« Da fiel ihr erst auf, dass sie gar nicht den Nachnamen von Simon wusste. »Entschuldigen Sie, sind Sie die Mutter vom Simon?«

»Ach, die Frau Roth?«, fragte die Frau freundlich. Rosa nickte froh.

»Nein, die bin ich nicht«, kam die unerwartete Antwort. »Was willst du denn von ihr?«

Rosa wusste nicht gleich etwas zu sagen. »Ich – ich mein … Wo ist denn die Frau Roth?«, stotterte sie. »Ich hab geglaubt, sie ist auf Nummer sieben Hausmeisterin.«

»Ja eh«, sagte die Frau immer noch freundlich. »Das war sie. Aber sie ist krank geworden. Und es war ja keiner mehr da, der sich um sie kümmern hätt können. Drum haben sie sie weggebracht.«

»Wohin denn?«, fragte Rosa. Nervosität stieg hoch in ihr. »Was hat sie?«

»Die Schwindsucht halt«, sagte die Frau. »Ist ja auch die Hanni dran gestorben, die Tochter, und der kleine Bub. Da hat sie sich wohl angesteckt. Drum haben sie sie ins Krankenhaus rübergebracht, auf die Alser Straße, so vor drei Wochen.«

Damit hatte Rosa nicht gerechnet. Sie stammelte »Danke« und drehte sich um. Die Frau rief ihr noch hinterher, was sie denn von der Frau Roth wolle. Doch Rosa antwortete ihr nicht.

Schnell lief sie zurück zur großen Straße. Jetzt wusste sie, wieso sie ihr bekannt vorgekommen war. Durch die Alser Straße war sie früher mit dem Vater öfter gefahren. Sie schaute sich um, lief nach rechts, bald sah sie es. Dort vorne war das Krankenhaus. Sie kannte den weitläufigen Bau vom Sehen.

Hier war viel Betrieb. Viele Karren und sogar einige motorisierte Wagen standen herum und eine Menge Leute war unterwegs. Rosa schob sich durch und betrat das riesige Gelände. Sie war noch nie hier gewesen. Viele lange Gebäude erstreckten sich vor ihr, auf mehrere Höfe verteilt. Wie sollte sie hier Frau Roth finden?

Etwas weiter vorne erkannte sie eine große offene Tür, davor standen einige Menschen herum. Vielleicht konnte sie da eine Auskunft bekommen.

Rosa betrat den Krankenflügel. Sie befand sich am Anfang eines langen schmalen Ganges, von dem auf einer Seite einzelne Zimmer abzweigten. Sie hörte Stimmengemurmel und das Klappern von Geschirr. Sie ging zur Tür vom ersten Zimmer in der Hoffnung, jemanden vorzufinden, der hier arbeitete. Aber als sie in das Zimmer schaute, prallte sie entsetzt zurück.

Dicht an dicht standen hier fünf belegte Betten. Und gleich aus dem ersten starrte sie ein Totenschädel mit verzerrtem Grinsen an. Rosa schlug die Hand vor den Mund und stolperte nach hinten. Sie brauchte einen Moment, um es zu begreifen. Das war kein Totenschädel, es war ein lebendiger Mensch, ein magerer Mann, die Augen tief in den Höhlen liegend, der Mund offen, und weil ihm die Unterlippe fehlte und ein Teil vom Kiefer frei lag, sah er aus wie ein Skelett. Jetzt hob er die Hand, als wollte er sie ansprechen. Im Bett hinter ihm richtete sich ein anderer Mann auf, er war jünger, seine dunklen wuscheligen Haare erinnerten sie an Simon. Er drehte sich zu ihr, dabei hob er etwas die Beine, nein, nur ein Bein, vom anderen stand nur ein Stumpf hoch, der über dem Knie in einem Verband endete.

»Fräulein –«, begann er, aber da zischte plötzlich eine scharfe Stimme von links: »Besuchen Sie wen, oder was brauchen Sie?«

Rosa stolperte noch einen Schritt zurück, und der Einblick in das Zimmer war weg. Neben ihr stand eine große Rotkreuzschwester mit gestärkter Haube, weißer Schürze und strengem Blick.

»Ich … ich such wen«, stammelte Rosa.

»Jetzt ist keine Besuchszeit«, sagte die Schwester. »Die Männer brauchen ihre Ruh.«

»Keinen Mann«, sagte Rosa. »Eine Frau. Mit … mit Tuberkulose.«

»Da sind Sie hier falsch«, sagte die Rotkreuzschwester. »Die Lungenabteilung ist im vierten Hof. Da raus und links nach vorne.«

Rosa nickte und beeilte sich zurück an die frische Luft. Der Anblick der verwundeten Männer saß ihr tief in den Knochen. Während sie den großen Hof durchquerte, schwankten ihre Knie, als wären sie aus Gummi.

Im vierten Hof kam gerade ein Mann in der Uniform eines Krankenwärters aus einem der Gebäude.

»Die Lungenabteilung?«, fragte Rosa.

Der Mann nickte und hielt ihr die Tür auf. Wieder stand sie in einem engen Gang, von dem Zimmer abzweigten. Rosa hütete sich, allzu genau in eins hineinzusehen, sie hörte aber das Husten von überall.

»Kann ich Ihnen helfen?«

Rosa sah auf. Vor ihr stand ein junger Mann in einem Arztkittel. »Es ist keine Besuchszeit, das Mittagessen kommt gleich.«

»Ich weiß«, sagte Rosa. »Entschuldigung. Ich hab das nicht gewusst. Ich such wen. Eine Frau Roth. Die hier um die Ecke in der Feldgasse gewohnt hat.«

Der Arzt musterte sie. »Und warum suchst du sie? Bist du eine Verwandte?«

»Nein, ich such sie für –« Rosa unterbrach sich. Die Armee hatte Simons Fehlen sicher längst bemerkt. »– für meine Mutter. Die ist eine Bekannte. Die kann nicht kommen, sie hat kranke Beine. Sie möchte wissen, wie es der Frau Roth geht.«

Der Arzt nickte. Er drehte sich um und deutete ihr, ihm zu folgen. »Wenn er mich nur bloß nicht nach dem Vornamen fragt«, dachte Rosa.

»Ich glaub nicht, dass wir gerade eine Frau Roth haben«, sagte der Arzt und betrat eine Kammer, die wohl ein Büro war. »Aber der Name sagt mir was.«

Er griff nach einem dicken Buch auf einem Tisch. »Wann ist sie eingeliefert worden?«

»So vor drei Wochen«, antwortete Rosa. »Den genauen Tag weiß ich nicht.«

Der Arzt blätterte zwei Seiten zurück. Er fuhr mit dem Finger die Zeilen ab.

»Ah ja«, sagte er. »Da ist sie.«

Rosas Herz machte einen Sprung.

»Waltraud Roth, achter Bezirk, Feldgasse sieben?«

»Genau!«, sagte Rosa.

»Das tut mir leid«, sagte der Arzt. »Sie ist gestorben.«

»Was?« Rosa spürte, wie ihr der Boden unter den Füßen weggezogen wurde.

»Ja, leider«, murmelte der Arzt müde, wie einer, der täglich Menschen sterben sieht. »Ich erinnere mich jetzt, nette Frau, sie wollte, dass wir sie Traude nennen. Aber da war nichts zu machen, eine richtige galoppierende Schwindsucht. Sie werden ja wissen, dass sie nicht mehr die Kräftigste gewesen war. Da war nichts zu machen.«

»Wann – wann ist sie gestorben?«, fragte Rosa leise.

»Lassen Sie mich schauen«, sagte der Arzt und suchte noch einmal die richtige Zeile im Buch. »Am siebten März. Auch schon wieder vor fast zwei Wochen.«

»Wo ist sie jetzt?«, fiel Rosa noch ein.

»Ach, das kann ich nicht beantworten. Ich weiß nicht, ob Verwandte sie geholt haben oder ob die Stadt sie beerdigt hat. Da müsste man beim Amt nachfragen.«

Rosa nickte. Sie würgte ein »Dankeschön« heraus. Ihre Füße trugen sie wie von allein durch das weitläufige Gelände zum Ausgang, die ganze Alser Straße entlang, drängten sich an den Menschen vorbei, fanden die Straßenbahnhaltestelle. Erst als nach einer ewigen Wartezeit eine Tram kam und der Schaffner das Fahrgeld verlangte, erwachte Rosa aus ihrer Trance. Sie zahlte, setzte sich auf einen Platz und starrte durchs Fenster zur Stadt hinaus, die jetzt viel grauer wirkte als noch vor einer Stunde. Was sollte sie Simon sagen?

Sollte sie ihm erzählen, dass die Mutter nicht mehr in der Feldgasse lebte und sie nicht mehr herausgefunden hatte? Aber lügen? Konnte sie das?

Sie verpasste beinah ihre Haltestelle. Wie betäubt ging sie zurück zu Frau Grubers Haus. Ihre Augen waren nass, dabei hatte sie Simons Mutter gar nicht gekannt.

»Aber ihn kennst du«, dachte Rosa.

Vor dem Haus blieb sie kurz stehen und atmete tief durch. Frau Gruber durfte nichts merken. Sie musste sich zusammenreißen.

Die alte Frau empfing sie schimpfend. »Wo bist du denn die ganze Zeit, es ist schon Nachmittag! Hast du eine Wurst?«

»Die Schlangen waren so lang«, antwortete Rosa. »Und es hat nur Pferd gegeben.«

Rosa gab ihr das Geld zurück. »Ist alles schon wieder teurer geworden«, murmelte sie.

Frau Gruber murrte und leerte die Geldbörse aus. Rosa begann Frau Gruber eine Jause zu richten, dabei beobachtete sie die Witwe. Wie seltsam sie die Münzen herumdrehte. Als ob sie nicht mehr wüsste, was sie ihr mitgegeben hatte.

»Ich hab fast drei Kronen mehr gebraucht«, sagte Rosa erklärend.

»Schmarrn«, brummte Frau Gruber. »Hab ich dir nicht fünf mitgegeben?«

»Nein, acht«, antwortete Rosa wahrheitsgemäß und wunderte sich. Es war ihr schon aufgefallen, dass Frau Gruber weniger mitbekam und öfter Dinge vergaß. Aber beim Geld war sie bisher immer noch ganz genau gewesen.

Während Frau Gruber die Geldbörse in ihr Zimmer trug, stellte Rosa die Jause auf den Tisch und nahm sich auch etwas. Der Großteil der Wurst lag versteckt im Korb, gemeinsam mit der kleinen Seife, für Simon.

Am Nachmittag saß sie auf der Bank und ließ beim blauen Kleid der Mutter den letzten Rest vom Saum heraus, weil es ihr zu kurz geworden war. Die Ärmel hatte sie schon letzten Sommer schweren Herzens abschneiden müssen und ein Kleid mit kurzen Ärmeln daraus gemacht. Dann stopfte sie einen ihrer Strümpfe. Das dauerte ewig, weil sie über eine Stelle, die sie schon einmal gestopft hatte, wieder drüberstopfen musste. Wenigstens verbrauchte sie dabei Frau Grubers Zwirn, der alten Frau hatte sie nie verraten, dass sie selbst eine schöne Nähschachtel besaß. Die lag bei Simon im Gasthaus, und am Abend würde sie seine Hose fertig machen.

Simon … Was sollte sie ihm nur sagen? Während sie sich mit den Strümpfen plagte, zerbrach sich Rosa den Kopf. Aber auch als sie Stunden später nur mehr darauf wartete, dass Frau Gruber einschlief, wusste sie keine Antwort darauf.

Bis zu dem Moment, als sie das Gasthaus betrat, war sich Rosa sicher, dass sie behaupten würde, es heute nicht fortgeschafft zu haben. Aber dann sah sie sein hoffnungsvolles Gesicht.

»Und?«

Rosa suchte nach einer Möglichkeit, Zeit zu gewinnen.

»Ich hab Erdäpfelsuppe mit«, sagte sie. »Und eine Wurst, ein großes Stück. Und eine neue Kerze, weil die andere ja fast aus ist. Und sogar ein Stück Seife für dich.«

»Danke. Und sonst?« Er zappelte nervös herum.

»Wie geht es deinem Bein?«

»Sehr gut, tut fast nicht mehr weh.«

»Wir sollten schon nochmal den Verband wechseln, der war jetzt zwei Tage drauf.«

Simon nickte. »Können wir, ja.«

Sie ging an ihm vorbei und stellte den Korb auf den Tisch. Sie wollte sich gar nicht umdrehen, aber was blieb ihr denn übrig.

Er schaute sie einfach an. Seine Augen waren voller Fragen.

Du musst es ihm sagen, drängte eine Stimme in ihrem Kopf. So was kannst du ihm nicht verschweigen!

Sie wischte sich die Hände am Kleid ab. Sie räusperte sich.

»Ich – ich war dort«, begann sie langsam.

»Und?« Simons Augen weiteten sich hoffnungsvoll.

»Sie – sie war nicht zu Hause.«

»Ach.« Nur dieses Wort klang schon so enttäuscht.

Konnte sie es vielleicht dabei belassen? *Ich hab sie nicht getroffen, ich versuch es ein anderes Mal.* Ihn verschonen. Ging das nicht?

Aber ihre Stimme sprach von allein weiter: »Da war eine Frau … also, die hat mir gesagt, dass deine Mutter … also, dass sie auch krank geworden ist.«

Simons Augen wurden klein und dunkel. Noch dunkler als sie ohnehin waren.

»Was hat sie denn?«

»Sie hat – sie hat sich bei deiner Schwester angesteckt.«

»Und du weißt nicht, was jetzt mit ihr ist?«

»Schon.« Rosa musste sich wieder räuspern. »Sie ist ins Krankenhaus gebracht worden, bei der Alser Straße.«

»Und?« Das Wort war kaum zu hören.

»Ja, also – ich … ich bin hingegangen.« Die verwundeten Männer im ersten Haus fielen ihr wieder ein. Sie drängte die Bilder weg, die gehörten jetzt nicht hierher.

»Ich hab einen Doktor erwischt, der hat nachgeschaut. Sie –« Rosa wusste nicht, wie sie ihm in die Augen schauen sollte. Sie erinnerte sich, wie Josef Moser damals vor ihr gestanden war, als er diese Worte zusammengesucht hatte über ihren Vater.

»Sie ist gestorben, Simon. Am siebten März. Es tut mir so leid, ich weiß nicht –«

Die Worte waren schnell aus ihrem Mund gekommen, damit sie schnell zu dem Teil kam, wo sie etwas Tröstendes sagen konnte. Aber wie er sich wegdrehte, wie er die Hand hob, um sie abzuwehren, das ließ sie sofort verstummen. Er machte ein paar Schritte zur Tür, und auf einmal war er aus dem Gastraum draußen.

Was machte er? Lief er weg? Rosa bekam Angst. Sie hetzte hinter ihm her.

»Simon! Bleib da!«, zischte sie.

Er stand im Rosengarten, nur ein paar Schritte von der Tür entfernt. Er lief nicht weg. Er drehte ihr den Rücken zu, hatte die Arme hinter dem Kopf verschränkt und schaute zum Himmel hinauf.

Rosa atmete erleichtert aus. Aber sie konnte nicht da stehen bleiben und ihn anstarren. Er verdiente einen Moment für sich allein. Rosa ging zurück ins Haus, setzte sich auf die Bank und wartete. Neben ihr lag die Hose. Sie griff danach, legte sie aber gleich zurück. Ihre Finger zitterten viel zu sehr, sie würde keinen geraden Stich zusammenbringen.

Simon blieb lange draußen. Rosa döste beinahe ein. Der Tag hatte sie sehr müde gemacht.

Als er doch irgendwann wieder hereinkam, konnte sie ihm nicht ins Gesicht schauen. War er wütend auf sie, weil sie die furchtbare Nachricht überbracht hatte? Aber er sagte nichts, er stand nur da, starrte aus der angelehnten Tür hinaus in die Nacht, die Hände in den aufgerissenen Hosentaschen der kaputten Uniformhose.

»Weißt du, sie war noch gar nicht alt«, sagte er plötzlich. Seine Stimme klang rau. »Erst neununddreißig. Sie war ganz jung, wie sie meine Schwester gekriegt hat.«

Rosa nickte ein bisschen.

»Sie war eine feine Frau«, fuhr er fort. »Also, sie hat nie viel geredet. Wenn ich was angestellt hab als Kind, da hat sie schon feste Tachteln verteilt. Aber sie war nie böse.«

Rosa war von ihren Eltern nie geschlagen worden. Sie verstand nicht ganz, was Simon meinte, aber sie wollte ihn nicht unterbrechen.

»Aber mein Vater, weißt du, der war ein Sauhund.«

Das Wort traf Rosa unerwartet. Simon drehte sich zu ihr um. Er schien ihre Gedanken zu lesen.

»Ja, schau nicht so«, sagte er. »So war er halt. Gesoffen hat er. Und hinter jedem Rock war er her. Er war zehn Jahre älter als die Mama, aber sie hat ihn geheiratet. Weil ihre Eltern drauf gedrängt haben. Weil die Hanni gekommen ist. Aber wir haben ihn nicht oft gesehen. Er hat als Maurer gearbeitet. Wann er in der Arbeit war und wann beim Wirten, das hat man nie gewusst. Aber wenn er heimgekommen ist, hat er herumgebrüllt und gewollt, dass sie ihm ein Essen kocht und dass wir ihm was vorsingen, auch wenn's mitten in der Nacht war. Und wenn sie nicht wollt, dann –«

Simon schwieg. Rosa musste schlucken.

»Meine Oma war dort schon Hausmeisterin, das hat die Mama übernommen. Drum hatten wir eine gute Wohnung und verdient hat sie auch. Mehr als einmal hat sie ihn rausgeschmissen. Aber dann ist er immer zurückgekrochen, und sie hat ihn reingelassen. Ich weiß auch nicht … Am End hat ihn eine Mauer erschlagen, er war selber schuld, weil er besoffen war, wie er sie hochgezogen hat. Dann hat meine Mutter endlich ihre Ruh gehabt. Sie hat bei feinen Leuten geputzt und so. Damit wir länger zur Schule gehen konnten. Damit die Hanni in einem Hotel lernen hat können. Und ich bei einem Tischler. Wie sie mich eingezogen haben, da haben nur ein paar Wochen bis zur Gesellenprüfung gefehlt. Da ist sie extra aufs Amt, um sich zu beschweren, dass sie mich die noch machen lassen müssen. Aber die waren stur.«

Simon hob den Kopf. Aber er sah nicht Rosa an, sondern den Schaukelstuhl.

»Ich hatte schon das Holz für mein Gesellenstück zusammen. Ich wollt so einen Schaukelstuhl machen. Weil sie sich so einen immer gewünscht hat.« Sanft, fast zärtlich fuhr er mit dem Finger über die Lehne.

»Simon, es tut mir –«, begann Rosa stockend.

»Ja, ich weiß«, unterbrach er sie leise. »Danke, dass du dort warst. Jetzt weiß ich's wenigstens.«

Rosa stand auf. Sie hätte ihn gern umarmt. Wie es Anna damals gemacht hatte in der Wohnung der Walchers. Sie hätte nur die Hand nach ihm ausstrecken müssen, aber sie traute sich nicht. Stattdessen räumte sie das Essen aus dem Korb.

»Das sollt derweil reichen«, sagte sie leise. »Die Hose mach ich morgen, ja?«

»Sicher«, antwortete Simon kurz.

Sie blickte ihn noch einmal an, dann schlich sie zurück ins Haus. Sie holte das Hochzeitsbild ihrer Eltern aus der Kommode. Lange hatte sie es nicht mehr betrachtet.

Der Aufwand, Simon zu versorgen, ohne dass Frau Gruber etwas bemerkte, hatte so viel Kraft gekostet, sie hatte kaum an die beiden denken können. An früher, an die Schumanngasse.

Dabei fehlten sie ihr so. Wie schön es gewesen war, mit ihrer Mama. Und auch mit dem Papa. Wie er mit ihr gescherzt hatte. Ihre gemütlichen Abende zu zweit. Sie glaubte, seine Stimme zu hören. »Rosalein …«

Rosa merkte, wie ihr die Tränen über die Wangen liefen. Sie wischte sie weg, aber es kamen ständig neue nach. Sie drückte das Bild an ihre Brust. »Papa«, flüsterte sie leise. Wenn er nur bei ihr sein könnte.

Am nächsten Abend war Simon fast so wie immer. Nur seine Augen verrieten, dass er sehr schlechte Stunden hinter sich hatte. Aber er wollte nicht mehr darüber sprechen und Rosa ließ ihn in Ruhe. Sie kannte ja dieses Gefühl.

Er ließ sie sein Bein neu verbinden, der Schnitt war beinahe verheilt. Dann aß er, was sie mitgebracht hatte, während sie die Hose fertignähte. Als er sie anprobierte, konnte man zwar sehen, dass sie stark enger gemacht worden war, aber Rosa fand, sie war ganz gut gelungen. Während sie die abgeschnittenen Stoffreste wegräumte, brachte Simon ihr seine alte Uniform. Jetzt hatte er nur mehr die Schuhe.

Rosa strich mit den Händen über den graubraunen Stoff. Ein ganz billiges Material.

»Was soll ich damit machen?«, fragte sie.

»Kannst du's einheizen?«, fragte er. »Das wär mir am liebsten.«

»Sicher«, sagte Rosa. Eine Uniform zu verbrennen war wahrscheinlich auch ein Verbrechen. Aber es fühlte sich richtig an.

Zurück im Haus schob sie die Ofentür auf, stopfte die Fetzen hinein und warf zwei Kohlen hinterher. Schade, dass Simon nicht sah, wie alles Feuer fing.

Ein paar Tage später passierte dann das, was sie bereits seit einiger Zeit gefürchtet hatte. Als Simon über den Berg war, hatte sie den Gedanken schnell in den hintersten Winkel ihres Kopfes geschoben. Aber er klopfte immer wieder leise an.

Und als sie ihn an diesem Abend sah, wie Simon so still am Tisch saß und kaum das Essen anrührte, wie er vermied, in ihre Augen zu sehen, da wusste sie es. Heiß stieg es in ihr auf, als sie es aussprach: »Du willst fort, richtig? Dein Bein ist jetzt wieder gut und drum willst du weg hier.« Rosa spürte die Tränen hinter ihren Augen brennen.

»Ich muss einfach«, rief Simon leise. »Versteh doch. Ich – ich kann nicht dableiben.«

Rosa hatte immer gewusst, dass es sie hart treffen würde, wenn er ging. Aber dass es so schlimm war, hatte sie nicht gedacht.

»Aber wohin willst du denn?«, fragte Rosa verzweifelt.

Simon zuckte mit den Schultern. »Ich weiß nicht. Aus der Stadt raus. Vielleicht find ich irgendein Dorf, in dem sie einen Knecht brauchen und keiner blöd fragt.«

»Aber du bist doch kein Knecht«, sagte Rosa. »Du bist ein Tischler.«

»Ich hab nicht mal die Gesellenprüfung, Rosa«, sagte er. »Das passt schon, Hauptsache ein Ort zum Schlafen und ein bisschen Essen.«

»Sie werden dich erwischen und dann einsperren!« Rosas Stimme bekam einen schrillen Klang.

»Hier bin ich doch auch eingesperrt«, sagte Simon aufgebracht. »Wegen ihnen hock ich hier und versteck mich wie die Maus vor der Katze. Aber ich mag nimmer, Rosa.«

Dann schlug er plötzlich mit der Faust auf den Tisch, sodass Rosa zusammenzuckte.

»Ich muss«, sagte er. Er stand auf, holte seinen Beutel von hinter der Schank, zog sein Taschentuch, das sie ihm gewaschen hatte, heraus und begann, das Essen einzuwickeln.

»Was, heute?!«, fragte Rosa entgeistert. Sie begann zu zittern.

»Ja, heute«, sagte Simon. »Warten bringt nichts. Das macht's nur schlimmer.«

Er verschnürte das Taschentuch, packte es in den Beutel, leerte das Wasser in seine Feldflasche.

»Das ist nicht genug«, rief Rosa. Sie musste einen Grund finden, ihn zurückzuhalten.

»Das reicht schon«, sagte Simon. »Ich kann eh nicht so schwer schleppen.«

Rosa spürte die Panik in ihr. »Draußen sind heut viele Polizisten gewesen!«

Das stimmte zwar nicht, aber das wusste er ja nicht.

»Ich geh spät in der Nacht. Heut ist es bewölkt, wenn ich gut weiterkomm, bin ich an der Stadtgrenze, bevor es hell wird.«

Simon steckte die Feldflasche in den Beutel und stand auf.

»Im Wienerwald steht die Armee!«, rief Rosa. »Bei der Donau auch. Ich hab's in der Zeitung gelesen. Die bewachen dort alles. Die Wasserleitung und die Brücken und so. Dort sind überall Soldaten!«

Er drehte sich um, für einen Moment sah sie Unsicherheit in seinen Augen, dann schüttelte er den Kopf. »Probieren muss ich's trotzdem.«

Rosas Stimme überschlug sich fast: »Ich hab Geburtstag!«

»Was?« Ganz verwirrt sah er sie an. »Was redest du da?«

»Ich hab Geburtstag«, wiederholte Rosa und versuchte, fest und bestimmt zu klingen. »In ein paar Tagen, am fünfundzwanzigsten. Und ich – ich wünsch mir, dass du nicht weggehst! Die erwischen dich und erschießen dich, und das will ich nicht!«

Simon starrte sie an. Dann lachte er leise, aber er sah dabei traurig aus. »Ach Rosa. Verstehst du mich nicht? Würdest du dich nicht eingesperrt fühlen?«

»Doch«, sagte Rosa. »Bei Frau Gruber fühle ich mich ja auch eingesperrt. Und wenn sie mich anschreit oder mir mit dem Stock eine auf die Füße gibt … Was glaubst du denn, wieso ich hierherkomm? Ich darf sogar raus aus dem Haus, und das hilft gar nichts.«

Simon schwieg. Ein paar Mal setzte er an, um etwas zu sagen, dann hob er hilflos die Arme. »Rosa, ich kann ja nicht hierbleiben, bis der Krieg irgendwann aus ist.«

»Ich bring dir alles, was du brauchst, solang es notwendig ist.« Sie hörte selbst, wie trotzig ihre Stimme klang.

Simon schüttelte nur den Kopf. »Tut mir leid, Rosa«, sagte er. »Wirklich. Ich – das mag ich nicht, dass ich dir wehtu. Ich schulde dir so viel. Aber ich geh heut.«

Rosa begriff. Sie gab auf. Ihre Augen füllten sich mit Tränen.

Er trat zu ihr, nahm ihre Hände in seine, dann beugte er sich zu ihr und küsste sie auf die Stirn. »Ich dank dir. So sehr. Für alles. Aber – bitte, lass mich gehen.«

Rosa unterdrückte mit aller Kraft das Schluchzen, das in ihr hochstieg. Sie wollte nicht vor ihm weinen. Sie wand ihre Finger aus seinen, griff nach dem Korb und hetzte, ohne auf den Lärm des hochspritzenden Kieses zu achten, über den Hof hinüber ins Haus. Drinnen ließ sie sich auf die Sitzbank fallen, biss sich auf die Faust, um nicht zu laut zu werden, und weinte, bis sie vor Erschöpfung wegdämmerte.

Den ganzen nächsten Tag verbrachte sie in einer seltsamen Trance. Es wollte nicht in ihren Kopf hinein, dass er weg war. Auf der Straße bei ihren Einkaufswegen sah sie sich ständig um, als könnte sie ihn wo entdecken. Als sie an einer Ecke zwei Polizisten sah, zuckte sie zusammen. Hatte er es aus der Stadt hinausgeschafft? Vielleicht war er schon tot, erwischt und gleich an Ort und Stelle erschossen.

Frau Grubers gute Laune half auch nicht. Die Zeitungen berichteten, dass jetzt, wo der Frieden mit den Russen gemacht war, die Flüchtlinge in die befreiten Gebiete zurückgeschickt wurden. Die Witwe freute sich. Sie überlegte, ob auch die Ruthenen vom Haus gegenüber fortgeschickt wurden. »Ich bet zum Gottvater, dass es so ist«, murmelte sie. Rosa hätte ihr am liebsten ins Essen gespuckt.

Sie wusch die Wäsche, damit die Zeit verging. Sie schleuderte alles über die Waschrumpel, dass das Wasser nur so spritzte. All ihren Zorn presste sie in das Wellblech, bis ihre Fingerknöchel zu bluten anfingen.

Während sie die Wäschestücke auf die Leine im Innenhof zum Trocknen hängte, starrte sie durch das Gittertor zum wie immer ruhig daliegenden Wirtshaus hinüber und hasste die Welt.

Nachdem Frau Gruber abends ins Bett gegangen war, wanderte Rosa noch lange unruhig in der Küche herum. An Schlaf war nicht zu denken. Gestern Abend hatte sie sich noch geschworen, nie wieder ins Gasthaus zurückzukehren. Es war ihr kleines Reich gewesen, bevor Simon gekommen war. Aber jetzt war es mit den Erinnerungen an ihn verbunden. Sie wollte damit nichts mehr zu tun haben. Doch je später es wurde, desto mehr sehnte sie sich dorthin. Und sie musste mit eigenen Augen sehen, dass er fort war. Schließlich gab sie sich einen Ruck, warf sich das Tuch über die Schultern und schlich hinüber.

Ihr Herz klopfte stark, als sie die Tür öffnete und vorsichtig hineinspähte. Vielleicht war er ja doch … Aber der Gastraum lag leer vor ihr. Simon war weg. Die Endgültigkeit dieser Tatsache ließ abermals die Tränen in Rosas Augen hochsteigen. Wie sollte sie es aushalten, sich wieder nur um Frau Gruber zu kümmern? Welchen Sinn hatte … Plötzlich horchte Rosa auf. War da ein Geräusch? Aus der Küche?

»Rosa?« Simon trat durch die Tür.

Da war er. Sie stürzte auf ihn zu und umarmte ihn. Er ließ es sich gefallen.

»Du bist ja da!«

»Ja, bin ich.« Seine Stimme klang müde. Traurig sah er aus.

»Was war denn?«, fragte sie.

»Ich konnt's nicht«, sagte er leise. »Ich bin losgegangen, aber es war so schlimm. Ich hab immer nur dran denken können, was du gesagt hast, dass sie im Wald die Geschütze stehen haben. Und dann, ich war schon beim Ottakringer Friedhof, auf einmal war da ein Lastwagen, einer von den großen. Den hab ich gesehen und mich in ein Gebüsch geschmissen, und dann ging's einfach nimmer. Ich – ist ja kein Wunder. Feigling an der Front, Feigling daheim.« Er blickte zu Boden.

Wie verbittert er klang. So voller Hass auf sich selbst. Rosa beugte sich zu ihm, nahm seine Hände in ihre und drückte sie fest.

»Das bist du nicht!«, rief sie. »Sag das nicht. Ich – ich weiß nicht, wie das ist im Krieg, aber – du bist sicher kein Feigling, weil du da nicht mehr hinwillst!«

Sie suchte seine Augen, aber er starrte auf seine Hände.

»Jetzt bin ich halt wieder da«, flüsterte er. »Weil ich nicht gewusst hab, wohin ich sonst soll. Wenn – wenn's dir recht ist.«

»Ob es mir recht ist?« Rosa schüttelte lachend den Kopf. »Jetzt sei nicht kindisch.«

Sie stand auf. »Ich hol dir ein Essen.«

Bevor er widersprechen konnte, war sie aus der Tür draußen und drüben im Haus. Von den Knödeln konnte sie ihm nichts geben, weil Frau Gruber wusste, dass zwei Stück übrig waren. Aber da war noch ein Rest Fleischwurst, ein Stück Brot, Margarine, etwas eingelegter Kohl – damit würde er bis morgen Abend durchkommen. Und selbst wenn er ein bisschen hungrig blieb, das war doch egal. Sie hatten ihn nicht erwischt. Was für ein Glück, dass er zurück war!

Lügen

In der Reichspost stand ein hoffnungsfroher Artikel, dass Tonnen von Getreide aus der Ukraine auf dem Weg in den Westen wären. Russland hatte den Krieg beendet, jetzt sei es nur eine Frage der Zeit, bis man auch den Italienern den Todesstoß versetzen konnten. So stand es dort, »Todesstoß«, und Frau Gruber gefiel das.

Sie klopfte mit den Fingern auf die Zeitung. »Jetzt geht's diesen Polentafressern an den Kragen!«

Rosa sagte nichts dazu. Sie redete nicht mehr mit Frau Gruber, wenn es nicht sein musste. Es war mühsam genug mit der alten Frau.

Noch im Winter hatte Rosa überlegt, ob sie nicht doch Onkel Jakob schreiben sollte, dass sie Schulden bei Frau Gruber hatte. Wenn Onkel Jakob so nett war, wie er in seinen kurzen Briefen wirkte, hätte er ihr vielleicht ausgeholfen, sie hätte das Geld zurückzahlen und Frau Weißgerber sagen können, dass sie nach Mürzzuschlag wollte.

Aber abgesehen davon, dass sie Frau Gruber auch mit dem Wissen um das Lager in der Hand hatte, jetzt hatte sie ohnehin einen guten Grund zu bleiben. Sie kümmerte sich um Simon. Für ihn war sie wichtig, mit ihm konnte sie reden.

Jeden Abend, wenn sie ihm Essen gebracht hatte, blieb sie ein bisschen im Gasthaus. Sie machte das Hemd enger, nähte Flicken auf die abgescheuerten Ellbogen der Jacke und erzählte ihm dabei, was sie tagsüber erlebte und was für Neuigkeiten in der Zeitung standen.

Sie erzählte ihm von den Greißlern und den Nachbarn und den Ruthenen. Von der Attacke auf den Levy. Von ihren Eltern, von Onkel Jakob. Vom Kinderheim. Auch von Hans, nicht alles, aber dass er ein gemeiner Kerl war. Am Ende erzählte sie ihm sogar von Frau Grubers Lager, als er einmal fragte, woher sie so viel Essen hatte. Simon wurde wütend, weil Frau Gruber Rosa damit erpresste.

»Ach, ärger dich nicht«, sagte Rosa. »Ich ärger mich auch nicht mehr. So gut ich's halt schaff. Die meisten Leute kriegen nimmer genug, aber die Frau Gruber füttert uns beide ganz gut durch, und davon weiß sie nicht mal.«

Da musste Simon zugeben, dass das gar nicht so schlecht war.

Getreide kam keins. Weder aus der Ukraine noch von sonst woher. Als Rosa eines Tages mit einem halben Wecken Kriegsbrot heimkam, platzte Frau Gruber der Kragen. Das Brot war mit noch mehr Ersatzmehl versetzt als bisher. Man konnte es kaum schneiden.

Frau Gruber hievte sich hoch, riss mit dem Geschirrtuch die Ofentür auf und warf den Wecken ins Feuer. Rosa starrte sie fassungslos an.

»Das kann man ja nicht fressen!«, schimpfte die Witwe.

Sie humpelte ohne ihren Stock zum Vorratskasten und öffnete die Tür zum Lager. Rosa zog schnell die Vorhänge zu.

»Haben wir Hefe?«

»Nein«, antwortete Rosa. »Kriegt man ja kaum.«

»Morgen wirst schauen, dass du eine kriegst«, sagte Frau Gruber.

Am nächsten Tag lief Rosa bis zum Nachmittag herum, ehe sie ein winziges Stück Hefe fand. Frau Gruber war nicht zufrieden, hielt sich aber nicht lange damit auf und schickte Rosa zu Frau Navratil. »Sag ihr, dass ich mit ihr reden muss.«

Als Rosa wieder zuhause war, holte sie zwei Säcke mit Weizenmehl und Roggenmehl aus dem Lager. Das Roggenmehl roch alt, aber es war in Ordnung. Frau Gruber zeigte ihr, wie man Brot machte.

»Fad wird's halt werden, so ganz ohne Kümmel«, murrte die Witwe.

Rosa lief schon beim Geruch das Wasser im Mund zusammen. Frau Gruber hätte trotz ihres Geizes schon früher das pappige Kriegsbrot ersetzen können, fand sie.

Als Rosa das Brot in den Ofen schob, kam Frau Navratil mit ausgesprochen schlechter Laune. Ihr Wäschermädel hatte nach dem Waschen eine schöne Bluse nicht zurückgebracht.

»Hat behauptet, dass man sie ihr beim Brunnen gestohlen hätt«, schimpfte sie. »Aber das ist ein scheinheiliges Mensch. Hat sie sicher für sich behalten!«

Scheinheilig bist du selbst, dachte Rosa, während sie die Arbeitsplatte abwischte.

Da bemerkte Frau Navratil den Duft und ihre Laune besserte sich sofort. »Riech ich da ein Brot?«, fragte sie lächelnd.

»Mitzi, ich brauch Hefe«, sagte Frau Gruber. »Im Geschäft kriegt man nix. Du kannst mir da sicher helfen, oder?«

Rosa wunderte sich. Was hatte denn die ständig jammernde Frau Navratil mit Hefe zu tun?

»Ich könnt schon schauen ...«, sagte die zögernd.

»Die Hälfte vom Brot, das ich damit machen kann, ist für dich«, schlug Frau Gruber vor.

»Na, das werden wir schon hinbekommen«, sagte Frau Navratil freudig. »Aber ganz ohne was wird's schwierig.«

»Rosa, hol einen Wein«, befahl Frau Gruber.

Rosa zuckte zusammen. Aber schnell erkannte sie an den Gesichtern der beiden Frauen, dass Frau Navratil über das Lager Bescheid wusste. Rosa wischte sich die Hände ab und zog den Vorhang vom großen Fenster zu. Frau Navratil machte es beim kleinen Fenster. Hatten die beiden das schon öfter getan?

Rosa holte den Wein, Frau Navratil ließ die Flasche rasch unter ihrer Weste verschwinden.

»Ich schau, dass ich morgen mit einer Hefe zurück bin, Luisi«, sagte sie. Frau Gruber nickte zufrieden und Frau Navratil ging.

»Ich leg mich ein bisserl hin«, sagte Frau Gruber. »Mir tun die Füß weh. Schau, dass das Brot in einer Dreiviertelstunde aus dem Ofen kommt.«

Als Rosa Simon am Abend mit dem frischen Brot überraschte, erzählte sie ihm von Frau Navratil. Simon lachte, weil Rosa es nicht verstand.

»Die macht Schleichhandel«, sagte er. »Die besorgt Sachen um viel Geld hintenrum, am Schwarzmarkt. Kennst du das nicht?.«

»Schon«, sagte Rosa. »Aber das ist doch verboten.«

»Und du glaubst, das kümmert die Leut?«, fragte Simon. »Das hast du sogar an der Front. Machen sogar ein paar Offiziere mit. Mit genug Geld kriegst alles. Deine Frau Navratil wird halt wen kennen. Vielleicht einen von den Händlern. Oder sonst wen. Bei dem man alles kriegen kann, solang man genug dafür zahlt.«

»Aber von der Frau Navratil hätt ich das nicht erwartet! Die tut immer so korrekt …«, sagte Rosa.

»Geh Rosa, sei nicht kindisch«, sagte Simon. »Wer ist denn heut noch korrekt? Bist ja nicht mal selber mehr korrekt.«

Er musste lachen, aber dann sah er ihren gekränkten Blick.

»Ich mein das doch nicht bös«, sagte er. »Es tut halt jeder, was er kann fürs Überleben. Diese Navratil, und du halt auch.«

»Aber ich will das ja gar nicht«, klagte Rosa. »Die Frau Navratil ist gierig. Die hat von ihrem Mann gut geerbt, die könnte anderen helfen, aber die schaut nur, dass sie noch mehr verdient. Mir wär's lieber, wenn ich von dem Lager von der Frau Gruber gar nichts wissen tät. Oder wenn mir die Kaufleute wegen dem Geld die Sachen geben, während andere gar nix kriegen. Da genier ich mich. Ich würd das alles am liebsten herschenken!«

»Dann würd es für ein paar Leute kurz reichen, und sonst hätt keiner was davon«, meinte Simon.

»Aber es ist so ungerecht!«, rief Rosa, fast zu laut.

»Sicher ist es ungerecht. Der ganze Dreckskrieg ist ungerecht.«

Sie saßen schweigend da.

»Schau mal«, sagte Simon dann vorsichtig. »Sieh es doch so: Die Frau Gruber und die Frau Navratil machen ihre Geschäfte für sich. Aber dabei helfen sie auch dir, und du hilfst mir. Die zwei versorgen einen Fahnenflüchtling. Was glaubst du, was die sagen würden, wenn sie das wüssten?«

Jetzt musste Rosa doch schmunzeln. »Sie wären ganz bestimmt entsetzt«, sagte sie. »Dass ich so was Schlimmes mache.«

»Na siehst du«, feixte Simon. »Wenn du mit der Frau Gruber das Brot backst, kannst du dich ja damit trösten, wie brav du bist, weil du für die Frau eigentlich ganz schlimm bist.«

Rosa lachte. »Also hoffst du, dass ich weiter brav schlimm bin?«

»Ich hoff einfach, dass die Frau Navratil noch viel Hefe bringt«, antwortete Simon grinsend und griff nach der zweiten Scheibe Brot.

Frau Navratil brachte die Hefe. Rosa machte vier Laibe Brot. Die restliche Hefe kam ins Lager, gut eingepackt, damit sie lange frisch blieb. Rosa wollte gar nicht lüften, so gut roch es im Haus. Endlich wieder richtiges Brot. Und dick Marmelade aus dem Lager drauf. Schade, dass es keine Butter mehr gab.

Sie ertappte sich beim Gedanken, dass Frau Navratil ja auch Butter besorgen könnte, schnell schüttelte sie die Idee aus dem Kopf. Bei diesem Schleichhandel wollte sie definitiv nicht mitmachen.

Nicht nur das Brot besserte ihre Laune, auch der Frühling half. Der April war zwar verregnet, aber endlich wurde es warm. Im Rosengarten blühten die gelben Rosen auf, die anderen bekamen ihre Knospen, die Farben leuchteten.

Nur Frau Gruber schien den Frühling kaum zu bemerken. Rosa konnte regelrecht beobachten, wie sie von Woche zu Woche abbaute. Sie vertat sich bei ihren Kartenspielen und las dreimal denselben Zeitungsartikel, weil sie vergaß, dass sie schon eine Seite weiter gewesen war. Bald rief sie fast jeden Morgen nach Rosa. Nach dem langen Liegen kam sie allein kaum mehr aus dem Bett. Rosa musste ihr in die Kleider helfen. Dann sah sie die wunden Beine mit den schrundigen blauen Zehen, und ihr wurde übel, wenn sie den Nachttopf ausleeren musste.

Doch ein wesentlicher Vorteil an Frau Grubers Verfall war ihre Verwirrung beim Geld. Selbst Rosa fiel es schwer, die steigenden Preise im Überblick zu behalten. Frau Gruber schaffte es hingegen gar nicht mehr. Rosa konnte nun viel leichter heimlich mehr Lebensmittel kaufen und auch Zwirn für ihre Nähsachen. Nun traute sie sich auch, weitere Kleidung für Simon zu holen. Sie nahm eine zweite Hose aus dem Kasten. Die schwarze war aus dickem Stoff, bald würde er damit schwitzen. Rosa fand eine braune und außerdem zwei schmälere Hemden.

Und dann bekam Rosa mehr Freiheit, als sie jemals gedacht hätte. Es war ein Nachmittag Anfang Juni. Rosa saß am Esstisch und las gerade in einer Illustrierten, als sie Frau Gruber nach ihr rufen hörte. Die alte Frau war heute besonders kraftlos gewesen und hatte sich nach dem Essen hingelegt. Rosa schob seufzend das Heft weg und ging ins Zimmer.

»Brauchen Sie was?«, fragte sie.

Sie machte ein paar Schritte zum Bett hin. Ein scharfer Geruch ließ sie zögern. Frau Gruber saß auf ihrer Bettseite, mit dem Rücken zu Rosa.

»Mach das weg«, nuschelte sie undeutlich.

Rosa trat näher und sah, dass Frau Gruber auf den Boden erbrochen hatte. Ekel stieg in ihr hoch.

»Na geh schon«, keifte die Witwe.

Rosa lief zum Brunnen, holte den Kübel und Wasser. Sie musste mehrmals ihr eigenes Mittagessen hinunterwürgen, während sie aufwischte. Sie ließ reichlich Wasser über den Putzfetzen rinnen, holte

Essig, wusch ihn damit aus, und reinigte mit dem Essigwasser den Zimmerboden, damit der Gestank verschwand.

Frau Gruber hatte sich ächzend ihre Weste übergezogen. Ihr Anblick erschreckte Rosa. Ihre Augenlider flatterten, sie zitterte, Schweiß rann ihr über die Wangen.

»Geht es Ihnen nicht gut?«, fragte Rosa vorsichtig.

»Was glaubst denn, blödes Mensch«, murrte Frau Gruber und Rosa roch ihren fauligen Atem. »Bring mir ein Wasser.«

Im Hof spülte Rosa den Fetzen noch einmal gründlich aus, wusch sich die Hände mit viel Seife, füllte dann ein Wasserglas und trug es zu Frau Gruber.

Die Witwe trank alles in einem Zug aus, hielt Rosa das Glas hin und sagte: »Mehr.«

Rosa brachte ihr ein weiteres, wieder leerte es die alte Frau in einem Zug. Als sie das Glas auf den Nachttisch stellen wollte, glitt es ihr aus der zitternden Hand. Rosa konnte gerade noch den Fuß vorstrecken und es damit auffangen, bevor es auf dem Holzboden zerbrach.

»Soll ich um den Doktor laufen?«, fragte sie.

»Aber geh«, lallte die Witwe. Beim Versuch aufzustehen, plumpste sie hart aufs Bett zurück. Rosa fing sie auf, damit sie nicht von der Matratze rutschte.

»Na also gut«, sagte Frau Gruber. »Renn zum Stifter.«

Rosa zog die Weste an und rannte los. An den Nachmittagen war der Doktor meistens in der Praxis, aber immer öfter wurde er von der Armee in den Lazaretten eingeteilt, weil er operieren konnte.

So auch heute. Am Schild klebte ein Zettel: »Wegen Spitalsarbeit geschlossen.«

Hilflos stand Rosa eine kurze Weile vor der Tür, ehe sie sich umdrehte und zurücklief. Da sah sie, wie Doktor Weidmann gerade aus dem hohen Haus gegenüber trat. Rosa zögerte kurz, dann lief sie auf den Armenarzt zu.

»Doktor Weidmann«, rief sie außer Atem.

Er blieb stehen und lächelte ihr zu.

»Bitte, der Doktor Stifter ist nicht da«, erklärte Rosa keuchend. »Und die Frau Gruber hat sich übergeben und ist ganz komisch.«

Doktor Weidmann folgte ihr sofort. Frau Gruber saß noch auf dem Bett.

»Bist ja wieder bis Mödling gerannt«, lallte sie, als sie Rosa hörte.

»Grüß Sie, Frau Gruber«, sagte Doktor Weidmann. Die alte Frau schaute hoch, erkannte ihn und verzog das Gesicht.

»Was tun Sie denn da?«, keifte sie. »Ich hab Sie nicht gerufen!«

»Die Rosa hat mich auf der Straße getroffen, Frau Gruber«, sagte der Arzt.

»Der Doktor Stifter ist nicht da«, erklärte Rosa entschuldigend.

»Das ist mir egal«, rief die Witwe. »Ich will den Stifter. Den da will ich nicht!«

Rosa zuckte zusammen. Wie sie über Doktor Weidmann redete! Aber der schien sich nicht darüber zu ärgern, er stellte seine Tasche aufs Bett und beugte sich vor.

»Frau Gruber, ich würd Sie gern abhorchen«, sagte er geduldig.

»Kommt nicht in Frage«, herrschte Frau Gruber ihn an. »Greifen S' mich ja nicht an.«

»Frau Gruber, der Doktor will nur helfen«, versuchte Rosa sich einzumischen.

»Bist still«, schrie Frau Gruber. »Dass du dich nicht schämst, ich schick dich um den Medizinalrat, und du bringst mit den da daher.«

Sicher schäm ich mich, dachte Rosa. Für dich, wie du dich grad benimmst.

»Ist schon gut«, sagte Doktor Weidmann und machte seine Tasche wieder zu. »Ich zwing ja keinen. Frau Gruber, rasten Sie sich aus. Und trinken Sie viel, ja? Aber nur Wasser.«

»Raus aus meinem Haus!«, war Frau Grubers grobe Antwort.

Doktor Weidmann seufzte. Rosa machte die Zimmertür hinter ihnen zu. »Es tut mir so leid«, sagte sie zu ihm, aber er hob beruhigend die Hand.

»Gar nicht«, sagte er. »Das war gut von dir, dass du Hilfe holen wolltest. Ich kann sie nicht zwingen, aber ich hab auch so genug gesehen.«

»Was hat sie denn?«, fragte Rosa.

»Der Zucker«, sagte Doktor Weidmann. »Ihr Zucker im Blut muss viel zu hoch sein. Hast du mal mitbekommen, wie ihr Urin riecht?«

»Wie meinen Sie denn das?«, fragte Rosa verwirrt.

»Na, riecht er so wie deiner, oder anders?«, fragte der Arzt.

Rosa dachte nach. »Ganz süß riecht er«, sagte sie. »Wenn ich in der Früh den Nachttopf wegbringe, sonst weiß ich es nicht, da geht sie ja selber aufs Klo.«

»Geht sie oft?«

»In den letzten Tagen ist sie ständig gerannt«, meinte Rosa.

Der Arzt nickte. »Was hat sie zu Mittag gegessen?«

»Eine Einbrennsuppe mit Graupen«, sagte Rosa. »Dazu Brot und ein Glas Wein.«

»Das ist nicht gut.« Doktor Weidmann schüttelte den Kopf. »Alkohol ist ganz schlecht.«

»Das hat der Doktor Stifter auch gesagt«, sagte Rosa. »Aber sie hört ja nicht.«

»Dann kauf keinen mehr«, schlug er vor. »Sag halt, dass du keinen gekriegt hast.«

»Ich –« Rosa stockte. Sie konnte ja nicht vom Lager erzählen. »Sie kriegt ihn … auch von anderswo.«

Der Arzt nickte wissend. »Nimm einfach so wenig Zucker zum Kochen wie möglich. Ich kann mir eh denken, wie schwer das mit ihr sein muss. Aber du bist ja geschickt.«

Rosa freute sich über dieses Lob. Er kannte sie gar nicht, das war nett von ihm.

»Heut sollte sie nur mehr Gemüse essen«, sagte Doktor Weidmann. »Und viel trinken, nur Wasser, keinen Wein!«

Rosa schluckte. Die Witwe wollte einen Kaiserschmarrn, weil Rosa Eier gekriegt hatte.

»Danke schön«, sagte sie. Sie schämte sich immer noch, dass der Doktor so schlecht behandelt worden war. Der Arzt zwinkerte ihr zu und ging.

Am Abend mühte sich Frau Gruber aus dem Bett. Rosa blieb trotzig stehen. Sie würde ihr sicher nicht helfen. Sie wartete, bis die Witwe langsam aus dem Zimmer kam und sich ächzend auf die Sitzbank fallen ließ.

»Er hat gesagt, wir sollen heut Gemüse essen«, sagte Rosa.

»Soweit kommt's noch«, sagte Frau Gruber wie erwartet. »Mach den Schmarrn. Und dass du mir den da ja nimmer daherbringst, hast du gehört! Nicht genug, dass er ein Jud ist, der liest noch dazu die Arbeiterzeitung. So eine rote Brut brauch ich nicht im Haus!«

Am nächsten Tag ging es Frau Gruber besser. Aber der Anfall hatte sie geschwächt, und das blieb ihr. Sie schaffte es nicht mehr über die fünf Stufen zu Frau Navratil hinauf und ging nur mehr zur Bank vor der Tür, wo sie mit den Leuten tratschte. Rosa war froh, dass das Wetter schön war, so hatte sie die grantige alte Frau wenigstens nicht immer im Haus sitzen.

Auch den Wein ließ sich Frau Gruber nicht ausreden. Rosa schenkte ihr ein, innerlich zerrissen. Sie wollte nicht gegen den Rat der Ärzte handeln. Aber sie war auch froh, wenn Frau Gruber in ihrem Weindusel gut schlief und sie sich nicht sorgen musste, dass die alte Frau ihre abendlichen Ausflüge ins »Rosengartl« mitbekam.

Doch auch Simon maulte. Ihm war langweilig. Er hatte alle alten Zeitungen gelesen und Rosas Märchenbücher interessierten ihn nicht. Rosa klaubte auf der Straße liegende Zeitungen auf. Im Gegensatz zu Frau Gruber mochte er die Arbeiterzeitung am liebsten.

Während Rosa die Kleider für ihn änderte, las er ihr daraus vor. Die Texte waren ganz anders als die der Reichspost. Dort ging es immer nur um Durchhalteparolen, wie man den Mangel ertragen sollte, und was für kluge Entscheidungen der Kaiser und seine Generäle trafen. Die Arbeiterzeitung schrieb über die normalen Leute: Frauen, die nicht wussten, was sie noch einkaufen sollten, oder Dienstmädchen, die auf die Straße gesetzt wurden, weil ihre Herrschaften ihr Gehalt nicht mehr zahlen konnten. Darin erkannte Rosa ihre eigenen Gefühle wieder.

Frau Weißgerber kam. Sie legte Frau Gruber das Kostgeld auf den Tisch. Rosa sah, dass es viel weniger war. Doch der Witwe fiel es beim Unterschreiben gar nicht auf.

»Die Rosa ist jetzt sechzehn, Frau Gruber«, sagte die Fürsorgerin. »In dem Alter zahlt die Stadt eigentlich nicht mehr. Weil man den Mädchen eine Arbeitsstelle sucht. Aber da ist grad nichts zu machen, wegen dem Krieg.«

Rosa schluckte.

»Ich kann Ihnen nicht sagen, ob es im Juli noch ein Kostgeld gibt«, fuhr Frau Weißgerber fort. »Momentan geht's drunter und drüber. Aber dem Amt wär es recht, wenn die Rosa trotzdem bei Ihnen bleiben dürft. Weil sie hier ja versorgt ist. Und sie hilft Ihnen ja viel, nicht wahr?«

Rosa sah, wie Frau Weißgerber die Witwe musterte. War da Abneigung dabei?

Frau Gruber schien nur langsam zu begreifen, was Frau Weißgerber erzählte. Dann machte sie eine abwehrende Handbewegung.

»Solang sie alles macht, kann sie bleiben«, murmelte sie.

»Außer, die Rosa möchte zu ihrem Onkel«, sagte Frau Weißgerber. Es klang streng.

Aber Rosa schüttelte den Kopf. »Ich bleib schon«, sagte sie, auch wenn sie dabei einen Kloß im Hals hatte.

»Schreibst du ihm denn?«, fragte Frau Weißgerber.

Rosa nickte. »Ja, ich mein, also nicht so oft, aber ja, schon.«

Die Fürsorgerin blickte sie sanft an. »Wenn du was brauchst, meldest du dich, ja?«

»Sicher«, sagte Rosa. »Danke.«

Am Abend klopfte es plötzlich. Rosa sprang vom Sessel auf und öffnete die Tür. Frau Navratil drängte sich herein und tat besonders geheimnisvoll.

»Wo ist denn die Luisi?«, fragte sie.

»Die Frau Gruber hat sich schon hingelegt«, sagte Rosa kurz angebunden.

»Ist ja noch fast hell!« Frau Navratil klang vorwurfsvoll.

»Die Frau Gruber ist am Abend immer sehr müd«, erklärte Rosa.

»Ich muss ihr was erzählen«, sagte die alte Frau hastig. »Das muss jetzt sein.«

Rosa seufzte, nach viel Murren und einigen Erklärungen schaffte sie es, dass die Witwe in die Küche kam. Frau Gruber hielt beim Gehen Rosas Arm.

Frau Navratil achtete gar nicht auf Frau Grubers Zustand, ihre Geschichte sprudelte aus ihr heraus. Dass sie an Speck und Eier kommen könnte, und an Kartoffeln, weil ihr Neffe beim Hamstern in Niederösterreich gewesen sei, der würde ihr was abgeben. Sie brauchte nur etwas zum Bezahlen, dann würde sie auch mit der Luisi teilen, es wäre angeblich ganz viel Speck und vielleicht sogar zwanzig Eier für jeden.

Frau Gruber fragte nur: »Wie viel?«

»Einen Schnaps«, antwortete Frau Navratil. »Und einen Wein. Und zwanzig Kronen.«

Rosa blieb die Luft weg. Zwanzig Kronen! Dass Frau Navratil nicht an der Unverschämtheit erstickte. Aber die Witwe wies Rosa an, die Flaschen zu holen.

»Wie viel Kilo Erdäpfel sind das denn?«, fragte Rosa.

»Was weiß ich«, antwortete Frau Navratil, sichtlich erstaunt, dass Rosa sich einmischte. »Ein paar Kilo schon.«

»Jetzt bring schon die Flaschen«, wiederholte Frau Gruber..

Rosa holte widerwillig Wein und Schnaps. Dann starrte sie Frau Navratil an, während sie darauf warteten, dass Frau Gruber aus dem Zimmer zurückkam, wo sie das Geld holte. Auch wenn sie kaum allein gehen konnte, dafür hätte die Witwe Rosa niemals mitgenommen. Nie hätte sie ihr verraten, wo das Geld versteckt war.

Frau Navratil ignorierte Rosas bösen Gesichtsausdruck, bis sich Frau Gruber mit einem Geldschein in der Hand ächzend wieder am Küchentisch niederließ.

»Wann ist alles da?«, fragte sie.

»Morgen«, sagte Frau Navratil. »Oder übermorgen.«

Sie verabschiedete sich. Sobald sie aus der Tür draußen war, schüttelte Frau Gruber den Kopf. »So ein Weibsbild. Eine feine Dame wär sie gern.« Sie lachte verächtlich. »Eine feine Dame mit einem Haufen Geld in der Wäsch' ist sie, damit sie gleich zuschlagen kann, wenn sich was ergibt.«

Frau Gruber humpelte zurück ins Bett. Rosa war verärgert. Diese Aktion von Frau Navratil hatte sie Zeit gekostet, jetzt dauerte es, bis sie zu Simon gehen konnte. Sie wartete lange, bis im Zimmer Ruhe eingekehrt war.

Als Rosa durch die Wirtshaustür schlüpfte, bemerkte sie, dass es im Raum nicht mehr so düster war. Simon lag auf der Bank an der Wand. Als er Rosa sah, setzte er sich auf. »Gefällt's dir?«

Er hatte die Planen von den Fensterscheiben genommen. Das letzte Abendlicht fiel durch die halboffenen Vorhangfetzen herein.

»Ja«, sagte sie. »Glaubst du mir also endlich, dass da keiner reinschaut?«

Er nickte. »Ich hab mich dran gewöhnen müssen. Aber jetzt ist es draußen immer so schön sonnig, da schau ich mir gern die Blumen an.«

Rosa strahlte: »Ich auch. Die leuchten so.«

Alle Rosenbüsche standen in voller Blüte. Der Gasthof musste früher ein gemütlicher Ort gewesen sein mit all den Farben rundherum. Rosa meinte den Rosenduft sogar im Gastraum riechen zu können.

Als sie den Korb mit dem Essen auf den Tisch stellte, hielt Simon ihr etwas hin. Rosa musste lachen. Darum der Geruch. Es waren drei Rosen, zwei gelbe und eine rote.

»Wofür ist das denn?«, fragte sie.

»Na so halt«, sagte Simon. »Weil du damals gesagt hast, dass du Geburtstag hast. Du bringst mir immer so viel, da hab ich gedacht, wenigstens die kann ich dir geben.«

»Warst du draußen?«, fragte Rosa, während sie die Blumen verlegen annahm.

»Nur kurz, war eh schon fast dunkel«, sagte er.

Nachdem sie spät nachts zurück ins Haus geschlichen war, gab Rosa die Rosen in ein Trinkglas mit Wasser und stellte sie auf den Esstisch. Dass Frau Gruber sie am Morgen sehen würde, störte sie nicht.

Und prompt fragte die Witwe am nächsten Morgen. »Wo ist denn das her?«

»Hab ich auf der Straße von den Büschen gepflückt«, antwortete Rosa.

Alle lügen wir, dachte sie, als sie Frau Gruber das Brot richtete. Die ganze Zeit. Die Gruber mit ihrem Lager. Die Navratil mit ihrem Schleichhandel. Ich mit dem Simon und sogar mit den Rosen. Lauter Lügner sind wir mit dem Krieg geworden.

Niemandsland

Frau Navratil brachte tatsächlich die versprochenen Sachen. Achtzehn Eier, ein schönes Stück Bauchspeck und einen Sack mit fünf Kilo Kartoffeln. Sie ließ es von zwei mageren Jungen in der Dämmerung herschleppen.

Nachdem sie wieder verschwunden war, lachte Frau Gruber leise.

»Was einem die Mitzi so alles bringt«, murmelte sie.

Rosa seufzte. Die Witwe schien gar nicht mehr zu wissen, wie viel Geld sie Frau Navratil dafür gegeben hatte.

Rosa war mit diesem Schleichhandel nicht einverstanden, aber natürlich freute sie sich. Die Erdäpfel sicherten für eine ganze Weile ihren Speiseplan, die Eier ermöglichten Palatschinken oder Schmarrn, und der Speck, mit dem man endlich wieder etwas gut abrösten konnte, war ohnehin eine Freude.

Am nächsten Tag bekam Rosa beim Holl eine große Portion Sauerkraut. Sie war zufrieden. Speck, Sauerkraut und geröstete Erdäpfel – ein Festschmaus. Umso überraschter war sie, als Simon beim Anblick des Krauts das Gesicht verzog.

»Magst du das nicht?«, fragte sie enttäuscht.

»Früher schon«, murmelte er. »Es ist nur – jetzt kann ich kein Sauerkraut mehr seh'n.«

»Wieso denn nicht?«

»Weil's das so oft da unten gegeben hat«, sagte er. »An der Front.«

»Oh!« Damit hatte Rosa nicht gerechnet.

»Das verdirbt nicht und ist billig«, erklärte Simon. »Ich glaub, das hat die Armee tonnenweise eingekauft. Manchmal gab's wochenlang nichts anderes.«

Er schob die Schüssel weg.

»Bitte sei nicht bös«, sagte er. »Ich bin dir dankbar für alles. Aber das bring ich nicht runter, da wächst mir vorher der Hals zu.«

»Ist schon gut«, sagte Rosa und räumte das Sauerkraut weg. »Wenn ich das gewusst hätt, hätt ich dir mehr Erdäpfel übrig gelassen.«

Simon schüttelte den Kopf. »Nein, nein! Das reicht schon.«

Er aß den Speck und die Erdäpfel und bedankte sich noch zweimal. Aber er blieb den ganzen Abend recht still und starrte in die dunklen Ecken. Rosa verabschiedete sich bald. Als sie zur Tür ging, rief er sie noch einmal zurück.

»Rosa? Würdest du was für mich machen?« Seine Stimme klang schüchtern.

»Sicher.«

»Kannst du Haare schneiden?«

»Was?« Rosa war sehr überrascht. »Vielleicht ein bisschen.«

Die Mutter hatte dem Vater immer selbst die Haare geschnitten, Rosa hatte oft zugesehen und es nach dem Tod der Mutter ein paar Mal selbst probiert. Aber jetzt hatte sie es lange nicht mehr gemacht. Ihre eigenen Haare band sie immer in einen oder zwei feste Zöpfe, die sie manchmal mit ein paar Nadeln am Kopf feststeckte.

»Ich brauch das dringend«, sagte Simon. »Mich nervt schon der Bart so, aber den Wuschel auf dem Kopf halt ich bald nimmer aus.«

Jetzt musste Rosa lächeln. Sie mochte Simons dunkle Naturlocken. Als sie ihn im Gasthaus gefunden hatte, waren seine Haare ganz kurz geschoren gewesen. Aber mittlerweile waren sie ordentlich nachgewachsen, sie hingen ihm bis zu den Ohren.

»Kannst du eine Schere bringen?«

»Sicher«, sagte Rosa.

»Habt ihr auch ein Rasiermesser?«

»Nein«, schüttelte Rosa den Kopf. »Und so was kann ich auch nicht kaufen, ist ja kein Mann bei uns im Haus, das würd auffallen.«

»Ja sicher«, murmelte Simon und kratzte sich am Hals.

Vor dem Einschlafen dachte Rosa lange nach. Durch das Lager von Frau Gruber litt sie keinen Hunger, und für Simon konnte sie jeden Tag genug abzweigen. Aber Überfluss war es keiner. Bestimmt könnte er doppelt so viel vertragen. Heutzutage lehnte niemand mehr Essen ab, selbst wenn man etwas nicht so mochte. Aber Simon hatte das Sauerkraut verweigert. So sehr zu viel musste es an der Front gewesen sein.

Da unten … Er sprach nie davon. Er zuckte noch immer zusammen, wenn das Wort »Krieg« fiel. Er versank in Gedanken. Zuerst hatte Rosa gedacht, dass er sich so verhielt, weil er desertiert war. Aber er musste Schlimmeres erlebt haben, da unten.

Am nächsten Abend packte Rosa ihre Nähschere, die Küchenschere und ihre kleine Nagelschere ein. Dem Vater hatte sie die Haare mit einer speziellen Schere geschnitten, aber die war in der Schumanngasse geblieben.

Rosa hatte schon länger nicht mehr an die alte Wohnung gedacht. Sie schloss die Augen und versuchte, sich zu erinnern. Die Möbel, die Geräusche auf dem Gang, der Lärm von der Straße. Es war schwer.

»Wie schnell alles verblasst«, dachte sie. Dabei war es kaum zwei Jahre her.

Simon machte sich über das Essen her. Kauend musterte er sie.

»Hübsch ist das Kleid«, sagte er. »Das steht dir.«

»Danke«, murmelte Rosa verlegen. »Das ist von meiner Mutter.«

Rosa hatte die Petroleumlampe mitgebracht. Sonst benutzte Simon nur eine Kerze, damit ja kein Licht zu sehen war, aber fürs Haareschneiden musste es heller sein.

Zuerst wusste Rosa nicht, wie sie anfangen sollte. Der Vater hatte glatte und viel kürzere Haare gehabt, da hatte sie sich von der Mutter die passenden Handgriffe abgeschaut. Simons Wuschelkopf zurechtzustutzen war schwieriger.

»Das wird aber nicht so schön wie beim Friseur«, meinte sie.

»Die Armee ist mit dem Rasierer drüber«, sagte Simon gleichgültig. »Da kann's nur besser werden.«

Rosa griff mit den Fingern in die dichten Locken.

»Schad drum ist es schon«, sagte sie.

»Na, wirklich nicht«, lachte Simon.

Rosa fing ganz vorsichtig an. Eine ganze Weile hörte man nur das Geräusch der Schere, mit der kleinsten ging es am besten. Simon hielt still. Rosa konnte sein Gesicht nicht sehen, aber sie merkte, dass er wieder tief in Gedanken war.

Als sie etwa halb fertig war, traute sie sich.

»Simon?«

»Hmmm?« Er hörte gar nicht richtig hin.

»Erzählst du mir was über den Krieg?«

»Wie meinst du das?«

»Wie es dort war. Am Isonzo.«

»Wieso denn das?« Seine Stimme war abweisend und kalt.

»Weil ich's gern wissen würd«, sagte Rosa fast entschuldigend. »Also weil …«, Rosa suchte nach den richtigen Worten. »Weil ich es mir nicht vorstellen kann. In der Zeitung stehen nur Sätze, wie dass die Frontlinie gehalten wurde oder so. Ich weiß nicht, was das heißt.«

»Sei froh.«

Rosa musste sich die Finger am Kleid abwischen, ehe sie weiterschneiden konnte.

»Ich würd's gern wissen«, sagte sie.

Simon wippte schweigend mit dem linken Bein auf und ab.

»Was willst denn wissen?«, fragte er schließlich.

»Vielleicht, wo du gewesen bist«, sagte Rosa. »Und wie's dort ausgeschaut hat.«

»Gebirgig«, sagte er.

»Wirklich?« Rosa kannte die Berge nur von Bildern. Sie war noch nie verreist. Die Zeichnungen und Fotografien in der Zeitung sahen immer sehr beeindruckend aus. Berge waren Riesen, so mächtig, dass ihre Spitzen in den Wolken verschwanden.

»Waren da viele Berge?«, fragte sie neugierig. »Mit Schnee drauf?«

»Bei manchen«, sagte Simon. »Das ist dort ganz unterschiedlich. Am Anfang war ich im Süden, da waren nur Hügel. Jamiano hat das Dorf geheißen. Da bauen sie Wein an. Das hat ein bissl so ausgeschaut, wie wenn du nach Klosterneuburg fährst.«

»Ich war noch nie in Klosterneuburg«, sagte Rosa.

»Ach so«, sagte Simon. »Meine Mama ist mit der Hanni und mir früher manchmal hingefahren. Da hat eine Tante von ihr gewohnt.«

Wieder war er lange still. Dann schien er sich zu erinnern, was er erzählt hatte.

»Also in Jamiano, da war ich im Frühjahr. Da war kein Schnee, im Gegenteil, da war's schön warm. Und nass. Wenn's geregnet hat, bist du in der Stellung im Schlamm versunken. Aber wenn der Wind gepasst hat, hat man das Meer gerochen.«

»Das Meer?«, fragte Rosa aufgeregt. »Du hast das Meer gesehen?«

Das Meer fand sie noch aufregender als Berge. Es musste wunderbar sein, an einem Strand zu stehen und auf diese endlose Wasserfläche zu schauen.

»Nein, geseh'n hab ich's nie«, sagte Simon. »Hat sich nicht ergeben. Aber es war ganz nah, nur ein paar Kilometer. Überall sind die Möwen herumgeflogen.«

»Wie riecht das Meer?«, wollte Rosa wissen.

»Salzig.«

»Wieso bist du nie hingegangen? Warst du nicht neugierig?«

»Rosa, in der Armee geht man nicht einfach wo hin«, sagte Simon lachend, aber sein Lachen klang hart. »Da gehst du nicht mal schlafen, wenn's dir nicht einer anschafft.«

Wieder schwieg er eine Weile und Rosa wusste nichts zu sagen. Irgendwann sprach Simon weiter. »Ich war da auch nicht lang. Nur einen Monat. Während die Italiener versucht haben, an uns vorbei nach Triest durchzukommen. Als der Angriff vorbei war, hat man mich für drei Wochen nach Haus geschickt, Heimaturlaub. Und als ich zurückgekommen bin, haben sie mich versetzt. Da war ich dann weiter im Norden, dort waren Berge.«

»Wie haben die geheißen?«

»Die hatten verschiedene Namen. Hat sie ja jeder anders genannt. Wir Österreicher anders als die Italiener oder die Kroaten.«

»Wie habt ihr zu ihnen gesagt?«

»Zum Beispiel der Heilige. Oder der Gabriel.«

»Was? Wieso denn das?«

»Weil sie auf Italienisch so heißen. Monte Santo, das heißt ›Heiliger Berg‹. Und der andere San Gabriele, das bedeutet ›Heiliger Gabriel‹. Auf dem war meine Stellung.«

»Die Berge heißen wie Heilige?«, fragte Rosa verwundert.

»Bei den Italienern heißt fast alles irgendwie mit ›heilig‹«, sagte Simon. »Aber die Gegend war echt der gottverlassenste Ort, wo ich je gewesen bin.«

»Und du warst oben auf diesem San Gabriel?«, fragte Rosa.

»Ja. Also, na ja, nicht ganz oben drauf. In einer Kaverne an einer Flanke halt.«

»Was ist eine Kaverne?«

»Ein Stollen«, erklärte Simon. »Wie eine Höhle. Die man in den Stein hineingebaut hat.«

»Wie baut man denn so was?«

»Mit so Zeug, wie sie es im Bergbau haben«, sagte Simon. »Spitzhacken, Schaufeln. Und Bohrmaschinen, so riesige Geräte, dass Pferde sie ziehen müssen. Und Sprengstoff, weil man durch den Stein oft nicht anders durchgekommen ist.«

»Und warum baut man das?«

»Weil du dich besser wo eingräbst, bevor dir der Italiener den Hintern wegschießt.«

Rosa zuckte und verlor fast die Schere.

»Entschuldige«, murmelte Simon. »So redet man dort. Dort ist keiner empfindlich.«

»Ist schon gut«, sagte Rosa leise.

Nach einer langen Pause fragte sie: »Wie lang warst du dort, auf diesem Berg?«

»Den ganzen Sommer«, sagte Simon. »Und im Herbst. Bis November.«

»Und du warst immer in dieser – dieser Kaverne? Ich mein, da drinnen im Berg. Warst du monatelang unter der Erde?«

»Ach so.« Simon lachte leise. »Nein. Das stellst du dir falsch vor. Schau mal, alles liegt dort ganz weit oben, wie eine Hochebene, und rundherum sind ein paar höhere Gipfel. Auf dem einen bist du, auf dem anderen sind die Italiener. Und dazwischen ist das Niemandsland.«

»Niemandsland?«

»So sagt man zu dem Land zwischen den Fronten. Man steht ja nicht direkt nebeneinander. Da ist was dazwischen, das gehört keinem. Da geht keiner hin. Außer bei einer Attacke. Was die Italiener ein paar Mal probiert haben. Die wollten rüber zu uns. Alles einnehmen und die Österreicher weiter nach hinten treiben, wo's wieder in ein Tal runtergeht. Um das wurde gekämpft. Aber nicht immer. Solche Angriffe muss man gut vorbereiten, das dauert.«

»Und angegriffen haben immer die Italiener?«

»Ja, meistens«, sagte Simon. »Die wollten die Gegend erobern, die dort uns gehört. Und wir haben versucht, sie aufzuhalten. Wie ich hingekommen bin, da waren die Italiener relativ ruhig. Da haben wir die

Stellungen ausgebessert. Alles ausgebaut. Nachschub hergeschleppt. Das meiste zu Fuß, weil es nicht genug Wagen gegeben hat. Und die Wege sind so steil und schmal. Also schleppen halt die Soldaten, das Essen, das Wasser, die Munition … Ich war genug Bergsteigen für fünf Leben.«

»Ich versteh das nicht«, sagte Rosa. »Ich hab gedacht, da wird immer gekämpft an so einer Front.«

»Kleinkram gibt's eh ständig«, sagte Simon. »Dass von drüben welche rüberwummern, weil ihnen fad ist. Oder einer von unseren zu denen rüber.«

»Fad?«, fragte Rosa erstaunt.

»Irrsinnig fad«, sagte Simon. »Also nicht, dass du nichts zu tun hättest. Zeug schleppen und Munition zählen und Gewehr reinigen und was den Offizieren alles einfällt. Aber zwischen den Offensiven ist wochenlang kaum was passiert. Da liegst du oft einfach nur rum, spielst Karten und knackst deine Läuse. Und die Decke fällt dir auf den Kopf. Weil du ja nicht so oft rauskannst. Nur wenn die Italiener eine Ruh geben. Auf ein paar Wege hatten sie eine schöne Sicht, da haben sie uns oft mit Kugeln eingedeckt. Und mit den Fliegern sind sie auch über uns drüber.«

»Aber durchgekommen sind sie nicht?«

»Nein, sind sie nicht. Also einen Teil von der Hochebene und den Heiligen haben die Offiziere im Sommer hergegeben. Wegen der Taktik. Die haben wir im Herbst zurückgeholt. Aber den Gabriel haben sie nie ganz gekriegt.«

Da war ein trotziger Stolz in Simons Stimme. Rosa hingegen verstand nicht, wieso es tote Männer wert war, ob nun das eine oder das andere Land einen Berg besaß.

»Und gekämpft wird dann bei so einer –«, sie suchte das Wort, »– einer Offensive?«

»Na ja, geschossen wird immer wieder einmal«, sagte Simon. »Aber wenn du damit meinst, dass alle so richtig aufeinander losgehen, ja, da planen die Generäle alles, stellen die Soldaten und die Geschütze dorthin, wo es ihnen am besten passt, und dann geben sie den Befehl zum Angriff. Und die, die angreifen müssen, die fangen halt an. Das waren eben bis fast zum Schluss die Italiener.«

»Wie fangen die an?«, fragte Rosa. »Was macht man da?«

»Rosa, was willst du denn wissen? Wie man ein Maschinengewehr abzieht und so viele wie möglich niedermäht?«

Simon hatte so bockig den Kopf verdreht, dass sie ihm mehr Haare abschnitt, als sie gewollt hatte. Seine Schultern bebten. Er war zornig.

»Ich hab nur –«, begann Rosa erschrocken.

»Ich will aber nicht. Ich will das nicht erzählen!«, schnitt er ihr das Wort ab. Laut war er geworden. Die darauffolgende Stille lag mit großer Wucht im Raum.

Simon hatte den Kopf in den Händen vergraben. Sein ganzer Körper zitterte. Rosa legte ihm überfordert eine Hand auf die Schulter. Nach einer langen Zeit richtete er sich wieder auf. Vorsichtig griff sie nach seinen Haaren. Nur die klappernde Schere war zu hören. Als sie bei den Schläfen schnitt, sah sie sein Profil. Er starrte ins Nichts, mit unbeweglichem Gesicht, nur seine Augen rollten herum, als würde er etwas sehen, das nur für ihn da war.

Dann stellte sie sich vor ihn, vermied seine Augen, prüfte den Schnitt, fuhr ihm noch einmal über den Kopf, um die losen Haare hinunterzuwischen.

»Ich bin fertig«, sagte sie schließlich. Sie ging an ihm vorbei, legte die Schere in den Korb, suchte das Geschirr zusammen, schob die Haare am Boden zusammen.

Simon rührte sich nicht. Er schaute in eine nicht vorhandene Ferne. Mit den kurzen Haaren wirkte er ganz ungewohnt. Der dunkle Bart auf Wangen und Hals fiel nun noch stärker auf.

»Ich lass dich jetzt in Ruh«, sagte Rosa. »Entschuldige, dass ich … « Sie brach ab. Als sie vorbeiging, schnellte plötzlich seine Hand vor und packte sie am Unterarm.

»Geh nicht weg.« Er war kaum zu verstehen.

Rosa hielt inne, stand kurz unentschlossen neben ihm, dann setzte sie sich in den Schaukelstuhl und zog die Beine an. Sie fühlte sich hilflos. Simon starrte weiterhin geradeaus, lange war es still.

»Simon, es tut mir wirklich leid«, sagte sie irgendwann und ihr Mund fühlte sich ganz trocken an. »Ich wollt nicht –«

Seine erhobene Hand brachte sie zum Schweigen. Wieder lag diese schwere Stille zwischen ihnen. Rosa dachte besorgt daran, dass sie bald hinübergehen musste. Aber sie wollte Simon jetzt nicht allein lassen.

»Ich mag das, wenn's still ist«, sagte er schließlich. Rosa war froh, dass er sich rührte.

»Weißt du, dort war's immer so laut. Also, wenn nicht gekämpft wurde, war es auch mal still. Das war schön. Wenn das Wetter gut war, hat man die Sterne geseh'n, ganz nah. Aber beim Kämpfen, da war es laut. Ich mein, so laut, das dröhnt in dir bis in die Knochen. Das waren die Geschütze. Dort gibt's Mörser, große Kanonen, die sind hoch wie ein Haus. Wenn die einschlagen, da reißt's dich von den Füßen.«

Er schloss kurz die Augen, dann erzählte er weiter: »Wie gekämpft wurde, willst du wissen? Da waren die Stellungen. Höhlen, Gräben, Stollen. Auf der einen Seite wir, auf der anderen die Italiener. Die Italiener wollten uns überrennen. Das fängt immer mit der Artillerie an. Also den großen Kanonen. Die schießen. Zwei, drei Tage lang. Ständig, bis auf ein paar Stunden. Die machen alles platt. Die versuchen, so viele Stellungen wie möglich zu erwischen. Da liegst du nur am Boden mit dem Kopf zwischen den Füßen und hoffst, dass du eh weit genug hinten bist. Als mir das im Süden das erste Mal passiert ist, da hab ich nicht mehr gewusst, wie ich heiß. Das war so – ich weiß nicht. Aber auf dem Gabriel war's noch schlimmer. Wenn die Granaten dort im Fels einschlagen, da zerreißt es alles. Die Splitter fliegen überallhin. So, als würd der Berg auf dich losgehn. Und wenn die Artillerie fertig ist, dann kommen die Fußtruppen. Die greifen an. Du hast überall Stacheldraht aufgestellt, da müssen sie durch. Wenn die in Sicht kommen, dann musst du raus. An die Maschinengewehre. Dann jagen dich die Offiziere aus dem Loch. Da siehst du zuerst nichts, weil's draußen so ungewohnt hell ist. Und du weißt nicht, wohin. Weil die vordere Stellung total zerschossen ist. Weil alles gar nicht mehr so ausschaut wie vor dem Feuer. Aber der Leutnant schreit, dass du dich verschanzen musst. Also schmeißt du dich in irgendeinen Bombentrichter. Und wenn du die Italiener rennen siehst, dann schießt du. Dann nimmt man sie ins Sperrfeuer. Du hast das Maschinengewehr und knallst einfach drauflos. Bis hoffentlich alle umfallen. Wenn welche durchkommen, nimmst du das Bajonett. Oder eine Schaufel. Was du halt hast. Du haust sie alle klein. Weil wenn du's nicht tust, tun sie's. Oder der Offizier sieht, dass du nicht kämpfst, und bläst dir den Schädel weg, damit du kein schlechtes Beispiel für die andern bist.

Manchmal haben die Italiener genug Leut nach vorn gebracht. Dann haben sie eine Stellung erobert. Dann hat man sich zurückgezogen auf die hintere Linie. Und später musste man wieder nach vorn. Die Stellung zurückholen. Dann ist man selber der Angreifer. Und die Italiener haben die Maschinengewehre und knallen los.

Tagelang geht das so. Irgendwann ist mal eine kurze Pause, da kriechst du zurück ins Loch und schaust, ob's ein Brot oder ein Wasser gibt. Dann wartest du auf den nächsten Angriff. Und draußen hörst du sie. Da liegen viele im Niemandsland herum, vor allem Italiener, aber auch eigene Leute. Die kriegt keiner schnell raus, die paar Sanitäter kommen nicht nach. Und oft pfeifen denen auch noch die Kugeln um die Ohren. Also liegen die Verletzten herum und schreien. Stundenlang. Tagelang. Und weißt du, nach wem sie meistens schreien? Nach ihrer Mutter. Dazu muss man kein Italienisch können, das versteht man auch so. Vorne auf dem Hügel schreien die einen, und hinten im Stollen, beim Lazarett, wo die hinkommen, die man rausschleppen kann, schreien die andern. Und du willst dir in die Ohren schießen, damit's aufhört.«

Simons Blick war wieder in die Ferne gerichtet, mit einer eigenartigen Mischung aus Konzentration und Leere.

»Da war einer bei meiner Truppe, der Karl, aus Klagenfurt, ein ganz Lustiger. Der hatte eine Mundharmonika. Der hat's nimmer gepackt und ist raus, obwohl kein Angriff befohlen war. Ist einfach rausgestiegen. Wir haben ihm nachgebrüllt und der Leutnant wollt ihn noch schnappen. Aber er war schnell weg. Ist einfach rein ins Niemandsland. Drei Tage später hab ich ihn gefunden, bei einem Angriff. Er lag am Boden neben mir. Da war er schon schwarz. Wenn ein Angriff war, dann war es immer finster, weißt du. Auch mitten am Tag. Durch den Dreck, den die Kanonen aufgewirbelt haben. Und der Rauch von den Geschützen – wie Nebel. Nicht mal den Heiligen hat man dann geseh'n, da waren nur Wolken. Denen drüben ist es wahrscheinlich auch so gegangen. Die haben den Gabriel nimmer geseh'n. Aber es war auch immer hell, auch in der Nacht. Wegen der Blendgranaten. Und der Leuchtraketen. Es war nicht dunkel und nicht hell. Ich weiß nicht, wie man dazu sagen soll. Es war was, wie man's nicht kennt.«

Simon machte eine kurze Pause. Rosa saß wie erstarrt und hörte ihm zu.

»Du willst wissen, was das heißt, ›Frontlinie gehalten‹? Das heißt, du hockst in einem Loch, und dann geht die Hölle los, und später hockst du noch im selben Loch, und die Italiener kriechen in ihre Löcher zurück. Und dann besserst du die kaputten Wände von deinem Loch aus und die Italiener die von ihrem. Und dann wartest du, bis es von vorn losgeht. Es ist immer zu wenig Wasser da und kaum was zu fressen, und nachher kommen die Offiziere und reden was von Tapferkeit. Und verteilen Zigaretten und Schnaps, damit du dich besaufen kannst und vergisst, dass du dir grad noch vor Angst in die Hosen geschissen hast.«

Die letzten Worte hallten noch in Rosas Ohren, als Simon plötzlich aufsprang und zur Tür hinausstürzte. Rosa hörte ein Knirschen und dann ein Würgen.

Simon übergab sich in den Kies.

Allmählich kam Rosa ins Hier und Jetzt zurück. Sie merkte, wie nass ihr Gesicht war. Dass sie weinte, war ihr gar nicht aufgefallen.

Simon blieb lange draußen. Mondlicht drang durch die zerschlissenen Vorhänge. Es musste schon sehr spät in der Nacht sein. Rosa fröstelte. Eine der Decken lag hinter dem Schaukelstuhl auf dem Boden. Rosa hob sie auf und wickelte sich fest ein, aber warm wurde ihr nicht.

Als Simon wieder hereinkam, sah er anders aus. Nicht wegen der Haare. Überhaupt. Ein ganz fremder Mann. Er ging an Rosa vorbei, nahm die Kanne und goss sich Wasser in sein Glas. Er trank mit langen Zügen.

»Wieso bist du zurück?«

»Was?«

Er blickte sie an. Rosa senkte den Blick. Sie konnte dieses fremde Gesicht mit dem ungewohnten Ausdruck nicht anschauen. Sie schluckte, dann sprach sie aber weiter: »Du hast gesagt, dass du mehrmals im Heimaturlaub warst. Aber du bist doch in Italien verwundet worden. Wieso bist du dorthin zurück, nach – all dem?«

Simon zuckte kurz mit den Schultern. »Ich weiß nicht.« Er setzte sich wieder auf den Sessel. »Ich weiß nicht, wieso man das tut. Wahrscheinlich, weil man muss. Die wissen ja, wo man ist. Ich hab gesehen, wie Deserteure hingerichtet wurden. An der Front geht das schnell. Und wenn einer flüchtet, dann streichen sie seinen Leuten das Geld, mit dem die Armee die Soldatenfamilien unterstützt. Und ich wollt ja der Mama und der Hanni nicht das Geld wegnehmen. Der Mann von der Hanni war auch beim Heer, irgendwo im Osten, keine Ahnung, was aus dem geworden ist.«

»Und wo bist du verwundet worden?«

Simon sah Rosa direkt in die Augen. Jetzt konnte sie diesem seltsamen Blick standhalten. Er schaute zuerst weg.

»Ich bin nicht stolz drauf …«, flüsterte er. Rosa verstand nicht.

Er kratzte seine Bartstoppel.

»Ich wollt eh nimmer. Aber dann bin ich doch gegangen. Ich bin zurück nach Italien gekommen. Aber nicht zum Isonzo. Wir hatten die Front ja in den Süden geschoben, zu einem anderen Fluss, Piave heißt der. Wir sollten mit unseren Gewehren die Pioniere schützen, die haben Brücken gebaut, als Vorbereitung für die nächste Offensive. Die, die jetzt grad passiert. Aber ich hab nicht mehr reingefunden. Ich mein, in dieses Gefühl, dass das, was du machst, einen Sinn hat. Am Gabriel ging das irgendwie, da mussten wir den Berg halten, damit die Italiener nicht weiter in unser Gebiet einrücken. Aber am Piave war's umgekehrt, dort ist Italien, und ich hab nicht verstanden, wieso wir jetzt denen ihr Land wegnehmen sollen.

Außerdem hat's ständig geregnet, man ist nicht mehr trocken geworden. Ich wollt nimmer. Ich hab überlegt, es so zu machen wie der Karl, aber die Italiener haben ja kaum mehr geschossen. Und ich wollt das der Mutter nicht antun. Aber ich hab geahnt, dass die Offensive nichts wird. Kein Essen mehr, kaum Munition. Und drüben sind die Engländer und die Franzosen aufgetaucht, um den Italienern zu helfen. Mir war klar, entweder schießen die uns gleich über den Haufen oder wir müssen uns frisch eingraben. Ich hab mich wieder im Loch gesehen, halt in einem Schützengraben, aber Loch ist Loch. Und wieder dort liegen, voll mit Scheiße und Dreck, und den anderen beim Krepieren zuhören, das wollt ich nimmer.

Und dann war ein Tag, da sind ein paar italienische Flieger an den deutschen Flugzeugen vorbeigekommen. Einer von denen hat unsere Kompaniebaracke getroffen, und alles ist in Flammen aufgegangen. Die Kameraden, die grad drinnen waren, die sind alle nimmer rausgekommen. Der Alois, der wollt in seiner Panik aus dem Fenster im ersten Stock springen. Aber er ist wo hängen geblieben, mit dem Gürtel vielleicht, ich weiß es nicht. Jedenfalls ist er nicht mehr losgekommen. Er hing da mit dem Bauch nach oben, die Beine im Zimmer und der

Oberkörper in der Luft, und hat um Hilfe geschrien. Aber wir konnten ihm nicht helfen, weil da so eine Hitze war. Also sind ihm die Beine verbrannt, er hat gebrüllt. Bis er endlich gestorben ist, und dann ist er einfach von den kaputten Beinen abgerissen und runtergefallen, direkt vor uns. Danach war für mich alles aus. Weißt du, wie eine Kerze. Die brennt und brennt, weil sie ja muss, aber irgendwann ist das Wachs weg, und sie geht aus.«

Unwillkürlich schaute Rosa zum Tisch, wo neben der Petroleumlampe die Kerze klebte. Die Flamme zitterte, bald würde der Stummel abgebrannt sein.

»Am nächsten Tag war ein kleines Scharmützel mit ein paar Italienern. Ich hatte so die Schnauze voll. Ich hab das Gewehr weggeschmissen. Der Korporal hat's geseh'n und mich angebrüllt, aber dann hat ihn eine Kugel getroffen und er ist umgefallen. Und neben ihm lag seine Pistole. Ich hab zuerst gedacht, wenn ich mir in den Kopf schieß, glauben alle, es wär ein Feindtreffer gewesen und meine Mutter kriegt vielleicht ein Geld als Entschädigung. Aber ich wollt ja nicht sterben. Ich wollt heim. Also hab ich das Bein genommen. Und wie später die Sanitäter gekommen sind, hat keiner gefragt, sie haben mich nur ins Lazarett gebracht.«

Wie ein Fluss hatte Simon dahingeredet. Doch nur langsam drangen die Worte in Rosas Kopf hinein. Noch ehe sie alles verstanden hatte, sprach Simon weiter: »Meine Hoffnung war, dass die Kugel durchs Fleisch geht. Aber sie ist stecken geblieben. Drum haben sie operieren müssen. Aber sie haben das Bett für Leute gebraucht, die sie schneller wieder rausschicken konnten. Drum haben sie mich mit dem Zug nach Wien ins Lazarett gebracht. Dort war ein Chaos. So viele Verletzte, kaum Ärzte, nicht mal frisches Gewand. Ich hab der Mutter geschrieben, aber keine Antwort gekriegt. Und dann haben sie mir den Korporal ins Zimmer geschoben, den, von dem ich die Pistole genommen hab. Ich hab geglaubt, der ist tot. Aber er hat's überlebt. Und er ist ausgerechnet in meinem Zimmer gelandet. Er hat mich natürlich erkannt und gesagt, dass er weiß, dass ich mir einen Heimatschuss verpasst hab. Dass er mich meldet. Aber er war so krank, dass er eingeschlafen ist, bevor wer gekommen ist. Ich hab mich so gefürchtet. Drum hab ich meine Stiefel geschnappt und bin raus, durchs Fenster, wie es dunkel geworden ist. Und wie ich dann hier gelandet bin, weißt du eh.«

Simon verstummte. So lange hatte ihn Rosa noch nie reden gehört. In ihrem Kopf schwirrte es. Sie versuchte, einen klaren Gedanken zu fassen. Einer davon schrie ganz laut.

»Du hast dir selber in den Fuß geschossen?!«, stieß sie schließlich hervor. »Du wärst fast am Wundbrand gestorben!«

Simon nickte langsam. »War halt das Risiko. Das war mir lieber als weiter da unten auf andere schießen.«

Rosa wurde schwindlig. Immer hatte sie geglaubt, es wäre eine Verletzung von der Front gewesen. Dabei –

»Na, darf ich jetzt sagen, dass ich ein Feigling bin?«, fragte Simon und seine Stimme hatte einen harten Ton. »Siehst du's jetzt auch endlich so?«

Rosa atmete schwer. Was für eine Überwindung es einen kosten musste, sich selber –

Sie kniete sich neben Simon, bekam seine verkrampften Hände aber nicht zu fassen, also schlang sie ihren Arm um seinen rechten Unterschenkel, da wo jetzt die Narbe war.

»Ich bin so froh«, flüsterte sie, »dass du davongekommen bist. Dass du dir nicht in den Kopf geschossen hast. Dass du weg bist von da unten. Und ich will nicht hören, dass du zu dir ›Feigling‹ sagst!« Sie schaute auf. »Dass ist doch nicht feig, wenn man leben will! Wenn man da nimmer mitmacht! Stolz bin ich auf dich, hörst du mich, Simon? Stolz!«

Sein Zittern kam zurück. Stille Tränen rannen über seine kantigen Wangenknochen. Er drehte den Kopf weg, damit sie es nicht sah. Rosa blieb neben ihm sitzen, bis das schlimmste Zittern nachließ.

Der Schlag

Mit dem Juli kam die Hitze. Und mit ihr allerlei Krankheiten. Immer noch landete viel Müll auf den Straßen, weil die Wagen der Mistbauern oft nicht kamen. In einem Haus in der Gasse, in der Frau Bärbel wohnte, brach die Ruhr aus, vermutlich wegen einem verdreckten Abort, den sich dort einquartierte Slowenen teilen mussten, die von der Isonzofront geflohen waren.

Rosa war auf dem Weg zum Farkas und bekam mit, wie die Polizei das Haus räumte, um alle Betroffenen in ein Lazarett zu bringen, damit nicht noch mehr Leute angesteckt wurden. Es war ein großer Tumult, die Leute schimpften den Kranken hinterher. Auch Frau Bärbel war da, aber sie schrie nicht. Ganz mager war sie. Im Arm hielt sie eine zerschlissene Decke, in die ein winziges Baby gewickelt war. Als sie Rosa sah, lächelte sie ihr traurig zu und verschwand im Haustor.

Fast jeden Tag gab es irgendwo Radau. Die Nachrichten trugen dazu bei. Überall bröckelte die Front. Die Offensive am Piave wurde von heftigen Regenfällen davongeschwemmt. Der Kaiser nahm dem berühmten Feldmarschall Hötzendorf das Italienkommando weg. Die Bolschewiken in Russland erschossen ihren Zaren, Frau Gruber heulte vor Angst um den Kaiser, dabei hatte sie ihn bisher nur verächtlich den »jungen Hund« genannt.

Eines Tages überquerte Rosa gerade den Kirchenplatz, als dort eine fürchterliche Prügelei anfing. Die einen schimpften, dass die Arbeiterzeitung und deren Reporter Max Winter doch »Volksaufhetzung«

betreiben würde. »Der Winter gehört an die Wand gestellt mit allen von diesem Fetznblattl«, hörte Rosa einen schreien. Die Arbeiter brüllten zurück, andere liefen dazu, und plötzlich flogen Pflastersteine. Rosa erkannte Hans im Getümmel, wie er einem der Arbeiter in den Rücken trat. Sie raffte ihren Rock und flüchtete zurück zum Haus, hinter ihr ertönten die Pfiffe der herbeieilenden Polizei. Am Abend sagte sie zu Simon: »Ich hab das Gefühl, die Stadt fällt auseinander.«

Das Anstehen ließ Rosa jetzt meistens bleiben. Mehl konnte man vergessen, Milch und Eier genauso. Andere Dinge waren so teuer, dass Rosa die Wucherpreise kaum bezahlen wollte, auch wenn Frau Gruber das Geld wohl hatte. Außerdem wurde das Einkaufen immer unangenehmer. Fast jeden Tag standen Wachmänner bei den Geschäften und schlichteten Streit zwischen den Wartenden. Rosa nahm aus dem Geheimlager, was ging.

Sie brauchte auch nicht mehr mit Frau Gruber darüber diskutieren. So wie die Stadt, fiel auch der Verstand der alten Frau auseinander. Sie wünschte sich Schweinsschnitzel und Rindsrouladen und zeterte los, wenn Rosa ihr zu erklären versuchte, dass sie kein gutes Fleisch bekommen hatte. Dafür wollte Frau Gruber fast jeden Abend Wein, und Rosa stritt mit ihr, wässerte den Alkohol. Einmal leerte sie sogar eine halbe Flasche ins Klo, es waren nur mehr wenige in der Geheimkammer. Wenn es keine mehr gab, musste sie nicht mehr nachgeben.

Wieder einmal kam Frau Navratil mit einem ihrer Angebote. Ein fettes Kaninchen für zehn Kronen oder eine Flasche Schnaps. Frau Gruber wurde ganz aufgeregt. Rosa schnitt gerade Wruken und schnaufte verärgert.

Kaninchenfleisch kam keines. Drei Tage später begegnete Rosa Frau Navratil auf der Straße. Sie wollte die Straßenseite wechseln, aber Rosa machte zwei schnelle Schritte und versperrte ihr den Weg.

»Also wirklich«, sagte Frau Navratil. »Was soll denn das?«

»Wann bringen Sie das Kaninchen?«, fragte Rosa scharf.

Frau Navratils Nasenflügel begannen zu beben, ihr Haarknoten auch. »Ein freches Mensch bist du«, sagte sie. »Hat sich halt noch nicht ergeben.«

»Ah so?«, sagte Rosa. »Sie haben gesagt, geschlachtet wird morgen. Das wär vor zwei Tagen gewesen. So ein Fleisch wird schnell schlecht, oder?«

»Es – es ergibt sich halt nicht.« Frau Navratil bekam eine hohe Stimme.

»Dann bringen Sie halt heut den Schnaps zurück!«, forderte Rosa.

Frau Navratil starrte sie an. Rosas Herz klopfte. All ihr Zorn auf diese verlogene Frau kam in ihr hoch.

»Es wär doch schad, wenn die Frau Gruber das dem Wachmann melden müsst«, fuhr sie fort.

»Das tust du nicht!« Frau Navratils Stimme zitterte. »Das traust du dich nicht.«

»Wieso nicht?«, fragte Rosa. »Ein Flascherl Schnaps kann eine alte Frau doch haben. Ist nicht verboten. Und das tauscht sie gegen Fleisch. Nur wenn sie das nicht kriegt, interessiert das den Wachmann sicher.«

»Du kleines Miststück«, zischte Frau Navratil, doch dann grinste sie. »Dann sag ich denen alles vom Lager.«

»Das tun Sie sicher nicht«, sagte Rosa ruhig. »Weil ich denen in dem Moment ganz genau erzählen werd, wie viel Sie sich für den Schleichhandel geholt haben. Vom Speck ist sogar noch ein Stück da, als Beweis.«

Der Speck war längst weg. Aber die Drohung wirkte.

»Aber ich hab den Schnaps nicht mehr«, ächzte Frau Navratil.

»So was«, sagte Rosa. »Dann zahlen Sie ihn halt aus. Was kriegt man für den heute so? Zehn Kronen, oder?«

»Was fällt dir ein –« Kurz schien es, als wolle Frau Navratil auf Rosa losgehen, dann überlegte sie es sich offensichtlich doch anders. »So viel Geld hab ich nicht bei mir.«

»Ich glaub schon«, sagte Rosa gelassen. »Sie haben immer genug mit, sicherheitshalber, falls sich eine Gelegenheit ergibt.«

Frau Navratil schnappte nach Luft.

»Du Drecksmensch«, presste sie heraus. »Komm du mir nur –«

»Nein, Sie kommen mir nicht mehr«, schnitt Rosa ihr das Wort ab. Sie musste sich am Korb festklammern, aber ihre Stimme klang ganz ruhig, sie wunderte sich selbst. »Ich will Sie bei der Frau Gruber nicht mehr sehen.«

Frau Navratil starrte sie an. »Ich kenn die Luisi seit Jahren, da warst du noch nicht mal auf der Welt, du kleine Ratte. Du bestimmst so was schon gar nicht.«

»Die Frau Gruber ist krank«, sagte Rosa. »Sie weiß nicht mehr, was das Geld wert ist. Und Sie nutzen das aus.«

Frau Navratils Mund klappte auf und zu, aber es kam nichts mehr heraus. Aus ihrem Haarknoten hatten sich ein paar Strähnen gelöst.

»Ich krieg noch zehn Kronen.« Rosa hielt ihr die offene Hand hin.

Die alte Frau wackelte hin und her, so als wollte je ein Teil von ihr in verschiedene Richtungen weglaufen. Dann griff sie in ihren Blusenkragen, fischte Geldscheine heraus und warf einen Zehnkronenschein vor Rosa auf den Boden.

Rosa reagierte schnell genug und fing ihn noch in der Luft auf. »Danke«, sagte sie, lächelte und trat zur Seite. »Einen schönen Tag wünsch ich.«

Kurz schaute sie Frau Navratil nach. Rosa war sehr zufrieden mit sich.

Sie kaufte beim Hader von den zehn Kronen ein kleines Stück Rindfleisch. Ein paar Rüben lagen noch in der Speis.

Heut koch ich eine Suppe mit Tafelspitz, dachte Rosa. Der Simon wird eine Freude haben. Wie der schauen wird, wenn ich ihm das erzähl.

Ein paar Tage später klopfte es am Nachmittag an der Tür. Draußen stand eine fremde Frau und Rosa begriff schnell, dass es falsch gewesen war aufzumachen. Die Frau war verdreckt, ihr Gesicht voll mit roten Pusteln, die sich überall ausbreiteten, wenn sie nicht behandelt wurde. Krätze! Rosa zuckte zurück.

»Bitte, helfen S' mir«, jammerte sie. »Die Kinder haben den dritten Tag nichts außer Zuckerwasser im Bauch. Geben S' uns doch was ab.«

Bevor Rosa antworten konnte, schimpfte Frau Gruber schon vom Tisch aus: »Was unterstehen Sie sich?«

»Ich bitt Sie!«, rang die Frau mit den Händen. »Die Ausspeisung vom Arbeiterverein ist erst am Sonntag wieder da. Ich hab fünf Kinder, eins ist mir im Februar schon gestorben. Geben S' doch was ab, gnä' Frau, Sie haben doch genug, das weiß ja ein jeder.«

»So eine Frechheit«, schimpfte Frau Gruber. Ihr Gesicht wurde dunkelrot, auf der Stirn schwoll eine dicke Ader an. Rosa trat dazwischen, ehe die Frau ins Zimmer kommen konnte. Sie fischte eine Münze aus der Schürzentasche, die sie nach dem Einkaufen dort gelassen hatte.

»Nehmen S' das«, sagte sie schnell. »Und dann gehen Sie. Und kommen S' bitte nicht wieder. Und sagen Sie das keinem. Wirklich, haben Sie gehört?«

Die Frau nahm die Münze. Bevor sie weitere Bitten vorbringen konnte, hatte Rosa die Tür zugemacht und den Schlüssel umgedreht.

Frau Gruber zitterte und schimpfte. Rosa redete beruhigend auf sie ein und versuchte damit, auch sich selbst zu beruhigen. Sie hatte im Gegensatz zu Frau Gruber verstanden, was die Frau gemeint hatte: »Sie haben doch genug, das weiß jeder.«

Hatte Frau Navratil getratscht? Nein, das musste gar nicht sein. Die Greißler wussten, dass Frau Gruber Geld hatte. Der Fleischer, die Drogerie, der Kohlenhändler. Natürlich war das im Lauf der Zeit vielen Leuten aufgefallen. Jetzt hatte sich die erste hergetraut. Würden bald noch mehr kommen?

Als Rosa am nächsten Morgen aufwachte, war es bereits ungewöhnlich hell. Sie blickte auf die Uhr. Fast halb acht. Sie hatte lange geschlafen. Rosa wunderte sich, dass von Frau Gruber nichts zu hören war, dass sie noch nicht gerufen hatte.

Rosa stand auf, zog sich an, wusch sich im Hof. Die Sonne brannte jetzt schon vom Himmel, es würde ein heißer Tag werden. Sie kochte Kaffee und stand unschlüssig in der Küche herum. Dann beschloss sie, nach Frau Gruber zu sehen.

Im Schlafzimmer war es stickig. Die alte Frau lag im Bett und drehte der Tür den Rücken zu. Ihr Atem klang seltsam.

Im fahlen Licht konnte Rosa fast nichts sehen. Sie zog die Vorhänge zurück. Rosa atmete flach, der scharfe Geruch biss in der Nase. Als sie sich dann zum Bett hinunterbeugte, erschrak sie. Die Witwe lag auf der Seite. Sie war wach, aber irgendwie auch nicht. Ihre Unterlippe bewegte sich, so als wollte sie etwas sagen, aber aus ihrem Mund kam kein Wort. Ein kleiner dünner Speichelfaden hing in ihrem Mundwinkel. Das rechte Auge starrte Rosa an, zornig funkelnd. Das linke konnte die Witwe nicht ganz öffnen, auch wenn zu sehen war, wie sehr sie es versuchte.

»Frau Gruber?«, fragte Rosa sanft.

Ein heiseres Knurren kam aus dem Mund der Witwe, aber es wurde kein Wort aus ihren Mühen.

Rosa bekam es mit der Angst zu tun. »Ich hol den Doktor«, murmelte sie. Irgendetwas musste in der Nacht passiert sein. Der Arzt würde es hoffentlich wissen.

»Ich beeil mich.« Mit diesen Worten lief sie los. Zu Doktor Stifter? Der war immer am Vormittag in der Klinik. Lieber Doktor Weidmann. Frau Gruber wirkte nicht so, als ob sie sich wehren konnte. Rosa rannte die Straße hinauf. Auf der Stiege ging ihr die Luft aus, sie blieb kurz stehen und machte ein paar tiefe Atemzüge gegen das Seitenstechen.

Die Praxis war versperrt. Die Ordination begann erst um neun Uhr. Rosa hämmerte an die Tür. Zuerst hörte sie nichts, dann bewegte sich etwas. Rosa vernahm die Trippelschritte von Fräulein Mählich, dann drehte sich der Schlüssel im Schloss und das schmale Gesicht der Sprechstundenhilfe tauchte im Türspalt auf.

»Wir sind noch zu«, näselte sie.

»Ich weiß«, antwortete Rosa atemlos. »Aber ich brauche Hilfe, bitte, Frau Gruber geht es so schlecht. Ich weiß nicht, was ich tun soll.«

»Der Doktor macht die Hausbesuche nach der Ordination«, antwortete das Fräulein. »Ich schreib dich auf, aber ich weiß nicht –«

»Was ist denn los?«, kam die Stimme des Arztes von hinten.

Fräulein Mählich schob die Tür etwas auf. »Das Kostkind von der Frau Gruber.«

Doktor Weidmann trug schon seinen Mantel und die Ärmelschoner, in der Hand hielt er eine Patientenakte. Er warf Rosa über den Rand seiner Brille hinweg einen Blick zu.

Jetzt oder nie, dachte Rosa. Und laut sagte sie: »Die Frau Gruber ist in der Nacht krank geworden. Sie kann nicht reden. Sie liegt im Bett und rührt sich nicht.«

Kurz schien es, als würde Doktor Weidmann überlegen, dann klappte er die Akte zu, legte sie weg und sagte: »Dann gehen wir.«

»Aber es ist schon acht vorbei«, wandte Fräulein Mählich ein.

»Dann ist ja noch fast eine Stunde Zeit bis zur Ordination«, sagte der Arzt, zog seinen Mantel aus und griff nach seiner Weste.

»Aber die Patienten –«

»Die Patienten können gut ohne mich drauf warten, bis es neun Uhr ist. Und wenn es zehn nach neun ist, bis ich zurück bin, werden sie es auch verkraften«, antwortete Doktor Weidmann gelassen.

Fräulein Mählich warf Rosa einen bösen Blick zu, während er seine Tasche holte, dann stand er neben ihr.

»Geh voran«, sagte er freundlich und Rosa musste fast lächeln, weil es schön kitschig klang. Ohne weitere Worte folgte er ihr zum Haus der Witwe.

Als Rosa die Haustür öffnete, fiel ihr auf, dass sie gar nicht abgeschlossen hatte. An jedem anderen Tag hätte sie dafür eine riesige Standpauke befürchten müssen.

Frau Gruber lag immer noch so im Bett wie zuvor. Doktor Weidmann reichte scheinbar ein Blick, um alles zu verstehen.

»Hat sie schon vorher einmal eingenässt?«, fragte er.

Rosa wusste nicht, was er meinte.

»Ich meine, ins Bett gemacht. Ist das schon einmal passiert?«, wiederholte er sich.

Der beißende Geruch! Jetzt verstand Rosa. Sie schüttelte den Kopf.

»Ich fürchte, das wirst du sauber machen müssen«, sagte der Arzt. »Sonst liegt sie sich sofort wund. Meinst du, dass du das schaffst?

Rosa nickte, ohne weiter darüber nachzudenken.

»Was ist denn mit ihr?«, fragte sie.

Doktor Weidmann zog die Decke etwas zurück, bis die Hände von Frau Gruber zu sehen waren. Mit der einen Hand zuckte die Witwe hin und her, die andere lag schlaff auf ihr. Doktor Weidmann drückte und drehte die Hände, dann zog er die Augenlider der alten Frau nach oben und nach unten, schob ihre Unterlippe zur Seite, betrachtete die Zunge, und sagte am Ende freundlich: »Ist schon recht, Frau Gruber, ich weiß. Regen Sie sich nicht auf, es hilft eh nichts. Wir kümmern uns schon.«

Er zog ein Stethoskop aus seiner Tasche und hörte die Witwe ab. Schließlich kratzte er sich am Bart.

»Was hat sie denn?«, fragte Rosa noch einmal.

Doktor Weidmann lächelte traurig.

»Einen Schlaganfall hatte sie. Ein Gerinnsel im Blut, das eine Ader in ihrem Gehirn verstopft hat. Verstehst du das?«

Rosa nickte. »Ich glaub schon. Dann ist man gelähmt, oder?«

»Meistens«, nickte der Arzt. »Ihre rechte Seite ist lahm. Es war ein massiver Schlag.«

Er stand auf, schaute von Rosa zurück zur alten Frau. »War ja ein Wunder, wie lang sie das durchgehalten hat mit ihrem Diabetes. Vielleicht war's jetzt die Hitze.«

»Sie hat sich gestern sehr aufgeregt«, sagte Rosa. »Wegen einer Frau, die gebettelt hat.«

»Ja, das könnte dazu beigetragen haben«, sagte der Arzt.

»Was passiert jetzt?«, fragte Rosa.

»Jetzt müssen wir uns kümmern«, sagte Doktor Weidmann. Er beugte sich zur Witwe hinunter und sagte: »Ich geh mit der Rosa in die Küche, Frau Gruber, alles besprechen. Und dann kommt sie gleich und macht Ihnen ein trockenes Bett.«

Wieder kam nur ein Knurren zurück.

Nachdem Doktor Weidmann die Zimmertür geschlossen hatte, standen sie allein in der Küche.

»Stirbt sie?«, frage Rosa und wunderte sich, wie nervös die Frage sie machte.

»Ja«, sagte Doktor Weidmann einfach.

»Jetzt?«

»Jetzt, in ein paar Tagen, schwer zu sagen«, antwortete er. »Ich glaube nicht, dass es lange dauert, ihr Herz klingt sehr schwach. Voraussagen kann man es aber nicht.«

»Und was mach ich jetzt mir ihr?« Rosa fühlte sich völlig überfordert.

»Zuerst machst du sie bitte sauber. Du musst sie herumdrehen, damit du die Wäsche wechseln und sie waschen kannst. Du brauchst dich nicht fürchten, du wirst ihr nicht wehtun. Und sie kann auch nicht ausschlagen, dazu ist sie zu schwach.«

Rosa starrte den Arzt an. Ein wissendes Lächeln huschte über sein Gesicht, aber er fing sich schnell wieder. »Dann kommst du heut noch zu mir in die Ordination. Ich hab ein Mittel, das kann man ins Wasser oder in den Tee mischen. Zur Beruhigung. Damit sie sich leichter tut.«

»Kann sie denn trinken?«, fragte Rosa.

»Ja, das glaub ich schon«, sagte der Arzt. »Vorsichtig halt. Und du musst schauen, dass sie sauber bleibt. Habt ihr große Handtücher im Haus, irgendetwas, dass du ihr herumwickeln kannst, damit nicht jedes Mal alles ins Bett geht?«

Rosa dachte an die vielen Sachen im dreitürigen Schrank. Sie nickte wieder.

»Und dann warten wir nur?«, fragte sie.

»Ja.« Der Arzt hob die Schultern. »So ein massiver Schlag wird sich nicht mehr zurückbilden. Wenn sie nur liegt, wird das schnell auf die Lunge gehen.«

»Hat sie … Schmerzen?«, fragte Rosa zögernd.

Wieder hob der Arzt die Schultern. »So genau kann man das nicht wissen«, antwortete er. »Sie kann es ja nicht sagen. Aber sie ist nicht verkrampft, das ist gut.«

Rosa war erleichtert. Sie mochte die alte Frau nicht, aber sie hätte auch nicht gewollt, dass sie arg leiden musste.

»Und sie kann wirklich nicht mehr reden?«, fragte Rosa.

»Nein, nur das Brummen, das du gehört hast.«

»Und aufstehen?«

»Ganz sicher nicht.«

»Ja dann«, murmelte Rosa, »danke fürs Kommen.«

Der Arzt lächelte sie warm an, legte ihr die Hand auf den Arm und sagte: »Ein gutes Mädel bist du.« Dann nahm er seine Tasche und ging.

Rosa zog das Bett ab, holte die Waschschüssel und einen Lappen und wusch Frau Gruber. Es ekelte sie nicht mehr. Ganz im Gegenteil, wenn sie die hilflose alte Frau ansah, spürte sie sogar fast Mitleid.

Frau Gruber brummte und knurrte und machte mit der linken Hand abweisende Bewegungen. Rosa versuchte, ihr nicht wehzutun, als sie ihr ein frisches Nachthemd überstreifte. Als sie ihr eines der großen Handtücher aus dem Kasten um die Beine wickelte, funkelte ihr in den Augen der alten Frau tiefer Zorn entgegen. Die Witwe war vielleicht lahm und stumm, aber sie begriff in dem Moment, dass Rosa gewusst hatte, was sie in den Kästen finden würde. Als sie sich aufrichtete, schlug die linke Hand der Witwe gegen ihr Bein.

»Ich weiß schon, dass Sie sich ärgern«, sagte Rosa. »Aber ich kann's nicht ändern.«

Rosa zog frische Bettwäsche auf. Es war schwer, die Witwe umzudrehen. Nachdem sie dann noch die Schmutzwäsche gewaschen, ausgewrungen und auf die Wäscheleine gehängt hatte, war Rosa verdreckt und verschwitzt.

Sie zog sich bis auf die Unterhose aus, warf alles in den Bottich und wusch sich direkt am Brunnen. Sie machte es schon seit letztem Sommer so, nachdem sie erkannt hatte, dass man von keiner Seite in den Innenhof Einsicht hatte.

Danach holte sie das blaue Kleid von der Mutter und schlüpfte hinein. Sie wrang ihre schmutzigen Sachen aus und hängte sie neben die Bettwäsche.

Erst dann wagte sie, sich im Hof auf einen Ziegelstein zu setzen, eine Weile durchzuschnaufen und die schwierigen Gedanken zuzulassen, die seit dem Besuch des Arztes in ihrem Kopf wirbelten.

Was passierte, wenn Frau Gruber starb? Würde das Amt sie woanders hinbringen? Oder war sie dann auf sich gestellt? Könnte sie einfach hier wohnen bleiben? Frau Gruber hatte keine Erben, von denen Rosa wusste, vielleicht würde es gar nicht auffallen, wenn sie blieb, wo doch ohnehin gerade alles ins Chaos stürzte? Sie konnte nicht weg, was würde aus Simon werden?

Später lief sie zu Doktor Weidmann, um das Medikament zu holen. Sie musste warten und hörte mit, wie ein Mann davon erzählte, wie mühsam die Rückreise von der Front gewesen war. Dass er tagelang auf den Bahnhöfen festgesessen war, weil es keine Kohle für die Lok gegeben hatte.

»Und dann kommst heim und die Leut schauen dich nicht mal an«, brummte er. »Drei Finger hab ich gegeben fürs Vaterland, aber glaubst, einer würd ›Danke‹ sagen?«

Rosa musterte ihn heimlich. Er war jung, aber irgendwie sah er auch sehr alt aus. Rosa kannte das. Simon wirkte manchmal, als hätte er mindestens zehn Jahre mehr auf dem Buckel.

Rosa dachte nach. Mussten sie den Soldaten dankbar sein? Eigentlich schon, oder? So stand es in den Zeitungen, stolz sollte man sein und an der Heimatfront alles tun, um diese tapferen Männer zu unterstützen.

Aber wofür kämpften sie eigentlich? Rosa überlegte. Wie war das gewesen, als der Krieg vor vier Jahren begonnen hatte? Wegen dem ermordeten Thronfolger, oder? Nein, nicht nur. Das war nur der Anlass gewesen, weil man das den Serben vergelten musste. Aber das wollten die Russen nicht akzeptieren, die waren mit den Serben verbündet. Und die Deutschen waren Österreichs Verbündete. Die hatten auch Beistand geleistet. Aber die Franzosen? Wieso hatten die Deutschen eigentlich denen den Krieg erklärt? Und die Amerikaner, wieso kämpften die mit?

Rosa schwirrte der Kopf. Sie schaute sich um. Würde irgendwer ihr das überhaupt erklären können? Verstand noch jemand, wie das alles hatte passieren können?

Zuhause flößte Rosa Frau Gruber Tee mit dem Pulver von Doktor Weidmann ein. Er hatte versprochen, jeden Tag vorbeizuschauen, und sie wollte, dass er zufrieden mit ihr war. Sie wechselte das nasse Handtuch zwischen Frau Grubers Beinen, dann richtete sie sich was zu essen.

Es war noch hell. Aber sie hatte nichts mehr zu erledigen. Sie konnte Simon gleich das Essen bringen. Er wunderte sich, dass sie so früh kam. Sie erzählte ihm alles.

»Was wird dann mit dir?«, fragte er besorgt.

»Ich weiß nicht«, sagte Rosa. »Noch ist sie nicht tot.«

»Dann könntest du zu deinem Onkel fahren«, sagte er.

»Ich weiß nicht«, antwortete Rosa. »Aber ich lass dich nicht im Stich, ich versprech's.«

»Versprich nichts, was du nicht wissen kannst«, sagte Simon.

Dann sah er Rosas Gesicht, und es tat ihm sofort leid.

»Entschuldige bitte«, sagte er. »Ich mein's nicht so. Ich weiß, du machst alles für mich. Und ich bin dir dankbar. Aber weißt du, manchmal ist das richtig schlimm. Dass ich so abhängig von dir bin. Ich würd mich gern wieder selber um mich kümmern.«

»Ist schon gut«, sagte Rosa leise. Sie schob ihm das Essen hin.

»Simon, wieso haben wir diesen Krieg?«

»Wie meinst du das?«, fragte er überrascht.

»Na ja, ich hab beim Arzt drüber nachdenken müssen«, sagte Rosa. »Dass ich mich das eigentlich noch nie richtig gefragt hab. Es ist halt so. Aber wieso? Wieso führen wir Krieg gegen diese Länder? Wieso kämpfen die Soldaten überall?«

»Weil's ihnen die Generäle und der Kaiser gesagt haben«, antwortete Simon und brach sich ein Stück Brot ab.

»Aber wieso folgen sie denen?«, hakte Rosa weiter nach.

»Das«, sagte Simon und biss vom Brot ab, »das darfst mich nicht fragen. Dabei war ich selber dort.«

Er kaute und schien dabei zu überlegen. Dann sagte er: »Am Anfang war ich sogar irgendwie stolz. Das mit der Gesellenprüfung hat mich schon gestört. Aber ich weiß noch, wie ich zum ersten Mal in der Uniform zu meiner Mutter gegangen bin. Wie mich alle angelächelt haben. Die Männer haben die Hüte gehoben, um zu grüßen. Da hatte ich schon das Gefühl, dass ich was richtig mache. Dass es gut ist.«

Simon aß ein paar Bissen, dann fuhr er fort: »Man hat so ein falsches Bild vom Soldat-Sein. Wie auf den Plakaten. So ... edel, irgendwie. Aber so ist es nicht. Nur dreckig und schlimm. Aber bis man das merkt, steckt man schon mittendrin. Und die Leute daheim sehen das nicht und man kann es ihnen nicht erklären. Da müsst man ja sagen, dass man sich getäuscht hat, und das will man auch nicht. Da glaubt man lieber das Gerede von den Offizieren, vom Heldenmut und so. Ich hab auch lang gebraucht, bis ich zugeben konnt, was für ein Blödsinn das ist … Fast zu lang.«

Der Einbruch

Rosa ließ am Abend die Tür zum Schlafzimmer offen stehen und horchte auf das Atmen der Witwe. Wie lange würde sie noch weiterleben?

In dieser Nacht machte Rosa kaum ein Auge zu, aber als das erste Morgengrauen hereindämmerte, hatte sie einen Plan. Zuerst brauchte sie genug Nahrungsmittel, damit sie für ein paar Tage abgesichert waren, und Kohle. Sie machte Frau Gruber sauber, gab ihr zu trinken und räumte die Küche auf. Dann ging sie zurück ins Zimmer und hockte sich vor die Witwe. Das gesunde Auge der alten Frau musterte sie skeptisch.

»Ich brauch Geld, Frau Gruber«, sagte Rosa. »Ich kann sonst nichts kaufen. Der Doktor sagt, dass Sie ein bisschen Milch trinken sollten, für die Kraft. Vielleicht krieg ich eine.«

Frau Gruber knurrte.

»Aber ohne Geld kann ich nichts kaufen«, sagte Rosa. »Auch keine Kohle. Dann kann ich kein Wasser heiß machen. Und dann kann ich die dreckige Bettwäsche nicht auskochen …«

Das Auge der Witwe fixierte Rosa. Sie schaute ruhig zurück. Dann sah sie, wie Frau Gruber mit aller Kraft die linke Hand ein Stück nach vor schob. Rosa folgte den Fingern mit dem Blick. Der Nachttisch.

Sie zog die einzige Lade auf. Doch da war nur Kleingeld. Daneben gestickte Taschentücher aus schönem Stoff, das kleine Schreibheft und ein Nadelkissen mit Stecknadeln. Aber sonst nichts. Rosa sah Frau Gruber fragend an, deren Hand wackelte jedoch immer noch Richtung Nachttisch.

Rosa schob den Nachttisch ein Stück von der Wand weg und untersuchte die Rückseite. Nichts.

»Ich versteh Sie nicht«, sagte Rosa. Frau Gruber brummte.

Rosa überlegte. Vielleicht hatte die Witwe nicht den Nachttisch gemeint, nur die Richtung. Unter dem Bett? Sie kniete sich hin, doch sie fand auch hier nichts. Als Rosa beim Aufstehen enttäuscht den Kopf drehte, fiel ihr etwas auf.

Das Nachtkästchen hatte hohe schmale Beine. Aber von unten war zu erkennen, dass der Körper des Kästchens in der Mitte tiefer war. Da war ein breiter Quader eingelassen.

Sie betastete ihn und tatsächlich, an der Seite, die zum Bett schaute, gab es eine Öffnung. Rosa spürte kaltes Metall und zog eine schmale Schatulle heraus. Sie war verblüfft. Was für eine raffinierte Konstruktion!

Rosa kniete sich hin und betrachtete die alte graue Metallschatulle. Dass im Schloss ein kleiner Schlüssel steckte, überraschte sie. Offensichtlich hatte sich Frau Gruber mit diesem Versteck sehr sicher gefühlt.

Als Rosa den Deckel aufklappte, knurrte die Witwe. Und Rosa bekam große Augen. Fast andächtig fuhr sie mit der Hand über die Geldscheine, drehte einige Münzen in ihren Fingern. So viele Fünfer. Da war sogar ein Zwanziger, noch einer. Ein ganzes Bündel mit Zehnkronenscheinen. Noch ein Zwanziger und – ein Schein über fünfzig Kronen! Rosa nahm ihn heraus und betrachtete ihn eingehend. So einen hatte sie noch nie in der Hand gehabt. Nun war ihr klar: Frau Gruber und ihr Mann waren nicht wohlhabend gewesen. Sie hatte ein kleines Vermögen zusammengespart.

Rosa schaute die Witwe an. Ihr Auge funkelte, aber es war kein Zorn mehr. Es war Angst.

»Keine Sorge, Frau Gruber«, sagte Rosa leise. »Ich renn schon nicht weg und lass Sie hier liegen. So bin ich nicht.« Sie hielt kurz inne, dann ergänzte sie: »Außerdem muss ich mich auch um wen andern kümmern.«

Die Augenbrauen der alten Frau zogen sich zusammen, soweit ihr gelähmtes Gesicht das zuließ. Der Satz würde ihr viel zu grübeln geben. Rosa rechnete kurz, dann wählte sie einen Zwanziger und einen Zehner, schloss das Kästchen ab, nahm den kleinen Schlüssel an sich und schob die Schatulle zurück in ihr Versteck.

Aus dem Lager holte sie die letzten beiden Flaschen Schnaps und legte sie zur Geldbörse in den Korb. Dann ging sie los. Er war fast neun, die Schlangen vor den Geschäften hatten sich schon zerstreut. Für die, die sich auf die Marken verlassen mussten oder nur wenig hatten, war das Einkaufen nur mehr in der Früh erfolgreich, wenn überhaupt.

Sie ging zuerst zum Farkas. Der kleinere seiner beiden Burschen richtete etwas am Wagen und pfiff ihr hinterher. Sie versuchte, nicht darauf zu achten. Der Farkas saß an seinem Arbeitstisch und trug Zahlen in eine lange Liste ein.

»Ich komm wegen der Kohle«, sagte Rosa. »Die Frau Gruber hat Ihnen letzte Woche das Geld für einen Kübel gegeben.«

»Ist fast nichts mehr da«, antwortete der Farkas, ohne aufzusehen. »Ich wart auf die nächste Lieferung.«

»Ich brauch jetzt was«, sagte Rosa. »Die Kiste ist fast leer. Die Frau Gruber ist krank. Ich muss was kochen und Wäsche waschen.«

»Das versteh ich, Fräulein«, sagte der Farkas. »Aber der Mangel –«

Rosa holte eine Flasche Schnaps aus dem Korb und stellte sie hart vor ihm auf den Tisch. Jetzt schaute er hoch. Sie legte eine Zweikronenmünze daneben hin.

Der Farkas starrte die Flasche an.

»Gleich nächste Woche –«, begann er.

»Heut«, sagte Rosa und griff nach dem Schnaps.

»Gut!« Der Farkas zog die Flasche zu sich und legte die andere Hand auf das Geld. »Heute Nachmittag«, bestätigte er.

Rosa ging weiter zum Holl. »Wie geht's denn der Frau Gruber?«, fragte er, bemüht freundlich wie immer, als Rosa das Geschäft betrat.

»Nicht so gut«, sagte Rosa. »Ich brauch Gemüse für eine Suppe. Und Milch.«

»Das mit der Milch ist schwierig«, sagte der Greißler.

Rosa legte den Zehnkronenschein auf den Tisch und ohne ein weiteres Wort holte Herr Holl zwei Papiersackerl, füllte Karotten hinein, Zwiebeln, gelbe Rüben, verschwand kurz im Lager und kam mit einer Flasche Milch zurück.

»Haben Sie Erdäpfel?«, fragte Rosa.

»Nur im Kilosack«, sagte er. »Nochmal zwei Kronen extra.«

Rosa suchte die passenden Münzen.

»Fräulein, mit Ihnen kann man ja schon genauso zackig Geschäfte machen wie mit Ihrer Hausherrin«, sagte der Holl belustigt.

Rosa antwortete nicht. Sie räumte das Gemüse und die Milch in den Korb. Den Erdäpfelsack klemmte sie unter den Arm.

Beim Hader vertrieben die Preise in der Vitrine mittlerweile auch die Reicheren. Hans wischte gerade Schüsseln aus und starrte Rosa an. Sie ignorierte ihn und wartete, bis Herr Hader nach vorn kam.

»Sie wünschen?«, fragte er.

»Ein Rindfleisch für Suppe«, sagte Rosa. »Dann dieses Stück von der Pferdewurst, zwei Dosen Leberwurst und die fünf harten Würstel da drüben.«

Herr Hader hob amüsiert die Augenbrauen. Hans lachte laut.

Rosa zog die zweite Flasche Schnaps aus dem Korb und fischte den Zwanzigkronenschein aus der Geldbörse. Herr Hader und Hans starrten darauf, als sie beides auf die Vitrine legte.

Herr Hader schluckte. »Hans, pack das Rindfleisch ein.«

Eine Minute später verließ Rosa das Geschäft. An der Ecke blieb sie kurz stehen und atmete tief durch. Am Heimweg kam ihr ein Kinderreim in den Sinn: »Krone, Heller, Gold und Geld – was kost' die Welt?«

Als sie die Suppe kochte, klopfte es und der kleine humpelnde Bursch vom Farkas brachte die Kohlen.

»Gut riecht das hier bei Ihnen«, sagte er.

Rosa antwortete nicht.

»Wie geht's denn der Frau Gruber?« Er sah sich im Zimmer um.

»Geht so«, sagte Rosa. Sie schöpfte leere Suppe in ein Häferl, das schon einen Sprung hatte. Das drückte sie ihm in die Hand und dann machte sie die Haustür auf.

»Danke schön«, sagte sie. »Wiedersehn.«

Der Bursche schlurfte grinsend hinaus. »Aber Ihr Häferl …«, sagte er.

»Brauchen wir nimmer«, antwortete Rosa.

Es sprach sich schnell herum, was passiert war. Frau Navratil klopfte an und erkundigte sich mit verlogener Stimme, wie es der Luisi ginge, ob Rosa etwas brauchte, das man besorgen könne …? Rosa machte ihr die Tür vor der Nase zu.

Doktor Weidmann kam wie versprochen jeden Tag vorbei, um nach Frau Gruber zu sehen. Er schüttelte dabei meistens den Kopf.

»Das geht schnell«, sagte er. »Sie ist stur, aber das Herz macht nicht mehr lange mit.«

Rosa schaute die Vorräte durch. Mit dem restlichen Mehl und dem Germ konnte sie noch vier oder fünf Laibe Brot backen. Das Milchpulver und die Erdäpfel reichten eine Weile. Einige Gläser mit eingemachtem Gemüse waren übrig, ein bisschen Grieß, etwa zwei Kilo Zucker, dazu frische harte Würste vom Hader. Acht Eier und Äpfel vom Meier. Seit die Händler wussten, dass Rosa jetzt das Geld verwaltete, bekam sie alles, was die Händler noch hatten. Hauptsache, sie bezahlte den geforderten Preis.

Manchmal stieg das nervöse Lachen in Rosa hoch, wenn sie überlegte, wie absurd die Preise waren. Was man früher für so viel Geld bekommen hätte … Aber es beruhigte sie, wenn genug da war, falls die Pflege von Frau Gruber schwieriger werden würde und sie für ein paar Tage nicht aus dem Haus kommen sollte. Und sonst könnte sie das

Essen immer noch zu Simon hinüberschaffen, sollte man sie nach dem Tod der alten Frau wegholen wollen.

Nachts lag sie wach und grübelte, ob sie Simon irgendwie aus der Stadt bringen könnte. Denn ihr war eine weitere Überlegung gekommen: Auf dem Schwarzmarkt gab es auch gefälschte Papiere. Um teures Geld natürlich, aber das lag ja in der Schatulle.

Aber das war noch viel gefährlicher als der Schleichhandel mit den Lebensmitteln, und Rosa wusste nicht, wie sie das angehen konnte.

Als sie eines Nachts wieder darüber nachdachte, ließ sie ein plötzliches Geräusch aus Frau Grubers Zimmer aufhorchen. Manchmal hatte die Witwe Krämpfe, dann schüttelte es sie. Einmal war sie dabei fast aus dem Bett gefallen. Rosa lauschte. Doch das Geräusch kam vom Hof.

Rosa setzte sich auf. Ihr Herz klopfte. Da kratzte etwas am Fenster von Frau Gruber. Wer war da draußen? Ein Tier? Rosa stand auf. Als sie die Tür ins Schlafzimmer öffnete, krachte es plötzlich. Eine Scheibe wurde eingeschlagen, eine Hand drehte den Griff zur Seite, das Fenster schwang auf.

Rosa erstarrte, sah, wie ein Mann durchs Fenster kletterte, wie er mitten im Raum stand und zur Witwe schaute. Dann kam ein zweiter, ein größerer. Er drehte sich um, blickte Rosa gerade ins Gesicht. Seines konnte sie nicht sehen. Sie hatten sich wollene Winterhauben über den Kopf gezogen, nur für die Augen waren Löcher ausgeschnitten.

Jetzt löste sich ihre Starre, Rosa schrie auf und schlug sich sofort die Hand vor den Mund. Der größere Mann kam einen Schritt auf sie zu, da kam ein weiterer Schrei durch ihre Finger. Sie stolperte nach hinten, krachte gegen die Kommode, die steinerne Madonna fiel hinunter und zerschellte mit lautem Krach auf dem Boden.

»Hast du nicht gesagt, sie schläft draußen in der Küche?«, zischte der große Mann. Seine Stimme war durch die Haube gedämpft und verzerrt.

Der Kleinere kam nun ebenfalls näher, Rosa schrie wieder. Jetzt gerieten die Einbrecher in Panik, das hatten sie offensichtlich nicht erwartet. So schnell sie gekommen waren, waren sie wieder aus dem Fenster geklettert. Rosa konnte ihre Schatten davonhuschen sehen, das Gittertor schlug gegen die Ziegelmauer. Die beiden verschwanden über den Rosengarten! Ein mächtiger Schreck fuhr Rosa in die Glieder.

Simon! Rosas Finger hatten sich ineinander gekrallt, sie löste ihre Hände voneinander. Sie musste – Simon – was sollte sie machen?!

Sie trat zwei Schritte ins Zimmer und zuckte zusammen. Sie war auf etwas Spitzes gestiegen. Da lagen die Scherben vom Fenster. Vorsichtig ging sie weiter zum Bett.

»Frau Gruber?«, flüsterte sie. Ihre Stimme zitterte so, dass nicht alle Buchstaben aus ihrem Mund fanden. »Alles in Ordnung?«

So eine blöde Frage, natürlich war nicht alles in Ordnung. Die Witwe schlotterte, ihr Auge war weit aufgerissen, aus dem Mund tropfte Spucke.

»Sie sind weg«, flüsterte Rosa. »Sie sind schon weg.« Damit konnte sie sich selbst beruhigen. »Ich komm gleich«, sagte sie dann.

Rosa fischte ihre Weste vom Sessel und eilte in den Innenhof. Am offenen Gittertor stoppte sie. Die Männer hatten es aufgebrochen. Waren sie wirklich weg? Oder standen sie hinter der Mauer und warteten darauf, dass sie in den Rosengarten kam? Aber Simon –

Mit einem tiefen Atemzug suchte Rosa all ihren Mut zusammen und huschte durch das Tor. Niemand war da. Der Garten lag im Dunkeln wie immer. Sie rannte über den Hof, riss die Tür in den Gastraum auf.

»Simon?«

»Rosa?«

Er stand an einem der Fenster. Die Kerze auf dem Tisch brannte.

»Hast du was geseh'n?«, fragte Rosa.

»Ich hab was gehört«, sagte Simon. »Da war ein Schatten, da drüben beim Gitter. Und dann hat wer geschrien – warst du das?«

»Ja«, sagte Rosa. »Da waren Einbrecher. Ich glaub, die sind hier über den Garten rein zu uns. Zwei Männer.«

»Was?« Simon wurde laut. »Ist dir was passiert?«

»Nein«, sagte Rosa. »Nein, nichts.« Kurz berichtete sie, was geschehen war.

»Haben sie dir was getan?« Simons Stimme überschlug sich beinah.

»Nein«, sagte Rosa abermals. »Als ich geschrien hab, sind sie weggerannt. Haben Sie dich gesehen?«

»Nein«, sagte Simon. »Ich bin nicht rausgegangen. Ich wollt schon nachschauen kommen. Aber bevor ich die Schuhe gefunden hab, sind sie vorbeigerannt, zur Einfahrt hin.«

Simon nahm sie an den Schultern. »Ist dir wirklich nichts passiert?«

Rosa schüttelte den Kopf, jetzt kamen aber doch die Tränen. Sie schluchzte laut auf. Da zog er sie zu sich und nahm sie fest in den Arm. An seiner Schulter beruhigte sie sich langsam wieder. Schließlich fiel ihr auf, dass er gar kein Hemd trug, sie weinte an seine nackte Brust. Verlegen drückte sie sich weg.

»Ich muss zur Frau Gruber zurück«, murmelte sie. »Die Glasscherben aufkehren.«

»Ich geh mit.«

»Nein!«, wehrte Rosa ab. »Das ist zu gefährlich. Wenn wer anklopft – keiner darf dich sehen.«

»Aber wenn die wiederkommen«, sagte Simon. »Ich kann dich nicht allein lassen.«

»Die kommen nicht wieder«, sagte Rosa mit fester Stimme. »Die haben sich selbst erschrocken. Das trauen die sich nimmer.«

Ja, das klang logisch. Logisch genug, um ihr eigenes verschrecktes Herz zu beruhigen. So, dass Simon nichts mehr sagen konnte. Es passte ihm nicht, das sah sie ihm an. Aber er musste nachgeben.

»Komm sofort zu mir, wenn was ist«, sagte er. »Egal ob am Tag oder in der Nacht.«

»Ist gut«, versprach ihm Rosa. »Ich muss jetzt.«

Sie drehte den Schlüssel an der Tür zum Hof um, so oft es ging. In der Küche drehte sie die Petroleumlampe hoch, dasselbe tat sie bei der auf Frau Grubers Nachtkästchen. Die alte Frau zitterte immer noch. Rosa gab ihr etwas zu trinken.

Dann kehrte sie die Scherben auf und leerte alles in den Ofen. Ins offene Fenster klemmte sie ein Handtuch. Wenn sie sich fest dagegenstemmte, ließ es sich schließen. Kein guter Schutz, schon gar nicht gegen die Männer. Aber zumindest gegen den Wind.

»Ab morgen mach ich in der Nacht die Fensterläden zu«, sagte Rosa zur Witwe. Auch wenn sie bezweifelte, dass das Holz viel gegen die Diebe ausrichten würde. Ein Gitter hätte man anbringen müssen, so wie bei den Küchenfenstern. Aber sie konnte sich nicht vorstellen, dass irgendein Handwerker dafür noch Material hatte. Es musste so gehen.

Es dämmerte bereits, als Rosa mit allem fertig war. Das erleichterte sie. In dieser Nacht hätte sie die Dunkelheit nicht länger ausgehalten.

Als Doktor Weidmann am nächsten Tag einen überraschten Blick auf das Fenster warf, erzählte ihm Rosa alles. Auch er fragte sofort, ob ihr was passiert sei. Sie schüttelte den Kopf. »Ich hab geschrien, das hat sie vertrieben.«

»Weißt du, wer es war?«

»Nein, sie hatten Hauben übers Gesicht gezogen.« Rosa dachte ständig darüber nach, wer sie da überfallen hatte. Die Stimme des größeren Mannes war ihr vertraut vorgekommen, aber sie konnte sie niemandem zuordnen.

»Warst du bei der Polizei?«, fragte Doktor Weidmann und verstaute sein Stethoskop.

»Was soll ich denn dort?«, sagte Rosa. »Die haben genug anderes zu tun.«

Dass sie nie zur Polizei gehen würde, damit die nicht das Lager fanden, konnte sie ja nicht sagen.

»Du musst aufpassen!« Doktor Weidmann drückte sanft ihren Arm. »Die Leute wissen, dass Frau Gruber Geld hat. Die Zeiten sind hart. Ein Verzweifelter, der am Verhungern ist, kommt schnell auf dumme Ideen.«

»Ich weiß«, sagte Rosa. »Ich pass auf.«

»Soll ich dir wen schicken?«, schlug der Arzt vor. »Es wohnen viele nette alte Frauen in der Gegend. Ich könnt eine bitten, dass sie zu dir kommt.«

»Nein danke«, sagte Rosa schnell. Sie wollte keine Fremden im Haus, die würden es merken, wenn sie zu Simon hinüberschlich. »Ich schaff das schon, wirklich.«

Der Arzt musterte sie über seine Brillengläser hinweg. »Na gut. Bis morgen.«

Nachdem sie Frau Gruber sauber gemacht und das Bett frisch bezogen hatte, überprüfte sie das Gittertor. Das Schloss war verbogen. Also waren nur mehr der Fensterladen und die Gartentür zwischen ihr und den Dieben.

Rosa schaute hinüber zum Gasthaus und zuckte zusammen. Am Fenster stand Simon. Er hob die Hand und winkte ihr zu. Rosa beeilte sich, die Wäsche aufzuhängen, dann schlich sie zu ihm hinüber.

»Du kannst doch nicht so am Fenster steh'n«, schimpfte sie.

»Ich schau nur, ob alles passt«, sagte er. »Bei Tageslicht kommen die eh nicht.«

»Wieso schaust du dann?«, murrte Rosa.

»Wegen dir.«

»Mir geht's gut.«

»Wirkt aber nicht so.«

»Lass mich, ich mag mich nicht streiten«, sagte Rosa genervt.

»Ich auch nicht«, sagte Simon. »Ich mach mir halt Sorgen um dich.«

»Musst du nicht«, antwortete sie. »Ich komm gleich mit dem Essen.«

Als es dunkel wurde, machte Rosa die Witwe fürs Schlafen fertig. Sie verriegelte die Fensterläden, so fest es ging, dann saß sie zusammengerollt auf der Sitzbank und zuckte bei jedem Geräusch auf der Straße zusammen. Am liebsten wäre sie zu Simon hinübergelaufen, aber das ging nicht. Sie konnte die hilflose alte Frau nicht einfach allein lassen. Sie machte die ganze Nacht über kein Auge zu, aber nichts passierte. Vielleicht stimmte ihre Hoffnung wirklich. Jetzt, wo sie damit rechnen mussten, dass Rosa aufpasste, kamen die Räuber nicht wieder.

Wahrheit

Weil Frau Gruber sich nicht bewegte, lag sie sich wund, obwohl Rosa sie so oft wie möglich herumdrehte. Doktor Weidmann brachte ihr ein Rezept für eine Salbe.

»Lang wird's eh nicht mehr dauern«, murmelte er.

Rosa zahlte in der Apotheke sechs Kronen für den kleinen Topf und machte sich wieder auf den Heimweg. Es war warm, aber recht windig. Hohe Wolken zogen schnell über den Himmel.

Rosa wickelte sich gerade das Tuch fester um den Kopf, als sie plötzlich jemand von hinten an den Schultern packte. Bevor sie reagieren konnte, wurde sie schon in eine Nische an der Wand gedrängt.

Hans!

Rosa versuchte, sich loszureißen, aber er hatte sie wieder in diesem Zangengriff eingesperrt. Sie zappelte und rang nach Luft.

»Was willst?«, stieß sie hervor.

Hans lachte höhnisch. »Was ich will?« Rosa wurde heiß und kalt zugleich. Seine Stimme … Hans war es gewesen! Der größere der beiden Diebe. Und der kleinere, das war der Bursche vom Farkas, Rosa kannte ja diese unruhige Art, wie er ein Bein etwas nachzog. Dass es ihr nicht gleich aufgefallen war.

»Ich will das Geld«, sagte Hans. »Das Geld und den Rest.«

Hans' Gesicht kam ganz nah an ihres heran. Er stank nach Bier.

»Glaubst du, das weiß keiner? Alle wissen's. Was die Alte alles hortet. Glaubst du, wenn du mit dem Schnaps zu uns rennst, dass wir das nicht kapieren, du Fotze? Glaubst du, ich lass zu, dass das die Behörden erwischen, wenn sie tot ist?« Er drückte sie weiter hoch, ihre Zehenspitzen berührten kaum noch den Boden.

»Wir kommen wieder. Gleich wenn die Alte tot ist. Aber dann bring ich mehr Leute. Dann holen wir uns das ganze Zeug. Und du –« Er kam noch näher, kleine Spucketropfen landeten auf Rosas Gesicht. »– du hast dann lang genug das feine Fräulein gespielt. Und wenn wir mit dir fertig sind, geb ich dich der Polizei. Irgendwer muss ja den Kopf hinhalten.«

Dann stieß er sie mit so einem Schwung weg, dass sie über die Gehsteinkante stolperte und zu Boden stürzte. Ihr Strumpf zerriss beim Knie. Rosa sah eine Frau, die ein Stück entfernt bei einem Haus stand. Sie musste alles gesehen haben, aber sie kam nicht, um zu helfen.

Hans spuckte neben ihr auf den Boden. »Wart nur auf mich, du kleine Schlampe.« Dann war er weg.

Rosa zitterte, als sie sich hochrappelte. Sie befahl sich, sich zu bewegen. Weitergehen. Zurück zum Haus. Sie sperrte mit fahrigen Fingern auf, ließ den Korb auf den Boden fallen, warf die Tür zu und stürzte in die Nische zwischen der Sitzbank und der Kommode. Sie rollte sich zusammen, so klein wie sie sich nur machen konnte, krallte wimmernd die Fingernägel in ihre Unterschenkel. Der Schmerz half ihr, nicht völlig durchzudrehen.

»Rosa?«

Sie musste in der Ecke weggedämmert sein. Es war schon dunkel.

»Rosa, bist du da?«

Eine Männerstimme! Ein Schatten! Der Schweiß brach ihr aus, sie zitterte.

»Rosa?«

Der Schatten verdeckte nun das Fenster, sperrte das wenige Dämmerlicht von draußen aus. Eine Hand wurde vorgestreckt, Rosa wollte schreien, aber kein Laut kam ihr aus der Kehle.

»Rosa, was ist denn?«

Rosa erkannte eine schmale Gestalt, strubbelige Haare – Simon! Es war Simon. Nicht Hans. Nur Simon.

Für eine Sekunde stockte Rosas Herz, dann warf sie sich Simon in die Arme und weinte, weinte in einem fort, mit einem lauten Schluchzen, wie sie es seit Jahren nicht mehr getan hatte. Sie konnte nicht aufhören. Immer neue Tränen wurden aus ihren Augen gedrückt, sie bekam Schluckauf, die Nase schwoll zu.

Sie kam erst wieder richtig zu sich, als sie auf der Sitzbank saß, neben Simon, der den Arm um ihre Schultern gelegt hatte und sie festhielt. Sie schloss die Augen, endlich versiegte der Tränenstrom, das Zittern ließ nach und langsam wusste sie wieder, wer und wo sie war. Jetzt hatten sich ihre Augen an die Dunkelheit gewöhnt und als sie sie öffnete, konnte sie erkennen, wie erschrocken und hilflos Simons Gesicht aussah.

»Was ist denn passiert?«, wagte er jetzt zu fragen.

Da fiel es ihr auf. »Was machst du hier?«

»Ich hab mir Sorgen gemacht«, antwortete Simon. »Weil du nicht aufgetaucht bist. Du bist noch nie – seit ich da bin, bist du jeden Abend rübergekommen.«

»Wie bist du hier reingekommen?«, fragte Rosa.

»Über die Haustür.« Simon machte mit dem Kopf eine Bewegung nach rechts. »Ich bin zur Gartentür, aber die war zu. Ich hab leise geklopft, aber du hast nicht aufgemacht. Also bin ich außen rum, zur Haustür, und die war offen.«

Rosa erinnerte sich. Ja, sie hatte die Tür hinter sich zugeworfen in ihrer Panik, aber der Schlüssel war in ihrer Westentasche. Beim Gedanken daran, dass Hans ganz einfach hätte hereinkommen können, durchlief sie wieder ein Zittern. Simon strich ihr beruhigend über den Oberarm.

»Aber man hätte dich sehen können«, sagte sie entsetzt.

»Ich kann schon aufpassen«, sagte Simon. »Ich bin ja nicht pfeifend auf der Straße dahin spaziert. Und es ist bewölkt, es war stockdunkel.«

»Trotzdem«, sagte Rosa. »Du hast versprochen, dass du drüben bleibst.«

»Und du hast versprochen, dass du immer kommst«, sagte Simon. »Ich kann ja nicht da drüben sitzen und mir die ganze Nacht Sorgen machen. Also, was war los?«

Rosa dachte daran, was passiert war, und zog automatisch die Schultern hoch. Noch immer spürte sie Hans' eklige Finger auf sich. Sie ballte die Hände zu Fäusten.

»Ich hab den Hans getroffen«, sagte sie.

»Und?« Simons Tonfall klang jetzt schon zornig.

»Er war das mit dem Einbruch. Er und der Gehilfe vom Farkas, vom Kohlenhändler. Er – er hat mir gesagt, dass er wiederkommen wird. Mit noch mehr Leuten. Wenn … wenn die Frau Gruber tot ist. Und dann – dann holen sie alles. Vom Lager. Und das Geld. Und mich, mich bringen sie zur Polizei. Wenn sie –«

Rosa stockte. Was Hans noch gesagt hatte, wollte sie nicht sagen. Sie konnte kaum daran denken, ohne dass sich dieses Gewicht auf ihre Brust legte.

Sie schwieg. Auch Simon war still, aber sie spürte seine Wut.

»Hat er – hat er sonst was gesagt? Oder getan?«, fragte er schließlich.

»Nein.« Rosa schüttelte den Kopf. »Nicht wirklich.«

»Nicht wirklich?«

»Er hat nur –«, Rosa griff an ihre linke Schulter. »Er hat mich nur so fest gepackt. Dann hat er losgelassen und ich bin weggelaufen.«

Simon atmete tief durch und stand auf. Er ging auf und ab. Rosa eilte zum Fenster und zog die Vorhänge zu. Selbst wenn es tiefe Nacht war, wenn jemand seine Silhouette sehen würde –

»Komm mit, Rosa«, sagte Simon schließlich. Seine Stimme klang bittend.

»Was?«, fragte Rosa. »Wohin?«

»Ich weiß nicht«, sagte Simon. »Aber lass uns geh'n. Nehmen wir ein paar Sachen und gehen, irgendwohin. Weg von da. Du und ich.«

Dieser Vorschlag erwischte Rosa mit einer Wucht, die sie nicht erwartet hatte. Weggehen ... weg von Hans, weg von diesem Elend. Mit Simon. Gleich heute Nacht ... Wie schön dieser Gedanke war ... Dann schüttelte sie den Kopf.

»Das geht doch nicht«, sagte sie. »Wohin denn überhaupt? Und die Frau Gruber – «

»Was schuldest du der?«, schnitt Simon ihr das Wort ab. »Gar nix.«

»Das stimmt nicht«, sagte Rosa. »Sie ist vielleicht kein guter Mensch. Aber genommen hat sie mich. Und schau, wie es ihr geht. Ich kann das nicht. Ich kann sie nicht da liegen lassen, bis sie irgendwann wer findet, wenn sie gestorben ist.«

»Sie stirbt sowieso«, murmelte Simon leise.

»Ja, aber wegen dem Schlag«, sagte Rosa. »Und nicht, weil ich sie im Stich lass und sie verdursten muss. Das kann ich nicht, Simon!«

Simon schwieg. Sie merkte, wie hin- und hergerissen er war. Er wusste, dass sie recht hatte. Aber er wollte schon seit Monaten einfach nur weg.

»Gut«, sagte er plötzlich. »Dann bleib halt ich da.«

»Wie – da?« Rosa verstand nicht.

»Na da. Hier.« Er deutete mit den Händen in den Raum.

»Bist du wahnsinnig?«, fragte sie. »Das kannst du nicht. Der Doktor kommt jeden Tag. Und auch andere. Du musst sofort wieder rüber ins Gasthaus.«

»Ich denk nicht dran«, sagte Simon. »Ich lass dich nicht allein.«

»Aber was willst du machen?«, fragte Rosa.

»Aufpassen«, sagte Simon. »Ich versteck mich. Im hinteren Zimmer oder so. Du kannst doch nicht allein hierbleiben, mit dem Kerl da draußen.«

»Aber was willst du denn tun?« Rosa musste sich zusammenreißen, um nicht zu laut zu werden. »Gegen mehrere Männer. Was willst du denn gegen die ausrichten?«

»Das seh'n wir dann, wenn es soweit ist!« Simon klang beinah trotzig. »Auf jeden Fall versteck ich mich nicht da drüben, während du hier allein bist.«

»Die haben Messer. Die stechen dich ab!«

»Ich kann mich schon wehren«, zischte Simon. »Glaubst du, ich fürcht mich? Nicht vor einem Sauhund wie dem. Ich hab geseh'n, wie es ist, wenn einer den anderen umbringt. Ich hab's selbst gemacht.«

Rosa zuckte zusammen. Für einen Moment kamen die Bilder in ihren Kopf zurück, die seine Erzählung vom Isonzo heraufbeschworen hatte. Mit großer Mühe kämpfte sie sie nieder.

»Ich will nicht, dass du das für mich riskierst«, flüsterte sie.

»Geh bitte Rosa, sei nicht kindisch«, antwortete Simon.

Sie starrte ihn an, in der Dunkelheit sah sie kaum sein Gesicht, aber sie wusste, dass er mit festem Blick zurückstarrte. Lange konnte Rosa ihn nur ansehen, dann akzeptierte sie, dass nichts ihn von seinem Vorhaben abbringen würde.

»Und jetzt?«, fragte sie. »Wie geht's jetzt weiter?«

»Jetzt schläfst du«, sagte Simon. »Du musst ja völlig fertig sein.«

»Ich muss nach der Frau Gruber schauen«, sagte Rosa.

»Das kannst du morgen«, sagte Simon. »Die läuft eh nicht weg.«

»Ich hab mich seit Mittag nicht mehr gekümmert. Ich muss.«

Rosa wischte sich übers Gesicht. Jetzt ging es wieder. Sie warf ein paar Kohlen in den Herd und stellte Wasser auf. Während das Wasser warm wurde, suchte sie Brot und Wurst zusammen. Sie stellte ein Glas Paprika auf den Tisch. »Iss was«, sagte sie zu Simon.

Er setzte sich zum Tisch. Rosa goss das heiße Wasser in die Waschschüssel. Es war gut, dass sie ihn die ganze Zeit hinter sich hören konnte.

Frau Gruber schlief, aber als Rosa die Decke wegzog, wachte sie auf. Rosa machte sie sauber und wickelte ihr ein frisches Handtuch um die Beine. Auf der Decke waren dunkle Flecken. Rosa hob die Lampe hoch. Die schrundigen Zehen von Frau Grubers linkem Fuß bluteten. Rosa holte die Salbe und schmierte sie auf alle wunden Stellen, dann flößte sie der alten Frau Tee ein, schloss fest die Fensterläden und nahm die Wäsche mit.

Als sie alles beim Brunnen ausgewaschen hatte und ins Haus zurückkam, stand Simon vor Frau Grubers Bett. Er hatte die Hände in den Hosentaschen und musterte die alte Frau. Sie funkelte ihn aus ihrem gesunden kleinen Auge an, ihr Mund zitterte.

»Ich hab sie mir ganz anders vorgestellt«, sagte Simon.

»Wie denn?«, fragte Rosa.

»Ich weiß nicht«, antwortete er. »Größer. Dünn. Mit so einem spitzen Gesicht. Wie die Hexe im Märchen.«

Rosa sah Frau Navratil vor sich, verkleidet als Hexe aus »Hänsel und Gretel«.

»Frau Gruber, das ist der Simon«, sagte sie dann. »Der tut nichts. Der passt auf uns auf.«

»Bringt das was?«, fragte Simon.

»Ich glaub schon«, sagte Rosa. »Sie kann nicht reden, aber verstehen tut sie einen.«

Sie verließen das Zimmer.

»Schlaf jetzt«, sagte Simon und drückte Rosa hinunter auf die Sitzbank. »Ein paar Stunden hast du, bis es hell wird«, sagte Simon. »Ich bleib wach.«

Rosa wollte widersprechen, aber sie war wirklich erschöpft. Sie schlüpfte aus den Schuhen, legte sich auf die Bank und zog die Decke hoch. »Du musst doch auch müd sein«, murmelte sie.

»Ich kann ja am Tag schlafen«, sagte Simon. »In der Stellung hab ich auch oft Wache schieben müssen.«

Eine Weile versuchte Rosa noch, wach zu bleiben. Immer, wenn sie blinzelte, sah sie ihn in der Küche stehen, an die Abwasch gelehnt, die Arme vor der Brust verschränkt. Dann schlief sie ein.

Am nächsten Morgen saß er am Tisch und blätterte in der Reichspost von gestern. Als er sah, dass Rosa wach war, lächelte er ihr zu und schob die Zeitung weg.

»So ein mieses Blattl«, sagte er.

»Das sagt die Frau Gruber über die Arbeiterzeitung«, murmelte Rosa verschlafen.

»Dann ist's ja gut, dass ich mit ihr nimmer drüber diskutieren muss«, grinste er.

Als Rosa den Kaffee aufstellte, klopfte es. Simon sprang auf.

»Wer ist das?«, zischte er.

»Der Bub, der die Zeitung bringt«, flüsterte Rosa erschrocken. Den hatte sie komplett vergessen. Rosa sah sich um. Es klopfte wieder. »Da«, sagte sie zu Simon. »Hinter der Tür zum Garten.«

Simon verschwand. Rosa öffnete dem kleinen Buben und nahm die Zeitung.

»Hör mal«, sagte sie. »Ich brauch dich nimmer. Du kannst in der Trafik Bescheid sagen, dass die Frau Gruber keine Zeitung mehr will.«

Der Bub schaute enttäuscht. Der Botendienst hatte ihm sieben Heller in der Woche eingebracht.

Rosa kramte in der Schürze. Sie fand ein Fünfkronenstück und gab es ihm. Er bekam große Augen, bedankte sich überschwänglich und lief davon.

»So geht das nicht«, sagte Rosa, als Simon zurück in die Küche schlich. »Du kannst nicht einfach da rumsitzen. Ich kann ja nicht den ganzen Tag die Vorhänge zulassen. Und der Doktor Weidmann kommt auch bald.«

»Ich geh nicht wieder rüber«, blieb Simon stur.

»Aber bei Tag kommt der Hans sicher nicht«, meinte Rosa.

Simon dachte nach. Dann nickte er. »Gut. Ich geh rüber und pack meine Sachen. Und am Abend komm ich wieder. Und dann bleib ich hier. Ich versteck mich halt im Zimmer bei der Alten.«

»Dann sieht dich morgen der Doktor«, sagte Rosa.

»Ist mir egal«, sagte Simon starrsinnig. »Der klingt nicht so, als würd er was verraten.«

Rosa wollte etwas sagen, aber Simon schüttelte den Kopf. Er leerte Kaffee in das Häferl, das sie schon neben den Herd gestellt hatte, und verschwand damit Richtung Hof. Er blieb den ganzen Tag im Gasthaus, aber als es dunkel wurde, hörte sie ihn leise an die Gartentür klopfen. Sie machte ihm widerwillig auf.

»Du bist wahnsinnig«, sagte sie.

»Macht nichts«, antwortete Simon und legte seine Habseligkeiten auf dem Esstisch ab.

»Und jetzt?«, fragte sie.

»Abendessen.«

Danach legte sich Rosa hin. Simon saß auf einem Sessel am Tisch, die Füße auf einen zweiten gelegt.

»Du musst auch mal schlafen«, versuchte Rosa einen letzten Protest.

»Ich hab den halben Tag drüben im Wirtshaus verschlafen«, antwortete er.

Heute war Rosa nicht so erschöpft, das Einschlafen neben Simon fiel ihr schwer. Sie war es nicht gewohnt, dass jemand anderer im Raum war. Aber es fühlte sich trotzdem gut an.

Nach dem Frühstück verschwand er mit einem der Sessel im Zimmer von Frau Gruber. Rosa öffnete die Vorhänge, räumte auf, dann musterte sie die Bestände im Lager. Langsam gingen die Erdäpfel zur Neige. Ein Brot musste sie auch wieder machen, aber dazu brauchte sie Hefe.

Es klopfte. Schnell verschloss Rosa das Lager. Sie ließ den Doktor herein. Ihr Herz klopfte heftig. Sollte sie ihn bitten, kurz zu warten, ins

Zimmer gehen und Simon durchs Fenster hinausschicken? Plötzlich fühlte sich sein Plan ganz falsch an.

Aber Doktor Weidmann durchquerte mit schnellen Schritten den Raum und öffnete die Zimmertür. Simon hatte den Sessel zum Fenster gestellt. Rosa sah, wie der Arzt kurz stockte. Er beäugte Simon misstrauisch.

»Wen haben wir denn hier?«, fragte er.

»Das ist der Simon«, sagte Rosa. »Ein – ein Freund.«

»Ein Freund?« Doktor Weidmann zog die Augenbrauen hoch und Rosa spürte, wie ihr Gesicht rot wurde.

»Ich bin der Simon Roth«, sagte Simon und streckte dem Arzt die Hand hin. Doktor Weidmann schüttelte sie.

»Dann passen Sie auf die Rosa und die Frau Gruber auf?«

»Auf die Rosa«, antwortete Simon.

»Sind Sie aus dem Viertel?«, fragte der Arzt. »Eigentlich kenn ich hier alle.«

»Ich bin aus der Josefstadt«, sagte Simon. »Und ich bin ein Fahnenflüchtling.«

Rosa hielt die Luft an. Nur weil sie Simon kannte, wusste sie, dass er auch nervös war, äußerlich ließ er sich jedoch nichts anmerken.

»Die Rosa hat mich gefunden«, sagte er. »Da drüben, im alten Gasthaus. Sie hat mir geholfen, im Februar, und seither kümmert sie sich um mich.«

Doktor Weidmann nahm seine Brille ab und wischte sie an seinem Hosenbein ab. »Dafür war das Pulver für den Wundbrand?«, fragte er.

Rosa nickte. »Es tut mir leid«, sagte sie leise. »Ich wollt Sie nicht da reinziehen.«

»Na, das wäre ja jetzt erledigt«, sagte der Arzt und hob lächelnd die Hand.

»Ist schon gut«, sagte er. »Ich bin nicht bös. Als Arzt erfährt man viel von den Patienten. Ich könnt dir Sachen erzählen …«

»Wissen Sie vom Einbruch?«, fragte Simon. Der Arzt nickte.

»Die Rosa weiß, wer es war«, sagte Simon. »Und der Kerl hat sie bedroht. Drum bin ich jetzt hier, für den Fall, dass er wiederkommt.«

Der Arzt runzelte die Stirn. »Und wie willst du mit zwei Männern fertigwerden?«

»Das schaff ich schon, wenn's sein muss«, sagte Simon stur.

»Wo warst du an der Front?«, fragte Doktor Weidmann.

»Am Isonzo«, antwortete Simon.

»Bei der letzten Offensive?«

»Das ganze letzte Jahr.«

Doktor Weidmann brummte leise, dann straffte er sich. »Jetzt lasst's mich mal die Patientin anschauen«, sagte er. »Wegen der bin ich ja da.«

Simon drehte sich zum Fenster, damit der Doktor Frau Gruber in Ruhe untersuchen konnte. Rosa beobachtete den Arzt. Schon beim morgendlichen Waschen und Füttern hatte sie bemerkt, dass Frau Gruber kaum reagiert hatte.

»Hat sie was getrunken?«, fragte der Arzt da schon.

»Wenig«, sagte Rosa. »Sie schluckt nicht wirklich.«

Der Arzt schien das erwartet zu haben.

»Das dauert nicht mehr lang«, sagte er, deckte Frau Gruber wieder zu und packte seine Tasche. Dann wandte er sich zu Rosa und Simon. »Wer waren die Einbrecher?«

Rosa presste die Lippen aufeinander.

»Jetzt sag's ihm schon, Rosa«, drängte Simon.

»Der Hans. Der Sohn vom Hader. Und der Schorsch, der beim Farkas arbeitet.«

»Ah ja.« Doktor Weidmann seufzte. »Wieso wundert mich das nicht. Und wieso meldest du sie nicht? Wegen was haben sie dich bedroht?«

»Weil –« Rosa warf Simon einen Blick zu. Er nickte. »Die Frau Gruber hat ein Lager, mit Essen. Das wollen sie haben. Und ihr Geld.«

»Das ist ja kein Wunder«, sagte Doktor Weidmann schlicht.

Rosa war verblüfft. »Sie wissen von dem Lager?«

»Ganz sicher war ich nicht«, antwortete der Arzt. »Aber ich hab so was vermutet. Die Leute reden.«

Rosa seufzte. Wie sie es befürchtet hatte.

»Du solltest weggehen«, sagte der Arzt. »Ich find schon wen für die Frau Gruber.«

»Ich kann nicht«, sagte Rosa. »Der Simon –«

»Ich kann mir schon helfen«, rief Simon. »Der Doktor hat recht.«

Doktor Weidmann ließ seinen Blick zwischen Simon und Rosa hin- und herschweifen.

»Die Rosa hat einen Onkel in der Steiermark«, sagte Simon. »Der würd sie nehmen. Aber sie traut sich nicht, wegen der Frau Gruber! Weil die ihr eingeredet hat, dass sie sie wegen ihrer Schulden an die Polizei verrät, wenn sie was sagt oder weggeht.«

»Simon!«, zischte Rosa. »Lass den Doktor mit dem Zeug in Ruh.«

»Ist schon gut«, meinte Doktor Weidmann. »So was hab ich mir eh gedacht. Das klingt ganz nach der Frau Gruber.«

Er schaute hinüber zur alten Frau. Rosa fragte sich, ob die Witwe alles mithören konnte oder ob sie schon zu schwach war.

»Ich muss nachdenken«, sagte der Arzt. »Ich überleg mir was. Wir reden morgen.«

Damit verabschiedete er sich.

»Wieso hast du ihm das alles gesagt?«, fuhr Rosa Simon wütend an, sobald sie wieder allein waren. »Das sind meine Probleme, die kannst du nicht einfach verraten.«

»Weil der in Ordnung ist«, sagte Simon. »Vielleicht kann er uns helfen.«

»Woher weißt du das?«, schimpfte Rosa. »Du kennst ihn gar nicht. Nicht mal ich kenn ihn wirklich.«

»Der ist in Ordnung, Rosa«, sagte Simon ruhig. »Das ist der Armenarzt. Schau ihn an. Da brauchst du eine Überzeugung, damit du diese

Arbeit machst. Und der hat schon viel geseh'n, hast ja selbst gehört. Der verrät nichts.«

Rosa schnaubte, sie war immer noch grantig. »Ich muss was einkaufen gehen«, sagte sie und fügte hinzu: »Schau, dass du derweil nicht alles jedem erzählen gehst, der draußen vorbeikommt.«

Sie suchte ihre Sachen zusammen und verließ das Haus. Den Hader mied sie, aber beim Holl kriegte sie etwas Hefe. Am Nachmittag knetete sie ihre Wut über Simon und die ganze elende Situation in den Brotteig hinein.

In der nächsten Nacht begann Frau Gruber zu husten. Es war nicht stark, aber er klang, als würde er von ganz tief unten aus der Brust kommen. Rosa wachte davon auf, nahm den zweiten Polster von der leeren Seite des Betts und stopfte ihn unter Frau Gruber, damit sie höher lag und besser Luft bekam. Simon beobachtete alles und sagte: »Wenn sie im Lazarett so angefangen haben, war's immer schnell vorbei.«

Abschied

Doktor Weidmann kam am nächsten Tag mit einem entspannten Gesichtsausdruck, als wäre das Gespräch gar nicht passiert. Er untersuchte Frau Gruber. Die Witwe dämmerte vor sich hin und reagierte nicht, wenn man sie berührte oder bewegte. Doktor Weidmann schüttelte den Kopf.

»Jetzt ist die Lunge betroffen«, sagte er zu Rosa und Simon. »Ich vermute, noch heute Nacht.«

Rosa wurde aufgeregt. Was sollte jetzt nur passieren?

»Ich stimme Simon zu, dass du fortgehen solltest, Rosa«, sagte der Arzt zu ihr. »Das ist einfacher. Dann musst du dich nicht um alles kümmern, was nachher kommt. Und der Hans kann dir auch nichts tun.«

»Aber ich kann doch nicht allein weglaufen«, sagte Rosa. »Wie denn?«

»Nach Mürzzuschlag geht's aus der Stadt nach Süden raus«, sagte Simon trotzig.

»Sei still!«, schimpfte Rosa. »Tu nicht so, als ob's dir egal wär.«

»Rosa, ich komm schon zurecht«, sagte Simon. »Ich nehm mir das ganze Essen und vergrab mich im Gasthaus drüben. So lang wird der Krieg nimmer dauern.«

»Oh, das wird noch ein Zeiterl so gehen«, sagte der Arzt. Die beiden sahen ihn an.

»Wir reden ja nicht nur vom Kämpfen«, erklärte er. »Mit dem Ende des Kriegs wird sich vieles ändern. Alles, vermutlich. Das ganze politische System. Und etwas, das so lange bestanden hat, das hört nicht so schnell und einfach auf.«

Er zeigte auf Frau Gruber. »Nur weil jemand dem Tod geweiht ist, heißt das lang nicht, dass er leicht aufgibt.«

»Aber die Rosa kann nicht hierbleiben nur wegen mir«, rief Simon. Er schob den Sessel ruckartig nach hinten. »Sie soll zu ihrem Onkel und es endlich besser haben.«

Doktor Weidmann beobachtete ihn und lächelte.

»Dann geh doch mit«, sagte er.

Rosa und Simon starrten ihn fassungslos an. Rosa merkte, wie ihr Herz wieder zu klopfen begann. Wie damals, als Simon gesagt hatte: »Lass uns gehen.«

»Aber wenn der Simon kontrolliert wird«, wandte sie ein.

»Das stimmt«, sagte der Arzt. »Ich hab mich umgehört. Du stehst auf der Liste der gesuchten Deserteure.«

Simon nickte. »Hab ich mir gedacht. Aber ich kann mich eh nicht ausweisen, ich hab keine Papiere mehr. Die vom Militär hab ich weggeschmissen.«

»Das hilft nicht viel«, sagte Doktor Weidmann. »Die sind da heikel. Ein Mann in deinem Alter, der keine Papiere hat – da kriegst du auf jeden Fall Probleme.«

»Eben!«, rief Rosa. »Also geht das nicht.«

»Ich glaub, doch«, widersprach der Arzt sanft. »Ich hab was in die Wege geleitet. Aber das dauert bis heute Abend. Ich werd wiederkommen. Und in der Zwischenzeit solltet ihr packen, alle beide. Ihr solltet rasch aufbrechen können.«

»Aber – aber das geht doch nicht«, stammelte Rosa.

»Das wird schon«, sagte Doktor Weidmann. »Ich muss jetzt weiter. Ich hab noch ein paar Hausbesuche und dann die Ordination.«

Der Arzt brach auf. Rosa lief wie ein aufgescheuchtes Huhn in der Küche auf und ab. »Das geht so nicht«, murmelte sie immer wieder.

Schließlich verstellte Simon ihr den Weg und nahm sie an den Schultern.

»Rosa, jetzt beruhig dich. Wieso regt dich das denn so auf?«

»Weil, weil – ich, das hab ich nicht erwartet«, stotterte sie. »Das ist alles so schnell, so bald. Dass sie stirbt«, Rosa zeigte mit der Hand zur Zimmertür.

»Dann hat sie's wenigstens hinter sich«, sagte Simon. »Ist doch so kein Leben mehr.«

»Und der Doktor«, stammelte Rosa. »Und Mürzzuschlag. Mein Onkel weiß doch nix.«

»Aber du hast gesagt, dass er geschrieben hat, dass du immer kommen kannst, oder?«, fragte Simon.

»Ja, vor Monaten«, sagte Rosa. »Wenn ich auf einmal mit dir vor der Tür steh –«

Simon zuckte zurück. »Rosa, wenn du nicht willst, dass ich mitkomm, dann sag es einfach.« Sein Gesichtsausdruck verhärtete sich.

»Nein, das – das ist es doch gar nicht«, rief Rosa. »Natürlich will ich, dass du mitkommst!«

»Was ist es dann?«, fragte er.

»Ich – ich kann's nicht erklären«, sagte Rosa und sank ein bisschen in sich zusammen. »Weil – jetzt bin ich so lang hier gewesen. Ich kann mir einfach nicht vorstellen, wie das funktionieren soll, wir packen die Sachen und gehen los, das ist so verrückt.«

»Verrückt ist grad die ganze Welt«, sagte Simon. »Da fallen wir gar nicht auf.«

Er nahm ihre Hand.

»Schau Rosa, ich versteh dich eh«, sagte er. »Machen wir doch einfach eins nach dem anderen. Packen wir doch mal, wie es der Doktor gesagt hat. Vielleicht wird es einfacher, wenn das erledigt ist.«

Rosa überlegte. Viele Gedanken kämpften in ihrem Kopf. Bleiben? Gehen? Mit Simon? Aber wie? Und Hans? Und das Lager? Und ihr

Onkel? Sie sah Simon an. Seine Augen blickten ruhig in ihre. Das half ihr, das Chaos in ihrem Kopf zum Schweigen zu bringen. Er hatte recht. Sachen packen. Das musste sie ohnehin, egal wohin sie gehen würde.

Sie nickte. »Ist gut«, sagte sie.

Simon lächelte und drückte ihre Hand. »Na dann los.«

Einmal angefangen, war es gar nicht schwer. Rosa zog ihre beiden Koffer unter der Sitzbank heraus, staubte sie ab, stellte sie auf den Esstisch und legte sie mit frischem Zeitungspapier aus. Dann holte sie ihre Sachen aus der Kommode und sortierte sie. Diese Strümpfe mussten weg, sie waren zu zerrissen. Und diese Bluse war zu klein. Alles andere stapelte sie in den kleinen Koffer, nur der Mantel kam in den großen. Rosa musterte ihre Winterstiefel. Von beiden fielen die Sohlen ab. Sie hob sie hoch, dann stellte sie sie wieder hin. Sinnlos.

Sie machte eine Runde durchs Haus. Ihre Zahnbürste, die Seife, das Zahnpulver, die Bürste. Das Kuvert mit ihren Papieren. Rosa zog den Taufschein heraus. Lächelnd strich sie über die Namen von Mutter und Vater. Sie griff nach den Fotos.

»Sind das deine Eltern?«

Simon stand neben ihr. Rosa reichte ihm das Bild.

»Hübsch war deine Mutter«, sagte Simon. »Jetzt weiß ich, von wem du das hast.«

Rosa wurde dunkelrot im Gesicht. Schnell nahm sie ihm das Foto ab und verstaute es mit ihren Papieren im kleinen Koffer. Dann fiel ihr etwas ein und sie betrat das Zimmer von Frau Gruber. Nach einem kurzen Blick auf die Witwe, die reglos dahindämmerte, holte sie drei Handtücher aus dem großen Kasten. Mehr wollte sie nicht nehmen.

»Wie viel Zeug ein Mensch zusammenraffen kann«, hörte sie Simon hinter sich. Er stand vor dem anderen Kasten und betrachtete die Sachen von Herrn Gruber.

Rosa überlegte. »Such dir noch eine Hose aus«, sagte sie dann. »Und ein Hemd und ein paar Socken. Wir packen das alles dazu.«

Simon schaute sie misstrauisch an. »Meinst du?«

»Aber ja.« Rosa nickte. »Ist doch nicht viel. Und Herr Gruber braucht es nicht mehr. Aber für dich ist es hilfreich.«

Simon zögerte, dann tat er, was Rosa vorgeschlagen hatte. Sie legte das Hemd für ihn zusammen. Sie hatte kein schlechtes Gewissen mehr. Frau Gruber beim Sterben zuzusehen, hatte etwas verändert. Einem Lebenden mit ein paar Kleidern zu helfen, die einem Toten nicht mehr abgingen, war nicht schlecht.

Am Ende waren ihre beiden Koffer voll. Neben all ihren Kleidern hatten auch Rosas Bilder und Papiere, die Häkeldecke der Mutter, die Puppe, der kleine Polster und die Tänzerin Platz gefunden. Im großen Koffer waren die Sachen von Simon dabei. Er trug ein Paar der alten Schuhe von Herrn Gruber, mit einem zweiten Paar Socken passten sie ihm. Er würde schwitzen, aber das war besser als die Militärstiefel, die ihn verraten könnten.

Rosa hob ihre Bücher auf. Sie passten nicht mehr in die Koffer. Simon sah es und legte ihr die Hand auf die Schulter.

»Irgendwann hast du neue«, sagte er leise.

Rosa strich mit dem Finger über das schöne Dornröschen auf dem Umschlag des Märchenbuchs. Sie nickte und legte die Bücher auf die Kommode.

Simon hatte im Schrank einen alten Rucksack gefunden, in den konnten sie den Proviant packen. Seinen Brotbeutel hatte er mit den Armeestiefeln in einem der Öfen im Gasthaus versteckt. Nur die Feldflasche wollte er unbedingt behalten, weil sie das einzige gute Teil sei, das ihm die Armee je gegeben hätte, wie er sagte.

Bis sie fertig gepackt hatten, war es Abend. Rosa richtete eine Jause. Während sie aßen, musste sie ständig zu den beiden Koffern schauen, die neben der Bank standen.

»Simon, ich weiß nicht, ob ich das kann«, murmelte sie, doch er lächelte sie nur an.

Nach dem Essen fiel ihr etwas ein. Sie nahm sich ein Blatt Papier aus der Kredenz und schrieb einen Brief an Frau Weißgerber. Sie versuchte zu erklären, dass sie nicht früher hatte zugeben können, dass sie zu ihrem Onkel wollte. Dass sie nun zu ihm gehen würde. Dass keine Zeit gewesen war, Bescheid zu geben. Dass Onkel Jakob sich bestimmt sofort um alles kümmern würde. Sie bedankte sich bei Frau Weißgerber dafür, dass die immer nett zu ihr gewesen war, und entschuldigte sich für all die Umstände. Dann unterschrieb sie und legte das Papier zusammen. Kuvert hatte sie keins.

Als Rosa das Tischtuch abwischte und sich fragte, ob sie das wirklich zum letzten Mal machte, klopfte es. Doktor Weidmann!

Rosa ließ den Arzt herein und gemeinsam gingen sie ins Schlafzimmer. Er beugte sich kurz über Frau Gruber. »Nur noch ein paar Stunden.« Er lächelte ein bisschen. »Eine Kämpferin war sie schon. Ein stures Frauenzimmer, und eine Zumutung, aber vielleicht wird man so, wenn man so viel durchmacht.«

Er schaute auf und sah Rosas Gesicht. »Ich entschuldige gar nicht, wie sie war«, sagte er. »Aber ich hab halt gelernt, die Leut zu verstehen.«

Er zog etwas aus der Manteltasche und gab es Simon. Ein Kuvert. Simon öffnete es. Zwei Zettel, ein Heimatschein und ein Taufschein.

Rosa las. »Simon Gruber. Geboren am vierten November 1899.«

Sie starrte Doktor Weidmann an. »Sind die gefälscht?«

Der Arzt lächelte verschmitzt. »So gut gefälscht, dass sie schon wieder echt sind. Dieser Simon Gruber«, er zeigte auf den Taufschein, »der war auch Soldat. Am Isonzo, bis Oktober Siebzehn, aber seither ist er untauglich. Er hat ein Stück Schrapnell auf den Helm bekommen. Jetzt sieht er Doppelbilder und kann nicht mehr zielen. Merkt euch das. Tu manchmal so, als hättest du Kopfweh. Aber selbst wenn dich einer kontrolliert, wird er das so in den Akten finden.«

Rosa blieb kurz die Luft weg. »Wie haben Sie das gemacht?«, brachte sie schließlich hervor.

»Ich hab meine Kontakte«, sagte Doktor Weidmann. »Mehr müsst ihr nicht wissen.«

»Gruber«, murmelte Simon. »Ausgerechnet?«

»Ich hab gedacht, das passt«, sagte Doktor Weidmann. »Der Name ist euch geläufig.«

»Muss ich jetzt für immer lügen?«, fragte Simon.

»Ich denke nicht«, sagte Doktor Weidmann. »Unsere Machthaber werden die Niederlage nicht überleben. Eine neue Regierung erlässt hoffentlich eine Generalamnestie. Dann kannst du zu den Behörden gehen und alles erklären.«

»Hoffentlich«, sagte Simon knapp.

»Besser für ein Zeiterl eine falsche Identität als eine echte, die dich vors Erschießungskommando bringt«, meinte Doktor Weidmann.

Simon starrte auf die Zettel. Dann nickte er und packte sie wieder ins Kuvert. »Ich dank Ihnen sehr! Wie – «, sagte er.

»Passt schon«, sagte der Arzt. »Und jetzt möchte ich allein mit der Rosa reden, bitte.«

Rosa zuckte zusammen. Auch Simon schaute den Arzt verwundert an, aber der nickte nur bestimmt. Simon ließ sie allein und schloss die Zimmertür hinter sich.

»Und?«, fragte der Arzt. »Willst du immer noch nicht weg?«

»Nein, ja, also –«, stammelte Rosa. »Es ist nur – es ist so schwer, sich das vorzustellen. Und sie –«, sie deutete zu Frau Gruber hinüber. »Es ist so komisch, jetzt war ich so lang bei ihr und jetzt soll ich weg, wie ein Dieb in der Nacht.«

»Du bist kein Dieb, Rosa«, sagte Doktor Weidmann. »Wenn, dann war das die Frau Gruber. Die hat sich ganz schön viel von dir genommen, findest du nicht?«

Rosa zuckte mit den Schultern. Der Arzt setzte sich aufs Bett.

»Die Frau Gruber hat ein Heft, wo sie die Schulden hineinschreibt«, sagte er. »Zumindest sagen das die Leute. Weißt du, ob es das gibt?«

Rosa nickte. »Ja, so was hat sie.« Sie ging um das Bett herum, zog die Nachttischlade auf und holte das Heft heraus.

»Bring das Licht mit. Und setz dich da her zu mir.«

Der Arzt blätterte im Heft, las hin und wieder ein Stück, dann machte er es zu und schaute sie über die Brillengläser hinweg an.

»Der Vater von der Frau Gruber hat sein Gasthaus den Bach runtergesoffen«, sagte er. »War selber sein bester Kunde. Dann ist der Herr Gruber gekommen, der Sohn von einem Weinhändler, der im ganzen Viertel als Raffzahn bekannt war. Er wollt das Gasthaus haben, hat ihm gut für seine Geschäftsideen gepasst. Er hat der Frau Gruber den Hof gemacht. Die zwei haben zusammengepasst, beide Sturschädel und eine Idee, wie man gut lebt auf Kosten der anderen. Sie war eine gute Wirtin, ganz anders als ihr Vater. Ihr Mann hat sich um den Weinhandel gekümmert. Und sie hatten ein Händchen dafür, wie man sich von allen viel Geld holt.«

Rosa fragte sich, wohin das hier führte.

»Was tust du, wenn du Geld brauchst, etwa weil du ein Geschäft aufmachen willst, oder weil dein Geschäft Probleme hat und du was investieren musst?«, fragte er.

Rosa dachte nach. »Zur Bank gehen für einen Kredit«, sagte sie.

»Und wenn dir die Bank keinen gibt, weil du nichts hast, das sie sich nehmen könnte, wenn du den Kredit nicht zurückzahlst? Was machst du dann?«

»Zu – zu wem anderen gehen«, überlegte Rosa. »Zu so einem Geldverleiher.«

»Genau«, sagte der Arzt. »Das hat der Herr Gruber gemacht. Die haben ja viele Leute gekannt. Man hat gewusst, wenn man was braucht, kann man zu den Grubers gehen.«

Der Arzt schlug die ersten Seiten des Heftes auf. Sie waren in einer winzigen, kaum leserlichen Schrift beschrieben, die Tinte verblasste schon.

»Die Grubers hatten Geld, und das haben sie verliehen. Wer ihnen was geschuldet hat, haben sie nie vergessen. Und meistens haben sie alles zurückbekommen, natürlich mit hohen Zinsen. Die Leute haben bezahlt. Der Herr Gruber hat Männer gekannt, die hatten ihre Methoden. Ihm hat man nie was nachweisen können.«

Er hielt Rosa das Heft hin. Sie konnte ein paar Namen entziffern, daneben Zahlen, die Jahreszahl 1903.

»Der Holl zum Beispiel«, sagte Doktor Weidmann. »Der alte, der Vater vom jetzigen Greißler, dem ist mal das halbe Geschäft abgebrannt, mitten in der Wirtschaftskrise. Das Geld zum Wiederaufbau war von den Grubers. Und ich glaub, das konnte er nie ganz zurückgeben.«

Rosa starrte auf das Heft. Doktor Weidmann blätterte weiter.

»Und das war lang nicht alles. Der Herr Gruber hat seinen Wein nicht nur brav versteuert verkauft. Schleichhandel hat's immer schon gegeben, auch vor dem Krieg. Der Gruber hat gewusst, wie er damit Geld verdient. Es war viel. Und nebenbei haben sie den halben Bezirk in der Tasche gehabt. Der ältere Bruder vom Hader etwa, der war beim Weinhandel irgendwie dabei.«

Doktor Weidmann gab Rosa das Heft.

»Dann ist der Herr Gruber ganz plötzlich gestorben. Das Herz. Seine Frau hatte damals schon Probleme mit ihrem Zucker. Die Wirtschaftslage war nicht gut, die Leut sind nicht mehr so oft ins Gasthaus gekommen. Den Weinhandel hat sie nicht einfach übernehmen können, mit den alten Schulden von ihrem Vater und den schiefen Geschäften von ihrem Mann. Also hat sie alles aufgeben müssen. Sie hat eine zu hohe Ablöse verlangt, drum hat nie einer das Gasthaus gekauft. Aber das Geld hat sie zusammengehalten. Und ihre Liste. Wer ihr was schuldete. Wer mit ihrem Mann krumme Geschäfte gemacht hat. Das hat ihr jetzt im Krieg viel gebracht.«

»Aber –« Rosa war verwirrt. »Aber wenn der Holl zum Beispiel weiß, dass der Mann von der Frau Gruber mit dem Wein gegen das Gesetz verstoßen hatte. Da hätte er sie doch anzeigen können, dann hätte er sie nicht bei den Nahrungsmitteln bevorteilen müssen.«

»Sie anzeigen und riskieren, dass sie ihn wegen der Schulden vom Vater meldet?«, fragte Doktor Weidmann. »Selbst wenn es dem Gericht schon egal wäre, vor den Leuten würd er schlecht dastehen. Und er hätte andere mitgerissen. Die Frau Gruber hätte wahrscheinlich gleich alle angeschwärzt. Da wollt sich keiner die Hände schmutzig machen. Da war's einfacher, ihr bei den Einkäufen entgegenzukommen, sie hat ihnen eh genug Geld dafür hinlegen müssen.«

Der Arzt schlug das Heft ganz hinten auf, bei den letzten Einträgen von Frau Gruber. Notizen über ihre Geschäfte mit Frau Navratil. Zwanzig Kronen, die sie vor Monaten der Frau Lang geborgt hatte, mit sieben Kronen Zinsen, erst vier waren zurückgezahlt. Deshalb hatte Frau Lang sich seit dem Frühjahr so rargemacht. Und die Liste über Rosa. Der Leibgürtel, die Binden. Die Strümpfe. Sogar die paar Heller für den Brief an ihren Onkel hatte die Witwe aufgeschrieben.

»Die Frau Gruber hat nicht nur dich unter Druck gesetzt, Rosa«, sagte Doktor Weidmann. »Die hatte ein System. Man soll nicht schlecht über Tote reden, aber die Frau Gruber hat davon gelebt, andere fertigzumachen. Du schuldest ihr nichts.«

Rosa starrte auf das Heft. Eine Träne rollte aus ihrem linken Auge und tropfte auf das Papier, genau in die Zeile, in der die Summe ihrer Schulden stand.

»Was haben Sie gemeint, dass sie viel durchgemacht hat?«, fragte sie leise.

»Ach das.« Doktor Weidmann putzte seine Brille. »Ich kenn ja nur Geschichten, aber ihre Kindheit war wohl nicht so schön, mit dem saufenden Vater und dem Exekutor, der wegen der Schulden oft im Gasthaus gestanden ist. Und mit dem Herrn Gruber war es auch nicht leicht, der war jähzornig, hat gern die Faust benutzt, wenn ihm was nicht gepasst hat. Ich weiß, sie hat auch viel geschimpft, aber ich glaub, das war die Verteidigungstaktik, damit sie neben ihm nicht untergeht. Und dann das mit den Kindern.«

»Kinder?«, fragte Rosa überrascht.

»Ja, Kinder«, sagte der Arzt. »Die hätte sie wohl sehr gern gehabt. Aber es hat nicht sollen sein. Das erste Kind, ein Bub, der ist ihnen als Kleinkind am Typhus gestorben. Das zweite kurz nach der Geburt an einer Lungenentzündung. Und dann ist sie einfach nicht mehr schwanger geworden, warum, weiß man nicht. Das hat sie wohl sehr belastet ...«

Er schwieg kurz. »Ich weiß, sie war furchtbar. Aber eben, ich versuch immer, die Leut zu verstehn. Wieso sie so sind. Auch wenn das keine Entschuldigung ist. Andere haben's auch schwer. Die haben auch tote Kinder und gemeine Männer, aber kein erfolgreiches Geschäft und kein Geld, und bleiben trotzdem gute Menschen. Aber wer weiß schon, warum wir so sind, wie wir sind.«

Doktor Weidmann seufzte, setzte seine Brille wieder auf und sah Rosa an. »Wirst du jetzt mit dem Simon zu deinem Onkel gehen?«

Rosa starrte lange auf das Heft. Dann nickte sie.

»Das ist gut.« Der Arzt stand auf. »Dann geh ich mal.«

Er sagte es so leichthin, als hätten sie beim Kaffee über das Wetter geredet.

Rosa legte das Heft hin.

»Herr Doktor«, sagte sie. »Warten Sie noch.«

Sie zog die Schatulle aus ihrem Versteck. Der Arzt sah ihr interessiert zu, als sie sie aufschloss. Rosa sammelte alle Banknoten zusammen und reichte sie ihm.

»Können Sie das nehmen, bitte?«, sagte sie. »Geben Sie es denen, die's brauchen. Ich weiß nicht, wer es sonst finden würde, die Frau Gruber hat angeblich keine Verwandten. Und ich will auf keinen Fall, dass der Hans es kriegt.«

Der Arzt nahm das Geld. Er drehte die Scheine herum.

»Eine schöne Summe ist das«, sagte er mit einem fast beeindruckten Blick auf Frau Gruber. Er zählte die Geldscheine ab. Dann nahm er einige und hielt sie Rosa hin.

»Ich will nichts davon«, sagte Rosa.

»Doch«, sagte der Arzt bestimmt. »Du wirst es brauchen. Und du verdienst es. Schau mal, die Frau Gruber hat für dich Geld vom Amt gekriegt. Und für all die Arbeit hätt sie dich eigentlich bezahlen müssen. Es steht dir zu.«

Rosa zögerte.

»Du sagst es selber, es gibt ohnehin keine Erben. Und wenn das Amt doch irgendwen findet, bekommt der dann eh das Haus und das Gasthaus«, sagte der Arzt. »Der Simon und du, ihr sollt zur Sicherheit was haben.«

Rosa nahm das Geld. Den Rest rollte der Arzt zusammen und steckte ihn ein.

»Nehmen Sie auch das Essen«, sagte Rosa. »Das ist im Speisschrank in der Küche. Da ist eine Geheimtür, auf der rechten Seite vom Regal. Es ist nicht mehr so viel, aber von dem können ein paar Leute noch ein Zeiterl leben.«

Der Arzt war einverstanden. »Ich komm ganz in der Früh und bring wen mit, der mir beim Ausräumen hilft. Kannst du den Schlüssel von der Gartentür irgendwo im Hof verstecken, damit wir reinkommen?«

Rosa nickte. »Ich leg ihn unter einen lockeren Stein beim Brunnen.«

»Das ist gut«, sagte der Arzt. »Und später komm ich vorne zur Tür und tu so, als würd ich einen Krankenbesuch machen, dabei kann ich ja offiziell bemerken, dass die Frau Gruber tot ist.«

»Was werden Sie sagen, weil ich weg bin?«, fragte Rosa.

»Gar nichts«, sagte Doktor Weidmann. »Ich werd von nichts wissen.« Er sah ihren Gesichtsausdruck. »Kümmer dich nicht drum, was irgendwer hier denkt.«

»Ich hab noch eine Bitte.« Rosa zog den Zettel für Frau Weißgerber aus der Tasche. »Können Sie den irgendwie an die Frau Weißgerber von der Fürsorge weiterleiten? Ich weiß leider nicht mal ihren Vornamen. Sie hat mich zur Frau Gruber gebracht und immer besucht. Ich hätt gern, dass sie den kriegt.«

Der Arzt nahm den Brief. »Natürlich mach ich das«, sagte er.

»Danke«, sagte Rosa. »Ich dank Ihnen so, für alles.« Sie streckte ihm die Hand hin.

»Ich danke dir, Rosa«, sagte der Arzt und schüttelte ihre Hand. »Weißt du, ich seh so viele schlimme Sachen. Für mich ist das schön, wenn eine mal so gut ist wie du.«

Rosa senkte verlegen den Kopf. Sie dankte dem Arzt noch einmal und er verließ das Zimmer. Rosa legte das Heft zurück in die Nachtkästchenlade und versteckte die Schatulle wieder an ihrem Platz. Dann stand sie vor Frau Gruber und schaute die alte Frau lange an. Ihr Atem ging unregelmäßig, mit langen Pausen zwischen den Atemzügen. Immer, wenn sie ausatmete, rasselte es tief in ihrer Brust.

Nein, dachte Rosa, dein Essen und dein Geld haben mich vielleicht in den letzten zwei Jahren überleben lassen. Aber es stimmt, ich schuld dir nichts.

Simon saß beim Esstisch und sprang auf, als sie aus dem Zimmer kam.

»Gehen wir?«, fragte er.

»Bald«, sagte Rosa. »Eins nach dem anderen.«

Sie bereitete den Proviant vor und Simon packte ihn in den Rucksack. Rosa ließ die Geheimtür der Speis einen Spalt offen stehen, damit der Doktor nicht suchen musste.

Dann setzte sich Rosa auf den Sessel neben Frau Gruber. Simon lehnte am Fester, die Hände in den Hosentaschen. Sie warteten.

»Ist schon verrückt«, sagte Simon einmal leise, während er aus dem Fenster schaute. »Monatelang bist du jeden Tag da rüber zu mir. Sie hätt nur einmal aufwachen und aufstehen und dich durchs Fenster sehen müssen, und alles wär aufgeflogen.«

»Das stimmt«, murmelte Rosa. Sie betrachtete die sterbende alte Frau. »Dass sie es wirklich nicht mitbekommen hat, war schon ein großes Glück.«

Frau Gruber war wahrlich starrsinnig. Ganz oft glaubte Rosa, dass jetzt der letzte Atemzug geschehen sein musste, so lange war die Pause, dann atmete die Witwe doch wieder ein.

Als die Dämmerung nahte, hörten sie auf einmal ein tiefes Keuchen aus ihrer Kehle – danach war es still. Rosa blieb noch für ein paar Minuten sitzen, dann stand sie auf, drehte die Lampe aus und machte das Kreuzzeichen auf Frau Grubers Stirn.

»Jetzt gehen wir«, sagte sie.

Sie wollten über den Innenhof gehen, damit die Haustür von innen verschlossen bleiben konnte. Rosa legte ihren Haustorschlüssel auf den Esstisch, die anderen gab sie zurück in die Schale. Nach einem letzten Blick durch den Raum verließ sie das Haus. Für immer. Jetzt fühlte es sich gut an.

Simon trug den Rucksack und den großen Koffer, Rosa den kleinen. Sie sperrte die Gartentür ab und versteckte den Schlüssel beim Brunnen.

Als sie durch den Rosengarten gingen, musste sie noch einmal stehen bleiben.

»Was ist denn?« flüsterte Simon.

»Ich kann nicht gehen, wenn ich nicht sicher bin, dass der Hans nichts kriegt.«

»Was?!«, fragte Simon entgeistert.

Rosa ignorierte ihn und lief hinüber zum Gasthaus. Simon kam hinter ihr her, er wirkte genervt.

»Das dauert nicht lang«, sagte Rosa. »Bitte Simon, ich kann nicht anders.«

Zuerst wollte er schimpfen, dann gab er nach. »Na gut«, seufzte er. »Auf das kommt's jetzt auch nimmer an.«

Rosa stand am Fenster und lugte durch die Vorhänge. Es dauerte nicht lange, bis drei Männer von der Einfahrt her durch den Garten schlichen und drüben im Hof verschwanden.

Simon hatte im Schaukelstuhl vor sich hin gedöst. Als Rosa leise »Da sind sie!« sagte, wachte er auf. Gemeinsam schauten sie zu, wie die Männer nach ein paar Minuten wieder aus dem Haus kamen. Sie hatten große Säcke mitgebracht, in denen sie die Nahrungsmittel nun wegschleppten. Einen kannte Rosa nicht, der zweite war Doktor Weidmann und der dritte war ein älterer Mann, der als Gehilfe beim Levy arbeitete. Die drei huschten über den Hof, erstaunlich lautlos trotz ihrer schweren Last, und dann waren sie weg.

»Bist du jetzt zufrieden?«, fragte Simon.

»Ja«, sagte Rosa. »Jetzt ist alles dort, wo es sein soll.«

Sie musterte die einsetzende Morgendämmerung am Himmel. »Glaubst du nicht, dass wir bis zum Abend warten sollten, wenn es wieder dunkel wird?«

»Rosa, beweg dich endlich«, murrte Simon.

Bei der Hausecke, wo die orange Rose stand, blieb sie ein allerletztes Mal stehen. Sie schaute in den Garten. Die Rosen öffneten gerade ihre Blüten fürs erste Tageslicht.

»Der Garten wird mir fehlen«, flüsterte Rosa.

Simon lächelte. Er pflückte eine der Blüten ab und hielt sie Rosa hin. »Irgendwann pflanz ich dir einen Rosenbusch«, sagte er.

Rosa lachte leise, nahm die Knospe und steckte sie in ihre Haare. Dann folgte sie Simon um die Ecke und sie kletterten vorsichtig über die Steine. Niemand hatte sie gesehen. Sie wandten sich nach links und gingen los.

»Was hofft ihr?«

Sie kamen gut voran. Mit der Zeit wurde Rosa ruhiger. Es waren viele Menschen unterwegs. Die Wachmänner beachteten sie gar nicht. Simon kannte den Weg. Er wollte Wien bis zum Abend hinter sich lassen und irgendwo bei einem Bauern in einer Scheune einen Schlafplatz finden.

Erst im Schlosspark von Schönbrunn machten sie eine Rast. Simon holte die Jause aus dem Rucksack. Seit zwei Stunden waren sie nun unterwegs.

»Was machen deine Füße?«, fragte Simon.

»Geht schon«, sagte Rosa. »Die alten Schuhe sind gut eingegangen.«

Sie musste lachen, er lachte mit.

»Und dein Bein?«, fragte sie.

»Gar kein Problem«, sagte Simon.

Bei einem Brunnen füllten sie die Feldflasche auf. Weil das Wetter schön war und der Weg angenehmer als die stark befahrene Straße daneben, stiegen sie zur Gloriette hinauf und schauten noch einmal auf die Stadt hinunter.

»Wirst du's vermissen?«, fragte Simon.

Rosa ließ den Blick über die Häuser schweifen.

»Manche Sachen«, sagte sie. »Aber nicht alle. Und du?«

»Manche Sachen«, antwortete er.

Rosa nahm noch einen Schluck aus der Feldflasche. Als sie sie in den Rucksack packte, bemerkte sie drinnen etwas. Sie hob es hoch. Ihr Märchenbuch. Ihre Bücher.

»Ach du …«, sagte sie verblüfft.

Simon grinste verlegen. »Ich konnt sie nicht liegen lassen.«

Rosa konnte gar nichts dazu sagen. Sie gingen einfach wieder los.

Sie verließen das Schlossgelände. Zurück auf der Straße waren sie noch nicht weit gekommen, als sie bemerkten, dass die Leute um sie herum unruhig wurden. Viele blieben stehen, lauschten und starrten zum Himmel hinauf. Rosa tat es ihnen nach.

»Was ist das?«, fragte sie.

»Flugzeuge«, sagte Simon und blickte ebenfalls hinauf.

Das Geräusch wurde lauter, ein Brummen und Dröhnen. Rosa beobachtete Simon. Er war einen Schritt zurückgetreten, in den Schatten einer Hecke, er stand da, als wäre er bereit, jeden Moment Deckung zu suchen.

»Ist alles in Ordnung?«, fragte sie.

»Geht schon«, murmelte er. Seine linke Hand krallte sich um den Griff des Koffers. Rosa nahm seine rechte und hielt sie fest.

Jetzt wurde das Brummen sehr laut. Ein paar Menschen stießen überraschte Rufe aus. Flugzeuge, in schöner Formation. Fünf, nein, sechs … sieben. Alle Menschen waren stehen geblieben und starrten nach oben. Die Flugzeuge drehten eine große Schleife über der Stadt, dann kamen sie in ihre Richtung zurück.

Simon zitterte. Rosa sah sich um. Die meisten Menschen schauten einfach nur verwundert. Flugzeuge waren etwas Besonderes, die bekam man sonst nie zu Gesicht. Rosa wusste, dass Simon gute Gründe hatte, vor ihnen Angst zu haben, aber die anderen Menschen empfanden die Flieger nicht als Gefahr.

Da fiel etwas aus den Flugzeugen, für Bomben bewegte es sich zu langsam. Und zu leicht.

Alle sahen den Flugzeugen nach, die nun wieder am Horizont verschwanden. Das ganze Ereignis hatte keine zehn Minuten gedauert.

Es war Papier, das überall in der Stadt zu Boden flatterte. Die Leute bückten sich danach. Rosa sah, dass Simon wieder etwas Farbe ins Gesicht bekam. Sie ließ seine Hand los und griff nach einem der Blätter. Eine grün-weiß-rote Fahne war darauf abgebildet, die von Italien. Rosa las den Text:

»Wiener! Lernt die Italiener kennen! Wenn wir wollten, wir könnten ganze Tonnen von Bomben auf eure Stadt hinabwerfen, aber wir senden euch nur einen Gruß der Trikolore, der Trikolore der Freiheit. Wir Italiener führen den Krieg nicht mit Bürgern, Kindern, Greisen und Frauen. Wir führen den Krieg mit euerer Regierung, dem Feinde der nationalen Freiheit, mit euerer blinden, starrköpfigen und grausamen Regierung, die euch weder Brot noch Frieden zu geben vermag und euch nur mit Hass und trügerischen Hoffnungen füttert …«

Rosa musste sich beim Lesen sehr konzentrieren. Der Text ging noch weiter und klang sehr kompliziert. Sie verstand nicht alles, was da stand. Sie hielt ihn Simon hin. Zuerst lag seine Stirn in Falten, aber je länger er las, desto mehr entspannte sich sein Gesicht. Am Ende gab er ihn ihr lachend zurück.

»Was ist das?«, fragte Rosa.

»Irgendein Schrieb von den Italienern«, sagte er. »Furchtbar geschwollen, oder?«

»Aber wieso haben sie das hier abgeworfen?«, fragte Rosa.

»So macht man das«, sagte Simon. »An der Front passiert das oft. Die Österreicher werfen was auf die Russen ab, die Italiener bei uns, die Franzosen bei den Deutschen … Das ist Propaganda, Rosa. Das soll die Leute verunsichern. Jeder erzählt sein Märchen. Man braucht drauf nichts zu geben.«

Rosa las noch einmal die Worte auf dem Zettel. An einem Satz blieb sie hängen. Der war besonders.

»Sag nicht, dass du das ernst nimmst«, sagte Simon.

»Nein«, sagte Rosa. »Nicht alles. Aber da ist dieser Satz …« Rosa suchte mit dem Finger auf dem Papier: »Was hofft ihr?« Er war eine Anspielung auf den Sieg am Ende, den die Deutschen versprachen.

Aber für Rosa war es nur dieser Satz, der sie zum Nachdenken brachte. Was hoffte man? Was hoffte sie?

»Schau mal«, sagte sie. »Da: ›Was hofft ihr?‹«

»Was ist damit?«, fragte Simon.

»Ich weiß nicht«, meinte Rosa. »Er gefällt mir, der Satz.«

Simon sah sie an. Dann lachte er. Er stellte den Koffer hin, nahm Rosa den Zettel ab und warf ihn auf den Boden. Plötzlich war sein Gesicht ganz nah an ihrem, er nahm sie mit beiden Händen an den Schultern, und ehe sie verstand, was passierte, hatte er sie auf den Mund geküsst. Nicht lange, aber fest. Als er sich zurückzog, spürte sie den Druck seiner Lippen weiter auf ihren.

Rosa starrte ihn an. Seine Augen leuchteten, dann grinste er verlegen.

»Was ich hoff?«, fragte er. »Na, auf dich hoff ich. Was denn sonst. Seit du mich da im Gasthaus gefunden hast, bist du nämlich die einzige, auf die ich mich verlassen kann. Weil, ich hab mich schon so dran gewöhnt, dass du bei mir bist, ich glaub nicht, dass ich mir das wieder abgewöhnen kann. Ich will's auch gar nicht.«

Rosas Herz wollte aus ihrer Brust springen.

»Das musst du auch nicht«, sagte sie mit einer komischen Stimme, die ihr gar nicht wie ihre eigene vorkam. »Ich will's auch nicht mehr anders.«

Jetzt lachte Simon, laut und glücklich, mit offenem Mund und leuchtenden Augen, wie sie ihn noch nie lachen gehört hatte.

»Na, dann ist's ja gut«, sagte er. »Wenn ich auf dich hoff und du auf mich, was brauchen wir dann sonst noch?«

Er hob den Koffer auf und streckte ihr seine Hand hin. Rosa nahm sie und drückte sie fest. Und Hand in Hand gingen sie weiter.

Nachwort

Die Vorhersage von Doktor Weidmann, dass sich mit dem Kriegsende auch das politische System ändern wird, traf wirklich ein. Der Krieg, in den sich Kaiser Franz Joseph von seinen Beratern hatte treiben lassen, fand ein bitteres Ende. Die Mittelmächte mussten ihre Niederlage eingestehen. Am Ende zerfiel die Frontlinie einfach. Immer mehr Soldaten verweigerten den Kampf oder desertierten. Am 3. November 1918 unterzeichnete die österreichische Armee in Italien einen ersten Waffenstillstand. Am 11. November folgte der Waffenstillstand des Deutschen Reichs mit Frankreich und England.

Das Kaiserreich löste sich auf. Die Völker strebten nach Eigenständigkeit. Schon in den letzten Kriegswochen gründeten tschechische, slowenische, kroatische und serbische Politiker eigene Vertretungen. Der Versuch von Karl I. (Nachfolger von Kaiser Franz Joseph), die Monarchie als Staatenbund zu erhalten, scheiterte. Ende 1918 entstanden unabhängige Nachfolgerstaaten wie Ungarn und die Tschechoslowakei. Daneben gingen einige Gebiete, die zum Kaiserreich gehörten, auf Staaten wie Rumänien oder Italien über. Auch in Österreich bildete sich eine Provisorische Nationalversammlung, die in einem Gesetz die Regierungsform des neuen Staats festschrieb. Das war das Ende der Monarchie: Österreich wurde zu einer demokratischen Republik. Nach mehr als 850 Jahren endete also die Herrschaft der Habsburger in Österreich. Im Februar 1919 kam es zu den ersten freien Wahlen, an denen erstmals auch Frauen teilnehmen durften.

Ähnliche Entwicklungen gab es in Deutschland: Kaiser Wilhelm II. wurde abgesetzt und die Weimarer Republik begründet. In Russland war Zar Nikolaus II. schon 1917 entthront worden. Der Erste Weltkrieg beendete also drei europäische Imperien, die teils jahrhundertelang bestanden hatten.

Ab Anfang 1919 verhandelten die Siegermächte England, Frankreich, Italien und die USA über die neue Ordnung in Europa. Die Kriegsverlierer hatten dabei nicht viel mitzureden. Bei einer Konferenz im Schloss Versailles in der Nähe von Paris wurden die Friedensverhandlungen schließlich zu Ende gebracht. In den sogenannten Verträgen von Versailles (mit Deutschland) und Saint-Germain (mit Österreich) wurde die Verantwortung für den Krieg, der mindestens 17 Millionen Menschen das Leben gekostet hatte, vollständig dem Deutschen Reich und seinen Verbündeten zugeschrieben. Sie wurden mit Gebietsverlusten, hohen Strafzahlungen und der Abnahme von militärischen Gütern bestraft.

Am Ende der Konferenz kommentierte der französische Marschall Foch, dass dieser Vertrag kein richtiger Frieden, sondern eher ein Waffenstillstand auf 20 Jahre sei. Und tatsächlich: Die harten Bestrafungen und ihre wirtschaftlichen Folgen hinterließen eine tiefe Kränkung bei vielen Deutschen. In Österreich war die Lage ähnlich. Die junge Republik – verglichen mit dem einflussreichen alten Kaiserreich nun lediglich ein kleines Land – fühlte sich ebenso ungerecht behandelt und kämpfte mit einer tiefen Wirtschaftskrise. Dies half extremen politischen Parteien, ihre antidemokratischen Positionen zu verbreiten. So kam es zu einem großen Einfluss von faschistischen Ideen und Gedanken auf die Bevölkerung, was mit der Machtübernahme der Nationalsozialistischen Partei in Deutschland 1933 und Österreich 1938 den Höhepunkt erreichte. Am 1. September 1939, also fast genau 20 Jahre nach den Friedensverhandlungen in Versailles, begann mit dem Überfall der Nazis auf Polen der Zweite Weltkrieg.

Erst nach 1945, die Welt blickte entsetzt auf mehr als 70 Millionen weitere Tote, gelang es den meisten europäischen Staaten, alte Feindschaften zu überwinden, stabile demokratische Strukturen zu entwickeln und eine gemeinsame Zukunft in Frieden aufzubauen. Diese auch im 21. Jahrhundert noch nicht selbstverständliche Errungenschaft ist nicht nur die Lehre aus dem Zweiten, sondern auch ein Vermächtnis des Ersten Weltkriegs.

Zum Ersten Weltkrieg liegen viele Informationen sowohl über die politischen Ereignisse als auch über das Leben der Menschen vor. Trotzdem kann nicht jedes Detail immer einwandfrei nachvollzogen werden. Beispielsweise erschwerte der rasante Wertverlust des Geldes nicht nur Rosas Zeitgenoss*innen den Einkauf, auch ich als Autorin konnte nicht immer die Preise von Gütern monatsgenau verifizieren. Allfällige historische Fehler im Text sind daher dem Kompromiss der Fakten mit der literarischen Fiktion geschuldet. Man möge sie nachsichtig behandeln.

Mit Nachsicht behandelt haben auch Familie und Freund*innen die oft im kreativen Prozess gefangene, geistig und organisatorisch abwesende Autorin. Ihnen gilt mein Dank sowie auch meiner Verlegerin, die meinen gelegentlichen sprachlichen Überschwang (ja, es wird schon oft genickt …) so geschickt betreut.

Rosa trägt den Namen meiner Großmutter. Die »echte« Rosa wurde zwar 1923 geboren und hat den Ersten Weltkrieg nicht miterlebt, dafür war sie im Alter der erfundenen Rosa, als der Zweite Weltkrieg ausbrach. Beide, die echte und die fiktive Rosa, mussten sehr jung als Dienstmädchen ihren Lebensweg finden – in einem harten Alltag, auf dessen politische Ursachen sie keinen Einfluss hatten. Bei der Gestaltung der Buch-Rosa war die echte Rosa so oft in meinen Gedanken, dass ich sie hier nicht unerwähnt lassen möchte.

Glossar

Arbeitervereine: Nach 1848 gründeten Arbeiter*innen in Wien mehrere Vereine, die der Bildung und sozialen Absicherung der Mitglieder gewidmet waren, aber auch gesamtgesellschaftliche Aufgaben übernahmen. So organisierten sie etwa während des Ersten Weltkriegs die Ausgabe von Essen an die notleidende Bevölkerung (»Ausspeisung«). Der Arbeiterverein in Ottakring war besonders engagiert und umtriebig.

Arbeiterzeitung: Die ab 1889 erscheinende Zeitung bezog eine klare politische Haltung und stand der sozialdemokratischen Partei nahe. So gab es auch Autor*innen direkt aus der Partei wie etwa Max Winter. Während des ersten Weltkriegs nahm die Zeitung - nach anfänglicher Begeisterung - letztlich eine kritische Haltung ein, berichtete von den militärischen Gräueln sowie über die Not der Bevölkerung. Die Regierung versuchte oft, diese Berichterstattung zu unterbinden.

Bassena: Da die Wohnungen der alten Mietshäuser zumeist keinen eigenen Wasseranschluss hatten, gab es im Stiegenhaus eine solche Wasserstelle (Wasserhahn & Waschbecken), von der sich die Menschen das Trink- und Brauchwasser holen. Erst mit dem Wohnbauprogramm der Wiener SPÖ-Stadtregierung ab 1923 stieg der Anteil von Wohnungen mit eigenen Wasseranschlüssen deutlich an.

Bezugskarte (Essensmarken): Weil das Land die meisten seiner Ressourcen in den Krieg investierte, kam es zu einem Mangel an bestimmten Gütern. Folglich mussten bereits kurz nach Kriegsbeginn 1914 viele Lebensmittel rationiert werden: Die Regierung legte fest, wie viel von einem Produkt ein Haushalt bekam bzw. wann welche Produkte verkauft werden durften (so gab es etwa »fleischlose Tage«). Die Ausgabe wurde über Lebensmittelkarten geregelt, auf denen Abschnitte (»Marken«) abgetrennt werden konnten. Nur gegen Vorlage eines Abschnitts erhielt man das Produkt (z. B. ⅛ kg Zucker). Für viele Lebensmittel wie Mehl, Milch, Kaffee oder Kartoffeln gab es solche Bezugskarten.

Blunzen: in Bayern und Österreich gebräuchliches Wort für Blutwurst, eine Schweinewurst, in der auch Schweineblut mitverkocht wird

Bolschewiken: Rund um den Politiker Lenin bildete sich innerhalb der Sozialdemokratischen Arbeiterpartei Russlands ein radikaler Flügel heraus, der u. a. die Teilnahme am Weltkrieg verurteilte. Da das Land einige Rückschläge einstecken musste, traten mit der Zeit immer mehr den Bolschwiken bei. Nach dem Sturz des Zaren und in Folge der Februarrevolution von 1917 übernahmen sie autoritär die Macht. Sie wandelten das Land zur späteren Sowjetunion mit antidemokratischer kommunistischer Ideologie um (Sowjet = Arbeiterrat).

Buchteln: flaumiges Gebäck aus Hefeteig (Germteig), das mit Marmelade gefüllt wird

Entente: Dieses aus ursprünglich anderen Gründen geschlossene Bündnis zwischen dem Vereinigten Königreich, Frankreich und Russland (später auch Serbien, Montenegro, Italien und Rumänien) stand im Ersten Weltkrieg den Mittelmächten (Deutsches Reich, Österreich-Ungarn, später Osmanisches Reich und Bulgarien) gegenüber.

Falott: umgangssprachlich für Gauner, Betrüger

Flugblatt: Am 9. August 1918 wurde über Wien von italienischen Flugzeugen als Propaganda-Aktion ein Flugblatt abgeworfen. Flugzeuge waren damals verhältnismäßig neu und hatten noch keinen großen militärischen Einfluss. Der »Luftkrieg« stand erst am Anfang. International beeindruckte dabei vor allem die Tatsache, dass ein Land eine gegnerische Hauptstadt ohne Gegenwehr erreichen konnte. Im Roman wird die originale deutsche Version eines Flugblatts von Ugo Ojetti, einem sehr national denkenden italienischen Schriftsteller, zitiert. Die Wiener Behörden sammelten die Blätter rasch ein und drohten mit Strafen, falls jemand die feindliche Propaganda behalten wollte.

Fronturlaub: Damit die Soldaten sich nach anstrengenden Monaten an der Front erholen konnten, wurde ihnen ein kurzer Urlaub gewährt, ehe sie zur Kampfeinheit zurückkehren mussten. Für Fronturlaub konnte man auch aus familiären Gründen ansuchen oder etwa, weil man als Bauer tätig war und bei der Ernte helfen musste.

Galizien: Landstrich in Osteuropa, der damals Teil der österreichischen Monarchie war und heute in Südpolen und der Westukraine liegt

Gschropp: Wiener Dialektwort für »kleines Kind«

Heimatfront: Auch wenn im Ersten Weltkrieg die Orte der Kampfhandlungen zumeist weit von der übrigen Bevölkerung getrennt waren, war der Lebensalltag aller Menschen massiv vom Krieg betroffen. Man litt daher auch an der »Heimatfront«, etwa durch den Lebensmittelmangel oder das Fehlen von Arbeitskräften (weil die Männer als Soldaten eingesetzt waren). Der Begriff wurde von den Regierungen auch als Propaganda verwendet, um bei den Menschen Solidarität mit den Soldaten und Patriotismus zu erzeugen.

Heimatschein: Dieses Dokument, ausgestellt durch die Behörde der Heimatgemeinde, konnte die Zugehörigkeit einer Person zu dem jeweiligen Ort bestätigen. An dieses Heimatrecht waren gewisse Ansprüche gebunden (etwa Armenversorgung).

Heller/Krone: Krone und Heller waren die Währung im Kaiserreich. 1 Krone entsprach 100 Heller. 10 Kronen waren im Jahr 1914 ungefähr so viel wert wie 68 Euro im Jahr 2023. Durch die Inflation verlor das Geld laufend an Wert. Im Jahr 1918, als der Krieg endete, hatten 10 Kronen nur mehr einen Gegenwert von etwa 6 Euro im Jahr 2023. Man konnte sich für sein Geld also immer weniger kaufen.

Husarenoffizier: Die Husaren waren bis zum Ende der Monarchie eine berittene Einheit im österreichischen Heer. Sie gehörten zu den Truppen der leichten Kavallerie (der berittenen Truppengattung in der Armee).

Isonzofront: Italien verhielt sich zu Kriegsbeginn neutral, forderte aber schon länger die letzten österreichischen Gebiete in Norditalien. Als die Entente diese Ansprüche unterstützte, erklärte Italien im Mai 1915 Österreich den Krieg. Die italienische Armee drang auf das österreichische Gebiet vor, wurde aber am Fluss Isonzo aufgehalten. Die dort entstehende Front konnte in elf Offensiven nie durchbrochen werden. Ein Gegenangriff der österreichischen Einheiten im Oktober 1917 führte zu einer neuen Frontbildung weiter südlich am Fluss Piave, wo die Kämpfe bis Kriegsende feststeckten. Militärisch hatte mehr als drei Jahre lang niemand einen nachhaltigen Erfolg erzielt, die Gebiete in Norditalien verlor Österreich nach der Niederlage.

Die Isonzofront war ein erbarmungsloser Gebirgskrieg. Auf mehr als 2.000 Meter hohen Bergen wurden Stollen und Lager in die Felsen gehauen, Material und Trinkwasser wurde zu Fuß oder mit Tieren hochgebracht. Einige Straßen wurden erst durch die Soldaten errichtet. Bei den Angriffen wurden sogar Teile von Berggipfeln weggesprengt. Die Männer waren auch harten Wetterbedingungen ausgesetzt. Im Winter 1916/17 gab es mehr Tote durch Lawinen als durch Kämpfe.

Das Leiden und Sterben am Isonzo lässt sich kaum in Worte fassen. Einige Details aus Simons Erzählung sind realen Berichten Überlebender entnommen. Insgesamt starben an diesem Frontabschnitt 1–1,5 Millionen Männer. Einige gut erhaltene Stellungen, Museen und große Gedenkstätten mit den Überresten hunderttausender Toter erinnern noch heute an die Front, die die Italiener »Grab der Jugend« nennen.

Karabiner: ein leichtes Gewehr mit kurzem Lauf, das vor allem von berittenen Truppen verwendet wurde

Kriegsbrot: Aufgrund des Lebensmittelmangels und der sehr rationierten Verfügbarkeit, mussten beim Backen und Kochen fehlende Zutaten oft durch andere ersetzt werden. Beim sogenannten »Kriegsbrot« wurden Gerste oder Mais statt des fehlenden Weizens und Roggens verwendet.

Kurzwaren: Sammelbegriff für kleinere Gegenstände, die man zum Nähen und Sticken benötigt (Zwirn, Nadeln …)

Mistbauer: Bei diesem Vorläufer der Wiener Müllabfuhr waren von 1839 bis um 1920 von der Stadt beauftragte Firmen dafür zuständig, mit Pferdefuhrwerken in den Stadtteilen den Hausmüll einzusammeln.

Reichspost: Diese von 1894 bis 1938 bestehende österreichische Tageszeitung wandte sich vorrangig an ein katholisches und konservatives Publikum (»Unabhängiges Tageblatt für das christliche Volk«), galt als kaisertreu und vertrat im Ersten Weltkrieg die offizielle politische Position.

Ruhr: ansteckende, durch Bakterien übertragene Infektionskrankheit, die zu starkem Durchfall führt und lebensbedrohlich sein kann

Ruthenen: Menschen aus dem alten Landschaftsgebiet Ruthenien in Nordosteuropa, zu dem je nach Zeitalter Gebiete in den heutigen Staaten Litauen, Belarus, Polen und Ukraine gezählt wurden

Scharbock: veralteter umgangssprachlicher Begriff für die Krankheit Skorbut, die durch einen Mangel an Vitamin C entsteht und bis zum Tod führen kann

Trikolore: die dreifärbige Flagge Italiens

Tuberkulose (Schwindsucht): Diese bakterielle Infektionskrankheit wurde früher auch Schwindsucht genannt und befällt meistens die Lunge. Unbehandelt verläuft sie oft über Jahre und war vor der Entwicklung der Antibiotika auch in Europa eine der häufigsten Todesursachen. Heute ist Tuberkulose heilbar und in den Industriestaaten sehr selten. Weltweit stirbt durch den fehlenden Zugang zu Medikamenten aber immer noch pro Jahr mehr als 1 Million Menschen daran.

Wäschermädel: Bevor jeder Haushalt einen eigenen Wasseranschluss hatte, beauftragten diejenigen, die es sich leisten konnten, ein Wäschermädel, das die Schmutzwäsche abholte und an öffentlichen Waschplätzen (etwa an Bächen) reinigte. Seit dem technischen Fortschritt des 20. Jahrhunderts gibt es diesen Frauenberuf nicht mehr.

Weißnäherin: Weißnäher*innen waren meistens Frauen, die sich als Schneiderinnen auf die Herstellung von Bettwäsche, Tischwäsche und Unterwäsche konzentrierten.

Wruke: veralteter Begriff für Kohlrübe (auch Steckrübe)

Wundbrand: Damit wurden umgangssprachlich verschiedene Krankheitsbilder bezeichnet, die durch Entzündungen offener Wunden entstehen. Vor der Entwicklung der Antibiotika und anderer medizinischer Fortschritte war Wundbrand meist ein Todesurteil und konnte nur mit wenigen, oft radikalen Maßnahmen wie Amputationen bekämpft werden.

Zigeuner: Jahrhundertelang wurden einige in Europa lebende Volksgruppen wie die Roma oder Sinti abwertend so bezeichnet und häufig auch schlecht behandelt. Seither hat sich zum Glück viel verbessert. Roma und Sinti sind heute in Österreich als Volksgruppe anerkannt und haben verschiedene Minderheitenrechte.

Die Autorin

KATHRIN STEINBERGER wurde 1982 in der Steiermark geboren, ist lesend in einem Dorf aufgewachsen und nach der Matura nach Wien ausgewandert. Neben dem Studium (Vergleichende Literaturwissenschaft, Germanistik und Theater-, Film- und Medienwissenschaft) wurde das eigene Schreiben immer wichtiger. 2003 erhielt sie dafür den Dixi-Preis, dem erste Veröffentlichungen in Zeitschriften folgten und 2010 der erste Jugendroman. Heute schreibt und lebt sie mit Mann und Töchtern in Wien-Ottakring.